一緒にお墓に入ろう……

一緒にお墓に入ろう

第一章　腐れ縁

1

大谷俊哉《おおたにとしや》は、先ほどからしきりに時間を気にしていた。どうしても出かけたいところがあるのだ。

経営会議が思った以上に長引いている。役員や各部の部長らが出席し、経営の具体的な課題、案件を協議する会議だ。

俊哉は、大手銀行の四井安友銀行の常務取締役執行役員である。

最近は、肩書を表記するのに長ったらしくて自分ながらうんざりするが、常務取締役として銀行の経営に関する意思決定に責任を持ちつつ、執行役員として実際の現場を指揮しなくてはならない重責だ。所管しているのはリテール・法人事業部門。ざっくりと言えば国内の個人や中小、中堅企業取引全般である。

まるで国連の安保理事会を模したように、結婚式場ほどの広さのある会議室の真ん中に楕円形のリング状の木製テーブルが置かれている。

テーブルには各役員の席が決められている。俊哉も自分の席についた。目の前にはパソコンが設置されており、そこに案件の資料が映し出される仕組みになっている。会議に参加する者は、説明者の指示に従って、パソコンを操作し、画面上でデータを確認するのだが、実際はあまり活用されていない。

随分以前から書類をなくそう、と会議資料は全てパソコンの画面上に表示されることになったのだが、やはり紙に印刷されたものがよいという意見が多く、相変わらず大量の印刷物が配付されている。

俊哉の前にも分厚い資料が積み上がっている。これだけの分量をコピーするだけでも大変な労力だろうと部下に同情した。

若い頃、初めて本部企画部で仕事をすることになり、取締役会に配付する資料作りを担当した。

あの頃は、今のようにコンピューターも発達していなかったし、コピー機も旧式だった。

俊哉は、深夜まで資料作りに励み、帰宅できず部屋のソファで仮眠をとっていた。突然、怒鳴り声が聞こえ、上司が目の前に鬼のような顔で立っていた。数字が間違っているぞと彼は資料をびりびりと引き裂いた。すみません、と叫び、飛び起きた。

その時、目が開いた。

夢だったのかと安心したのもつかの間、背筋にぞくぞくとした寒気が走った。ソファから這《は》い出るようにして机に向かい、資料を見直した。すでにコピーも終わり、ホチキスで留め、製本し、早朝の会議を待つばかりになっている。ページを必死でめくる。

「あっ」思わず叫んだ。数字が間違っている。

数字と数字を掛け合わすところを足し算してしまっていた。「ああっ」深夜の部屋には誰もいない。俊哉の悲鳴だけが空しく響く。

あれは大変だったなぁ。パソコンのデータを修正して、プリントし直し、何枚もコピーした。せっかく製本した全ての資料をばらばらにし、間違った部分を差し替え、もう一度製本する……。

窓の方に視線を向ける。

大きなガラス窓から青空が見える。立春は過ぎたものの、まだまだ暖かくなる気配はないがその分、空が澄み渡っている。

真っ青な空の下に東京湾が広がっている。湾も空の青さを映して青い。大きな船が航行している。止まっているのか、動いているのかわからない。しかしそのあまりのゆっくりとした動きがかえって俊哉の心を癒してくれる。

これが会議の場でなければ、あの窓際に立って、コーヒーを片手に時間を忘れて眺めていたいものだ。心がざわつくこともなく穏やかでいられることだろう。

「おい、大谷常務」

ふいに呼びかけられた。

慌《あわ》てて声の方向に顔を向ける。

「は、はい」

返事をする。

眉間《みけん》に皺《しわ》を寄せ、俊哉を睨《にら》むように見ているのは、頭取の木島豊《きじまゆたか》だ。

木島はかつての上司だ。企画部時代に先輩として俊哉を鍛えてくれた。たった三年しか入行年次が違わないのに木島は圧倒的な迫力があった。当時から将来性が期待されていたが、その通り出世街道を突き進んで今や、頭取だ。

実は、俊哉の夢に登場し、怒鳴りつけ、会議資料の間違いに気づかせてくれたのは木島だった。

俊哉は、木島に付き従うことで現在の地位にまで到達したと言えなくもない。否、むしろそれしかないと言ってもいいだろう。たいした実力も定見もない俊哉が、メガバンクの常務取締役執行役員でいられるのは木島のお陰だ。口さがない連中は、俊哉のことを木島の金魚のフン、と陰口を叩いているらしい。

言いたい奴には勝手に言わせておけ。所詮、サラリーマンの人生は、勝ち馬に上手く乗ることができるかどうかで決まる。勝ち馬に乗れば、思いがけない出世という僥倖《ぎょうこう》に恵まれるし、そうでなければ早々に落馬して、野垂れ死にするだけだ。

「多摩支店が行っている霊園プロジェクトの進行状況はどうだね」

木島が質問すると、出席している役員たちの視線が一斉に俊哉に集中した。

今は、霊園プロジェクトが議題だったかな？

あれれ？

俊哉は、資料を慌ててめくった。どこにも霊園プロジェクトのことは書かれていない。もっと深刻な議案だ。A機械という機械メーカーが債務超過に陥《おちい》りそうだが、支援を継続するか否かという内容だ。

しかし俊哉は、ぼんやりと窓の外の景色を眺めていたので何がどうなっているのか状況を理解していない。なぜ木島が霊園プロジェクトの質問をしたのかがわからない。

「はあ？」

俊哉は、木島に向かって曖昧《あいまい》な笑みを浮かべる。

「聞いてなかったのか？」

木島が難しい顔をする。

「いえ、まぁ」

冷や汗が出そうになる。

「ここにね、A機械が工場空き地に霊園を作って分譲すると書いてあるものだからさ。多摩支店の案件はどうなったかなと思ったのさ」

「は、はい。あの案件は順調と言えば、順調ですが、地上げが今一歩手間取っておりまして……はい……」

なんとか答えた。先日、支店長が報告に来たのを記憶していたのが幸いした。

木島が質問した霊園プロジェクトは、マンションなどを開発していた地元不動産デベロッパーが、ゴルフ場を開発しようとして頓挫《とんざ》した山林に霊園を開発しようというものだった。しかし土地の一部を保有している地主がごねているため、中断していた。多摩支店は、その状況報告に俊哉を訪ねて来たのだ。

「そうか……」木島は残念そうな表情をした。

「期待しているんだよ。あの場所は、我が家からも近いからね。完成したら、一区画、譲ってもらいたいと思ってね。私も墓がないから」

「頭取は、確か、徳島にご実家があるのでは……」

木島は徳島県出身だ。

「実家は徳島といっても、東京の生活が中心だしね。確かに実家に墓があり、長男が早く亡くなったから、その息子、私の甥だけどね、彼が墓を守っているけど、そこには入れないよ。妻は嫌だと言うに決まっているさ。なにせ山の中の寂しいところだからね。お参りに来るのはサルかイノシシだよ、ははは」

木島は、自分の冗談に自分で笑った。

隣に座る副頭取も笑ったものだから、会議出席者全員が、笑うことのお墨付きを得たように笑い出した。

すると、木島が真面目な顔になり「笑い事じゃない」と言った。

急に全員が押し黙った。まずいという顔で口に手を当てているものもいる。

「この中で、墓がある者は手を挙げなさいよ」

木島が促す。

部長も含めて三十人ほどの出席者の中で三分の一ほどが手を上げた。

「君は？　能瀬《のせ》君」

営業第一部で大企業を担当している執行役員、能瀬潔《きよし》が木島から指された。手を上げた一人だ。

「私は、東京出身でして青山墓地に先祖からの墓がありますので……」

墓がないと発言した木島に遠慮するような口調だ。

「羨《うらや》ましいね。君のおうちは、明治時代に東京に出てきて成功されたからな」

能瀬の先祖は鹿児島出身で戦前まで華族だった家柄だ。

「ははぁ、先祖のお陰です」

能瀬が苦笑する。

「能瀬君のような人もいるがね、普通は、墓の心配をする人が多いんだ。だからあの霊園プロジェクト、成功させてくれよ」

「わかりました。多摩支店の支店長と連携しまして、なんとか早期に開発できるようにいたします。完成しました暁《あかつき》には、頭取の墓も用意するようにいたします」

俊哉は、真面目な顔で答えた。

「おいおい、まだ殺さないでくれよな」

木島は、周りを見渡しながら苦笑した。

木島が笑ったために、再び会議室に笑いが戻った。

「いえ、そんなつもりでは……」

俊哉は、冷や汗を滲《にじ》ませながら、ばつが悪そうに俯《うつむ》いた。

2

「遅かったわね」

水原麗子《みずはられいこ》は、俊哉をなじった。

「ごめん、ごめん、経営会議が長引いてね。イライラしたんだけどさ、途中で退席するわけにいかないじゃん」

俊哉は、子供っぽい口調になり、麗子の額に唇をつけた。

麗子は、額に俊哉の唇を受けると、今度は顔を突き出して唇を突き出した。

「はい、はい」

俊哉は、麗子の要求を理解して自分の唇を麗子の唇に重ねた。

コートは脱いでいるが、スーツはまだだ。俊哉は、スーツ越しに麗子の柔らかい胸の膨《ふく》らみを感じていた。

麗子は、唇を離すと、両手を俊哉の首に回して「はい！　は一回でいいのよ。二回も繰り返すと、嫌々みたいじゃないの」と機嫌を損ねた振りをした。

「セクシーだな」

俊哉は麗子の部屋着を眺めた。まるでキャミソールのような薄い生地で作られている。パンツは、太腿の部分が丸くなったブルーマーのような形状だ。とても四十歳とは思えない。

「そう？　嬉しいわ。部屋の中は暖かいしさ、せっかく俊哉さんの誕生日を祝おうと思っているのにごわごわの厚手の服より、すぐに脱げる方がいいと思って……」

麗子は、くすりと笑った。えくぼが見える。もともと少し目と目の間が離れた感じの平べったい、とぼけた味のある顔立ちだ。四十歳になったとはいえ、子供っぽい。大げさなことを言えば格好次第では高校生に見えないことはない。小柄ながら胸や尻などの肉は柔らかく厚みがあり、エロスの香りを十分に漂わせている。

「私はどうしてこんないい加減な男が好きなんだろうね」麗子は、体を離す。「さあ、食事にしましょうか。その前に俊哉さんも着替える？」

「いいや。上着だけ脱ぐよ。まずは、腹ごしらえだ」

俊哉は、スーツの上着を脱ぎ、手渡す。麗子は、それを丁寧にハンガーにかける。

麗子との出会いは、相当、以前に遡《さかのぼ》る。麗子が、支店勤務を経て企画部に配属になったのが二十七歳の時だから十三年も前のことだ。俊哉は五十歳、企画部の執行役員部長だった。

その頃、忙しさがピークだった。勤務していた四井銀行が安友銀行と合併し、四井安友銀行となった。ともに財閥系銀行であり、大きな話題となったが、内部では合併実務で行員たちが忙殺されていた。死人が出るのではないかというような忙しさだった。俊哉も例外ではなかった。そこに俊哉の業務を助ける秘書的な役割を担うために配属されたのが麗子だった。

たとえ大手銀行であっても個別の秘書がつくのは頭取くらいのものだ。他の役員は大部屋と称する秘書チームがフォローをする。

俊哉のような執行役員企画部長という立場で秘書を配属してくれるのは例外中の例外と言えた。

人事部長は「いい子ですよ」と、まるで女衒《ぜげん》のようないやらしさを含んだ笑みで麗子を紹介したが、その言葉に嘘はなかった。

明るく、気が利き、他人を寄せつけないような美人ではなく、愛らしい顔立ちで、なんとも親しみやすい雰囲気を醸《かも》し出している。

たちまち親しくなった。俊哉は決して女に手が早い方ではない。ましてや五十歳という年齢であり、妻も子供もいる。大手銀行の企画部長という責任ある立場で、部下の女子行員に手をつけたとあっては大きな問題になることはわかりきっている。

それでも麗子と関係してしまった。

思いのほか、性根が緩《ゆる》く、いい加減なところがあるのだろう。合併実務が山を越え、一段落ついた時に、「お疲れ様、お礼に食事に誘ってもいいですか」と俊哉は麗子に聞いた。

「嬉しいです」と麗子は弾んだ声で答えた。「じゃあ、何が食べたい？」「お寿司がいいです」

たわいもない会話だ。五十歳のいい大人が、二十七歳の女性の意外なほどの子供っぽい喜びように、ぐらぐらと心が揺れた。

二人で銀座の寿司屋に寄り、日本酒をたらふく飲んだ。麗子は酒が強く、酔うということはなかった。むしろ俊哉が、日頃の疲れがたまっていたのか、酔ってしまった。

気が付くと、新宿の高層ホテルの一室で、裸で抱き合っていた。どうしてそんな事態になったのか記憶が定かでない。こんな言い方をすると無責任に聞こえるが、本当のことだ。

麗子によると、俊哉はタクシーに乗り込むと、麗子が困惑するのも聞かず強引にホテルに向かわせたらしい。チェックインも何もかも冷静に処理したようだから、麗子はまさか酔っているとは思わなかったらしい。

俊哉は、関係ができてから麗子の方から「強引だったんですよ」と説明されたが、あれは嘘だと思う。酔った俊哉を麗子が勝手にホテルに連れ込んだのだろう。そうに違いない。しかし、今となってはそんなことはどうでもいい。

麗子は、その後、一年も経たない間に銀行を退職した。

俊哉は、麗子とはあの時以来、関係を持とうとしなかった。

リスクが大き過ぎるからだ。酒に酔った一夜は、仮に許されてもその後も関係を続ければ、いずれ発覚し、問題になる。その時は、銀行内での出世は諦めることになってしまう。

下半身がむずむずして耐え難い思いがしたが、いい夢を見たと思うことにした。幸いなことに麗子も俊哉をしつこく求めたり、関係したことを問題にしようということはなかった。淡々と何事もなかったかのように振る舞った。

俊哉にとってはそれは多少不満だったが、別の見方をすれば麗子への信頼が深まったと言える。

ゲスな言い方をすれば、この女大丈夫だぞ、ということになるだろうか。

退職して結婚でもするのかと思っていたら、麗子は意外な転身を図った。銀座のホステスになったのだ。一流のクラブで一年ほど働き、自分でカウンターのバーを持った。オーナーママだ。

俊哉は、麗子が働くクラブには、一、二度しか顔を出したことはない。非常に高額で、自分の懐《ふところ》具合と相談したら通える店ではなかったからだ。

大手銀行の企画部長とはいえ、昔と違って接待交際費がふんだんに使えるわけではない。

昔の部長や役員は、交際費を湯水のように使い、中には、その金で愛人に店を持たせて、恬《てん》として悪びれない強者もいたが、今はそんな時代ではない。

しかし麗子がオーナーママとなったカウンターバー「麗《れい》」は値段も手ごろで自分の金で行くことができた。

麗子も俊哉が顔を出してくれるのを喜んだ。

「こんな店をしていると、嘘でもいいから男の人が後ろ盾になっているというのが必要なんですよ」

麗子がグラスにウイスキーを注ぎながら言う。

「いるんだろう、これ」俊哉が親指を立てる。

「いるわけないじゃないですか。こんなブスッ子に」麗子が笑う。

「俺でいいか？　金はないけど」俊哉が冗談めかして言う。少し本気のところもあった。

「部長が？　本当ですか。嬉しいな」

「部長はよしてくれよ」

俊哉は、まさか本当に麗子と関係が復活するとは思わなかった。

「私、ファザコンなんです」

麗子がベッドの中で囁《ささや》いた。

嬉しいことに麗子は、俊哉に何も要求しなかった。月に数回、「麗」が休みの月曜日に、六本木にある麗子のマンションで過ごすだけだ。泊まったことは一度もない。仕事でくたびれたり、くしゃくしゃした際に、麗子の手料理を食べながら、くだらない話をしたり、一緒にＤＶＤで映画を見たりして過ごすだけだ。

こんなのでいいのかと思うこともある。家賃も食事代も出さなければ、高価なハンドバッグも宝石も買わない。旅行なんかにも出かけない。

「俺が、麗子に甘えているだけみたいだな」

ある時、二人で部屋ですき焼きをつつきながら言った。

「それがいいの。私、ちゃんと収入があるから、俊哉さんとこうして充実した時間が持てるだけで嬉しいの」

いつの間にか、麗子は「部長」から「俊哉さん」と呼ぶようになっていた。

「これじゃ俺が居候だね」

あえて愛人という言葉を避けた。

「居候だと、ずっとここにいてくれるけど、俊哉さんは帰っちゃうからな」

麗子は少し寂しい表情になった。

申し訳ない気持ちになり、きゅんと胸が痛む。銀行にも妻にも誰にもばれずにいつの間にか長い年月が過ぎていた。そのうち麗子は婚期を逃した。もっとも銀座で店を持とうと思って、それをやってのける女性だから結婚願望があったかどうかはわからない。

「結婚したかったのか」

目の前には俊哉の誕生日祝いだということで四、五センチほどもある厚いヒレステーキを載せた皿がテーブルを占拠している。

山盛りのサラダ。俊哉が大好きなコーンポタージュスープ。麗子が「このパンはブーランジェリーサトウって人気店で並んで買ったのよ」と言う。

「ブーランジェリーってなんのことだ？」

「パン屋さんのことを最近はそう言うのよ」

評判のよいパンを口にする。確かにうまい。ワインに合う。あとは適当につまめるような小鉢が幾つか並んでいる。

「わからないわよ。したくなかったと言えば、嘘になるしね。俊哉さんとこんな風になってしまったから諦めたわ」

ちょっと上目になり、俊哉を見る。

「おいおい、よしてくれよ。俺のせいか？」

俊哉は苦笑し、ワイングラスを持った。

「でも全く責任なしとは言えないわ」

麗子が俊哉のワイングラスに赤ワインを注ぐ。

「乾杯。俺たちの関係がいつまでも続きますように」

俊哉が麗子のワイングラスに自分のワイングラスを合わせる。

「乾杯。俊哉さんがいつまでも健康でありますように」

カチリとワイングラスの音が部屋に響く。部屋にはクラシック音楽が流れている。

麗子好みだ。

「この曲は？」

「ブラームスの交響曲第四番。のびやかで華やかで、ブラームスの最高傑作と言われているのよ」

「ブラームスってドイツの作曲家でベートーヴェンと並び称される人だね」

ステーキが程よい焼き上がりだ。肉が柔らかくて甘い。表情が緩む。

「いい肉でしょう？　やっぱり松阪肉よね。元気、出るでしょう？」

麗子が自信ありげな微笑を浮かべた。

「そうだね。肉を食って、麗子に襲いかかるかな」

俊哉は両手を大きく広げた。

「止《や》めてよ。今は、食事を楽しんで」

麗子は、体を捩《よじ》って俊哉を避けた。

「そういえばさ、麗子はお墓はあるのかい？」

俊哉が肉を口に運ぶ。肉汁が口中に満ちてくる。

「ないわよ。なぜそんなこと聞くの？　縁起でもない」

「今日、経営会議で霊園プロジェクトのことを頭取から質問されたんだよ。頭取から、実家に墓があるがそこに入るわけにはいかないから開発を急いでくれ、自分も買うからみたいなことを言われてさ。役員たちの三分の一くらいしかこっちに墓がないんだ。墓のある奴はだいたい東京や東京近郊出身でさ。まあ、おぼっちゃんじゃないのかな。先祖の墓があるのはね」

俊哉はコーンポタージュスープを飲む。子供の頃、母親がどこから調達してきたのかわからないが、キャンベルのコーンポタージュスープを温めて、飲ませてくれた。その味は感動的だった。なんて表現したらいいんだろうか。都会の味。外国の味。憧れ。早く偉くなってこんな美味いものを毎日食べるぞと密かに誓ったのが懐かしい。母親は「美味しいかい？」と優しく微笑んでいた。今でもコーンポタージュスープを飲むと、その時の母親の笑顔を思い出す。

「銀行の役員ってお年寄りが多いからお墓のことが気になるんでしょうね。私は、どうしようかな」

「そうでもないよ。麗子がいた時より役員も部長も随分、若返っている。でも五十歳とか六十歳とかになると、親のこととかいろいろ面倒なことが増えるだろう？　そんな年齢なのさ。ところで麗子は、北海道に墓はないの？」

「実家の方は、もう兄が継いでいるしね。お墓はあるけど、まさか私がそこに入るわけにいかないじゃない。ふるさとは遠きにありて思うもの、そして悲しくうたうもの、室生犀星《むろうさいせい》、抒情小曲集でした」

肉を大きく切って食べる。「美味しいわ。今度、これお客様に出そうかしら」

「じゃあ、どうするのさ」

肉をフォークに刺したまま聞く。

「どうするって、何を」

麗子は、コーンポタージュスープを飲む。

「このスープに子供の頃の思い出があるって、俊哉さんも変な人ね」

「お墓さ」

「えっ、まだお墓の話？　俊哉さんとさ、どこかの海に一緒に撒《ま》いてもらうとかさ、どう？」

麗子が小首を傾げる。首の辺りに皺が寄っている。年齢は首に出るというが、長い付き合いの証拠だ。

「散骨か……」

俊哉は呟く。

「俊哉さん、そんなに気になるならさ、どこかにお墓を買って、一緒に入ろうか」

とてもいい考えだとばかりに麗子が身を乗り出す。

「馬鹿、一緒に入れるわけがないだろう」

俊哉が渋い顔をする。

「どうして？」

麗子が怒った顔でナイフとフォークを置いた。カチャと金属が皿に当たる嫌な音がした。

「どうしてってさ……」俊哉は麗子の表情に何やら不穏なものを感じて言葉を発するのを躊躇《ちゅうちょ》した。「夫婦じゃないから」

麗子が少し目を潤ませている。

「そんな怖い顔をするなよ」

「だってもう十年以上、夫婦みたいに付き合ってるのよ。それに愛し合っているし。俊哉さん、奥さんとはずっとご無沙汰でしょう。それでもお墓には一緒に入りたいの？　エッチできないわよ」

まだ怒っている。

死んで焼かれて、骨になってエッチもないだろう。しかし、ここで馬鹿なことを言うなと一喝すると議論があらぬ方向に行ってしまう。要警戒だ。

やはり麗子も四十歳になったら、先を考えるのか。

潮時？　いやいやそんな自分勝手なことを考えてはいけない。

「はははは」作り笑いをする。

「骨になってエッチしたら、かちゃかちゃと音はうるさいし、痛いだろうね」

「馬鹿」

麗子は本当に怒った。

「悪かったよ」

俊哉もナイフとフォークを下ろす。墓の話題なんか持ち出すんじゃなかったと後悔する。

「最近、ちょっとイライラしてるのかな」

麗子が暗い顔で俯く。

「なんでさ」

俊哉が手を延ばし、麗子の顔を上げる。

「ちょっと疲れたのかな。銀座のお店も十年過ぎたでしょう。最近はさ、なかなかお客様が来ないのよね。常連さんも年を取って引退して家に引きこもったり、会社のお金も使うのが厳しくなったしね、コンプライアンスのせいね。街に出れば、中国語と韓国語が飛び交っているでしょう。銀座も変わってきたのよ」

気を取り直したのか、またナイフで肉を切り始めた。

「止《や》めるつもりなの？」

俊哉は小鉢の中の雷こんにゃくをつまむ。これも好物だ。どうしてこんな安っぽいものが好きなのだろうか。

「さあ、どうかな？　止めても何をするってわけじゃないしね」麗子は、急に真顔になって俊哉を見る。「お嫁さんにしてくれる」

「おいおい、急にどうしたんだよ」

俊哉は、動揺が顔に出ないように注意しながら、本気で言っているのか、そうでないのか見極めようと麗子を見つめる。

「私、俊哉さんのお嫁さんになって、一緒のお墓に入る！　俊哉さんがもしボケても面倒見てあげるからね。一緒のお墓に入ろ！　それがいい」

麗子は、興奮し、顔を紅潮させている。ワインを飲ませ過ぎたようだ。

そろそろ帰らないと女房が変に思うかもしれない。俊哉は、そっと腕時計を覗き見た。

いつの間にか音楽はモーツァルトのレクイエムに変わっている。美しく荘厳な歌声が響く。俊哉は、自らの葬送の場にいるような気がして心が重くなった。

3

社用車は麗子のマンションの近くで帰している。

いくらなんでも愛人との逢瀬《おうせ》を楽しむ間、社用車を待たせていたならば、担当運転手の反感を買い、どんな噂を流されるかわからない。運転手と秘密保持契約を結んでいるなんてことはない。

頭取の木島はどうしているのだろうか。

木島に愛人がいるのは知っているが、運転手がそのことをバラすことはないだろう。もし頭取が密会し、それに社用車を利用しているなどという情報が漏えいしたならば、真っ先に疑われるのは運転手だからだ。

「あの信号、右ですね」

タクシー運転手が聞く。

「ああ、右に曲がれば道なりだ」

辺りはすっかり暗い。遅くなった。十一時を過ぎている。

口に手を当て息の匂いを嗅ぐ。臭くない。ワインを飲み過ぎたが、大丈夫なようだ。自分の息の匂いを臭いと感じるようになれば、末期的だと聞いたことがあるが……。コートの袖を鼻の近くに運び、匂いを嗅ぐ。麗子の匂いがついていないか、慎重に嗅ぐ。

大丈夫だ。

いつもならこんなことはしない。しかし今夜の麗子はいつもと違っていた。抱くには抱いたが、あまり情熱的ではなかった。墓の話題がよくなかったのだろうか。女性の独身で四十歳ともなると、終末の話題は、想像以上に切実なものなのかもしれない。

まさか結婚を要求される？　そんなことはあるまい。いや、わからない。銀座の店の経営が思わしくないとも言っていたから……。

——なんだか煩《わずら》わしいな。長く付き合い過ぎたか。

潮時という言葉が、再び脳裏に浮かんだ。

愛人は若いのがいい。体も新鮮だし、いつ裏切られるかと思う危機感が自分を若くさせてくれる。しかし十年以上も慣れ親しんでしまうと、まるで夫婦同然だ。緊張感も危機感もない。マンネリ。

しかし本気で別れ話でも切り出そうものなら、麗子がどんな行動に出るかしれない。昔の愛人は日陰の女だった。何があろうと絶対に表に出ることはない。こんなことを言うと問題になるだろうが、男にとって都合がいい女、それが愛人だったのだ。愛人の前では、素のままの自分をさらけ出すことができる。

嘘か本当か知らないが、ある大物財界人は、愛人と過ごす部屋をキティちゃんの人形で埋め尽くしているらしい。彼女を抱く時、キティちゃんの人形に埋もれて、「キティちゃーん」と言って果ててると聞いたことがある。バカバカしいと思ったが、その気持ち、わからないではない。そんなことを妻に要求したら、「変態」と罵《ののし》られて慰謝料を要求されるだろう。その財界人にとっては、キティちゃんが絶対的な癒しの対象だったのだ。それは俊哉にとってのコーンポタージュスープみたいなものだろう。

今、麗子と問題を起こすわけにはいかない。このまま騙《だま》し騙し付き合うしかない。

別れ話がこじれて刃傷沙汰にでもなれば大変だ。これまでなんとか傷つかずに過ごしてきた銀行員人生が暗転してしまう。

「まさか」

ゾクゾクと背筋に寒気が走った。今は、不倫相手を殺すのにナイフも毒薬も何もいらない。インスタグラムやツイッターなどSNSといわれるインターネットサイトに俊哉の写真を掲載すればいいだけだ。

先日、テレビを見ていたら、警察庁のキャリア官僚が、愛人の靴の匂いを嗅いでいる写真をインスタグラムに投稿されていた。

別れ話がこじれたためだ。どうみても変態だ。彼は、将来の警視総監候補だったようだが、靴嗅ぎ官僚となって一発で失脚だ。

よかったんじゃないか。あんな変態が警視総監になったら世の中大変なことになる……。待てよ、ひょっとしたら官僚でトップに上り詰めるような奴は変態的なところがあるのかもしれない。

俺も、と俊哉は思う。麗子の豊満な胸の中に顔を埋めて、頭を「いい子、いい子」と撫《な》でてもらうのが好きだが、あれも変態のうちだろうか。

まさか、写真は撮られていないだろうな。こう見えても案外警戒しているから、馬鹿な写真は撮られていないという自信がある。しかし眠っている時などはわからない。

確認しようかな。

止めておこう。余計なことをして藪蛇《やぶへび》になったら、それこそ大変だ。とにかく今まで通りの関係を維持できるように最大限の配慮をする必要がある。腐れ縁と思っても め事を起こさないことだ。

なぜって？

そりゃ頭取の目が全くないとは言えないからだ。

木島頭取は六十六歳、俊哉は六十三歳。たった三歳の差だ。これではほぼ頭取の目はない。

ましてや四井安友銀行は合併銀行だ。四井銀行出身の木島の後は、安友銀行の出身者になるだろう。それに時代は若返りを求めているから、今、五十歳代の、取締役でもない常務執行役員から選ばれる可能性が高い。

俊哉が頭取になる可能性は今のところゼロだ。しかし、世の中何が起きるかわからない。突然、木島が死ぬかもしれない。そうすると最も気心の知れた取締役と周囲からもみなされている俊哉が後任に指名されないこともない。

俊哉は木島に他の大手銀行のようにカンパニー制を採用するように提案している。

国内営業や国際営業など各分野を会社にしてしまい、全体をホールディングカンパニー、言わば持ち株会社が支配する形だ。

今、多くの会社で採用されている企業形態だ。

木島は、カンパニー制にすると各会社が独立性を持つことになって指示が浸透しないのではないかという懸念を持っているが、合併企業には相応しい企業形態だと俊哉は説明している。

なぜなら主要なポストが増え、バランス人事が容易になる。それに木島がホールディングカンパニーの社長に就任すれば、少なくとも七十歳までは安泰だろうと鼻薬を嗅がせた。

なぜ安泰かは判然としないが、それぞれのカンパニーの社長の定年を六十八歳とすれば、その上に君臨するわけだから七十歳が適当だという、いかにもいい加減で適当なアイデアだ。

しかし木島はそれに関心を示している。この提案を実行すれば、まだこの先、四年もトップに君臨できるのだ。こんなに嬉しいことはない。

もしカンパニー制が採用されたら、俊哉はどこか一社の社長にしてもらおうと考えている。それが銀行カンパニーなら、まさに頭取ではないか。

ポストが多くなれば合併銀行であってもいがみ合いが少なくなる。これは知恵だ。

そうなれば俊哉のような六十歳代の役員ももうひと花咲かせるチャンスがある。

仕事は嫌だが、銀行に残っていれば、また新しい愛人が出きるかも知れない。麗子には申し訳ないが……。

「着きました」

運転手が物憂《ものう》げに言う。

タクシーが俊哉のマンションの前に停まる。料金の支払いを終え、車の外に出る。

途端に冷たい風が頬を打つ。

妻ともマンネリ、愛人ともマンネリ、仕事もマンネリ……。

「ああ、嫌だなぁ」

マンションのセキュリティコードを指先でタッチすると、ガラスドアが静かに開いた。

4

「あなた、いったいどこにいたの？」

玄関ドアを音もなく開けたのに、その場に妻の小百合《さゆり》が立っている。

パジャマは着ていない。ユニクロのラフなセーターを頭からすっぽりかぶり、下はしまむらのパンツ姿だ。

「お前、寝ている時間じゃないのか」

いつも床暖房の効いた部屋で夕食後にひと通りニュース番組を見ながらキャスターやコメンテーターに馬鹿、くだらないコメントするななどと文句を言った後、十時頃には眠りにつくのだ。

だからたいてい俊哉が帰宅する頃にはベッドの中で趣味のゴルフの夢を見ているはずだった。

「田舎の清子《きよこ》さんから電話があったのよ」

清子は俊哉の妹だ。俊哉は、長男である自分と長女である清子の二人兄妹。清子は、結婚し、実家の隣町に住んでいる。性格はきつい方だろう。なんでもポンポンとはっきりと言う。そのせいか小百合とはあまり気が合わない。

「なんだって？」

清子が電話してくるのは、母のことに違いない。

母の澄江《すみえ》は、八十六歳で実家に一人で暮らしている。幸いなことにボケてはいない。しかし三年前に肺癌が見つかり、余命は三か月と診断された。

澄江から「手術はどうしたらいいかね」と相談を受けた。清子は手術すべきと主張したが、俊哉は「止めた方がいい」と言った。

理由は簡単だ。八十歳を過ぎた体にメスを入れて、ベッドに寝たきりになるより、癌と上手く付き合いながら畑仕事でもした方がよいと考えたのだ。

「私、そうするわ」と澄江はあっさりと俊哉の考えに同意し、手術をしなかった。畑仕事をしたり、近所の人たちと旅行を楽しんだりしているうちに癌のことなどすっかり忘れて三年が過ぎてしまった。高齢者の癌は進行が遅いと聞いたことがあるが、治ってしまったのではないかと思ったくらいだ。

「インフルエンザじゃないかって思うのだけど、気分が悪いって入院したのよ」

小百合が深刻そうな表情で言う。

「ああ、それなら大丈夫だよ。ただの風邪だろ」

持っていた鞄を差し出す。小百合はそれを受け取りながら、「ちょっといつもと違う感じね。お母さまが、あなたに会いたいって。清子さんもひょっとしたら今度はダメじゃないかって言うのよ。電話口で『兄ちゃんに早く帰ってきてもらいたい』って大きな声で」と顔をしかめ、耳を手で押さえた。

「そうか。よく頑張ったからな。お袋も」

俊哉は、コートを脱ぎながらリビングに向かう。

俊哉の住まいは、代々木上原にある高級マンションだ。

結婚してから引っ越しを繰り返し、ようやくここに辿《たど》り着いた。五階建ての五階。屋上のテラスも使うことができる。時々、テラス席にリクライニングチェアーを置いて寝転がりながらビールを飲むのが、俊哉の密かな楽しみだ。

百二十平方米の広さに間取りは夫婦二人が住むには十分な3LDK。特にリビングが広いのが快適だ。以前、住んでいた戸建て住宅を買い替えたものでローンもない。

自分ほど、家の買い替えが上手くいった者はいないだろう、と密かに俊哉は自負していた。

銀行の同僚の中には、バブル時代に慌てて、高くて遠い物件を購入し、バブル崩壊後の低成長時代になり売るに売れなくて困っている者もいる。

俊哉は、とにかく狭くても都心に住むようにした。そのお陰で転売する時は高値で取引ができたのだ。ちょっとしたわらしべ長者のようなものだ。慾張りではあるが、冒険しない慎重な性格が不動産取引では幸いしたのだろう。

「あなたに急いで連絡しようと思っていたのに、通じないんだから。どこにいたの」

小百合がなじる。

「悪かったね。予定を言ってなかったかな。取引先との接待があってさ。携帯を切っていたら、そのまま忘れていたんだ」

俊哉は、スーツを着たままリビングに向かう。

「あなた銀行の役員なのに、急ぎの電話があったらどうするのよ。これからは携帯を切らない方がいいわよ。若い頃からいい加減なんだから」

上から目線で言う。

小百合は二歳年上で、銀行では、俊哉の四年先輩だった。

最初の配属は横浜支店だったのだが、この店は税関に出張窓口を持っていた。税関職員や港に出入りする人たちのための簡便な支店を設置していたのだ。

そこに小百合と俊哉は派遣され、関係ができた。都内の短大を卒業し、すでに実務のベテランだった小百合が東京大学経済学部を卒業して入行した新人の俊哉の先生となったわけだ。

俊哉は決して器用な行員ではなかった。そろばんも電卓も上手に操作できず、何かと失敗をするのを姉さん的にカヴァーしてくれたのが小百合だった。

結婚したのは、俊哉が入行して二年を過ぎた時、俊哉二十五歳、小百合二十七歳だった。あれから三十八年が経つ。

「これからは気をつけるよ。コーヒーでももらうかな」

上着を脱ぎ、ソファに座る。

「こんな時間にコーヒーを飲んだら眠れなくなるわよ。そんなことより怪しいな」

小百合が首を傾げる。

「何が怪しいんだよ」

無視して、リモコンでテレビをつけ、深夜のニュース番組を探す。

「浮気よ、浮気。あなた浮気してるんじゃないの？」

眉根に皺を寄せる。くっきりと額に溝が刻まれ、年齢を感じさせる。

「馬鹿言うなよ。こんなジジィを誰が相手するんだ」

視線を向けずに答える。

「まあ、浮気してもいいけど、もしそんなことになったら、このマンションも預金も何もかも私がもらって、あなた裸同然で出なくちゃいけないわよ。覚悟してね。まあ、私としたらボケたあなたの世話をしなくていいから、浮気、大歓迎ね」

「おいおい、誕生日なのにおめでとうもなくて、ひどい言い方だな」

「なに言ってんの。せっかく」と小百合は言い「はい」と白い箱に金色のリボンをかけたものを差し出した。

「なに、これ？」

「誕生日のプレゼントよ」

「開けていいかい」

「どうぞ。せっかくケーキも買ったのに、明日、食べてね」

小百合の不満そうな様子の理由がわかった。ささやかに俊哉の誕生日を祝うつもりだったのに帰宅しないばかりか、清子の電話で心を乱されたからだ。

「ネクタイか」

箱の中には、イタリアの高級ブランドのネクタイが入っていた。ブルーを基調にした水玉模様の上品なデザインだ。

「いいでしょう。それを締めてしっかり働いてね」

小百合は、少し機嫌が戻ったのか笑みを浮かべた。

俊哉は、ネクタイを首元に当て、似合うかなと聞いた。小百合は似合うわよ、と答えた。

いい感じじゃないか。古い関係の夫婦は空気のようになるというが、今、ここに漂っているのがまさにそれだ。波もなく、穏やかな空気……。この感じもいい。これを大事にしないと安心した老後は送れない。

ふと、ネクタイを持つ手の指から麗子の香水の甘い香りを鼻に感じた。ドキリとした。

「なあ、お前、死んだら同じ墓に入る？」

ネクタイを箱にしまう。

「何を突然、変なことを聞いてどうしたの」

笑みを浮かべる。

俊哉は、今日の役員会での霊園プロジェクトの話題を説明する。

「そうね」と小百合は、小首を傾げる。

「そろそろ考える時期かもね。友達の間でも話題になるわ。主人の実家の墓にだけは入りたくないってね。私もそうよ」

「じゃあお前は実家のある横浜の墓に入るのか。あれは亡くなったお父さん、お母さんが買って、そこに入っているけど……」

「あれは弟のものよ。私は入れないわ」

眉根を寄せる。

「それじゃ、俺の実家の墓に入るしかないじゃないか。俺は長男だから……」

寝る前にアルコールを少し補充したくて、サイドボードからウイスキーとグラスを取り出す。

「絶対に嫌。あんな山奥のお墓には絶対に入りたくない。だって寂しいじゃないの」

眉間の皺がさらに深くなる。

「死ねば、終わりだよ。寂しいもなにもないさ」

グラスにウイスキーを注ぎ、そのまま口に運ぶ。舌先から喉にかけて焼けるようにアルコールの刺激が走る。

「理屈はそうだけど。あなた、一人で入ればいいんじゃない。私は、どこか別に……」小百合は、上目づかいになり「横浜の海が見える明るい高台にでも埋めてもらうわ」と言う。

「お前は横浜生まれだから、海が見えるのがいいんだな」

もうひと口、ウイスキーを飲む。やはり喉が焼ける。

「私は、あなたより二歳も年上だし、早く死ぬから必ず約束してね、海の見えるお墓を頼んだわよ。あなたの実家のお墓は絶対に嫌だから。あのお母さまと同じ墓に入るかと思うと寒気がするわ」

小百合がきつく言い、ウイスキーとグラスを強制的に片づける。

小百合は、年上で、短大卒だったことから母澄江は当初、結婚に反対した。

澄江が、俊哉に「せっかく東大に入れたのにもっといい嫁さんがなかったの」と言ったのが耳に入ってしまったことが決定的だった。

小百合は賢い女性なので澄江に対して露骨に嫌な顔や不機嫌な態度は見せないが、心の中では許していなかった。

俊哉は澄江の話題を避け、「おいおい、俺より、早く死ぬなんて言うなよ。俺の面倒は誰が見てくれるんだ」と冗談ぽく言った。

「自分のことばかり心配するんじゃないの。あなたがボケたら、さっさと施設に入れて、私はエンジョイしますから。あなたの面倒なんか見ません」

小百合は思いきり、顔をしかめる。

麗子は、小百合と全く反対のことを言った。酔っていたとはいえ、俺の面倒を見ると言ってくれた。あれは本音なのだろうか。しかしそんなに都合よくはいかないだろう。麗子を信じて、甘えたら、その瞬間に手ひどいしっぺ返しをくらうに違いない。

それにしても年を取るというのは、つくづく面倒なことだ。

「せいぜいボケないようにするよ」

その時、自宅の電話が鳴った。もう十二時を過ぎている。深夜の電話はろくなことではない。

俊哉の表情が硬くなる。小百合も緊張している。

「はい、大谷ですが」

小百合が恐る恐る受話器を取る。

〈あっ、義姉さん。兄ちゃんいる〉

小百合が焦っている。清子からの電話のようだ。

「あ、はい、お待ちください。清子さんからよ」小百合は受話器を俊哉に渡す。

俊哉は深刻そうな表情で受話器を取る。

「俺だ、こんな夜中に何か急用か？　お袋のことか」

ぶっきらぼうに話す。

〈母さん、容態が急変したのよ。急いで帰って来て〉

「そんなに悪いのか」

俊哉も焦る。

〈医者もここ数日が山だっていうのよ。癌って言われて三年以上も頑張ったけど、ついにダメかも〉

強気の清子もさすがに泣きそうだ。

「わかった、明日の一番の新幹線で帰る。迷惑をかけて悪いな」

清子への気遣いを忘れない。

〈じゃあね、早く帰って来てね〉

電話が切れる。

「お母さま、大変なの」

小百合が不安そうな顔を近づける。

「ここ数日が山だそうだ。すぐ帰って来いって。お前も一緒に行こう。明日、一番の新幹線だ」

俊哉は、準備のために立ち上がった。

「万が一ってこともあるから、礼服も持って行こう」

「えっ、私も行くの？」

小百合が迷惑そうな顔で言う。

「当たり前だ。行かないでどうする？」

「亡くなってからでいいでしょう。明日は、短大の親しい友達との何年ぶりかの食事会なのよ」

「そんなの断れよ。緊急なんだから」

何を言っているんだ、こいつは。義理とはいえ母親が死にそうになっているのに食事会だなんて！

「だって、私、幹事なのよ。困るわぁ」

心底迷惑そうな顔をする。

「困るも何もない。死ぬのに時を選べないだろう。行くんだよ、お前も」

俊哉が困惑した口調で言う。

「勝手に決めないで。私、行かない。とりあえずあなた一人で行ってよ」

ぷいっと横を向く。

「勝手にしろ！」

俊哉は、ついに大声を張り上げた。

第二章　母の死

1

母が死んだ。享年八十七歳。安らかな死だった。

父の俊直《としなお》はすでに十年前に亡くなっている。

仲のよい夫婦だった。父も母も同じ昭和六年未年《ひつじ》の一月生まれ。父の方が一週間だけ早く生まれている。

二人が生まれた昭和六年というのはひどい年だった。一九三一年だから、その二年前、一九二九年にアメリカで株価が大暴落した。いわゆるブラックチューズデイ（暗黒の火曜日）とかブラックサーズデイ（暗黒の木曜日）とかいわれる日だ。

株価が暴落した日によって呼び名が変わるようだが、どんな呼び方をしようと構わないが、世界経済に大きな影響を与える大変な事態だった。

経済なんていうものは、昔も今も変わりはしない。多少、今は経済に厚み、すなわち政府や企業、個人が財産を蓄えているので、経済危機に対する耐性があるだけだ。なぜ一九二九年にアメリカで株価が大暴落したかというと、やはりバブルの崩壊だった。当時、アメリカは第一次世界大戦景気に沸いていた。

戦争で疲弊したヨーロッパと違い、アメリカは彼らを援助することで戦後景気に酔っていた。しかしそんなものはいつまでも続くはずがない。ドイツに貸した融資などが、焦げつき始めると、熱くなった景気は一気に冷え、バブル崩壊となった。

その頃日本も同じように第一次世界大戦後の不景気に苦しんでいた。日本では一九二三年（大正十二年）に起きた関東大震災の被害も引きずっていた。

戦争中は、遠い欧州の戦争だったため日本は直接的な被害がなく、物資を供給する立場で、大儲《おおもう》けした。ところが戦争が終わると、景気は一気に冷え込み、膨らみ過ぎた経済を引き締めようと、当時の濱口雄幸《はまぐちおさち》内閣は、金本位制に戻すという金融引き締め策を講じた。いわゆるデフレ政策だ。

痛みを分かち合えば、いずれみんなよくなる……。

どこかで聞いたようなセリフだが、国民はそれを信じた。

ところが金解禁という金本位制に戻る政策を実施に移した時が、アメリカの株価大暴落と重なった。日本はたちまち大変な不景気になり、それは昭和恐慌という未曾有の事態を引き起こした。銀行はバタバタと倒れ、会社は軒並み倒産し、農家は貧困に窮し、若い娘たちは身売りされ、苦海《くがい》に身を落とした。

首相の濱口雄幸は東京駅で右翼の佐郷屋留雄《さごうやとめお》に銃撃され、翌年、死去。内閣は若槻《わかつき》禮次郎《れいじろう》、犬養毅《いぬかいつよし》と続き、犬養内閣の蔵相高橋是清《たかはしこれきよ》は金解禁を再び禁止し、積極財政に転じた。しかし、悪く転がり始めると、歴史は人の力では止められないのだろう。これが軍部を強くしてしまい、対外戦争で活路を見出そうと考えた軍部は、父母が生まれた一九三一年に南満洲鉄道を爆破する柳条湖事件を引き起こし、それが満洲事変へと拡大することとなる。日本はそれからずるずると敗戦の一九四五年（昭和二十年）までの戦争時代に突入することになる。

もちろん父は戦争に行ってはいないし、母は身売りされたわけではない。兵庫県の丹波という田舎で空襲もなく暮らしたわけだが、親戚の中には、例えば母の兄などは戦死している。周囲に戦争と死が絶えず付きまとう子供時代を過ごしたのだ。

戦後、二十歳を過ぎてから父は、農業を営む傍ら農協に職を得ることができ、そこで母と出会い結婚した。

実家の住居には、祖父や祖母、そして父の兄弟まで同居していた。厳しい祖母の下で母は、我慢に我慢を重ね、俊哉と清子の二人を育て上げた。

苦労したのだろうが、それを語ることはなかった。

俊哉が高校生の時に、祖父母が続いて亡くなり、姑から解放され、ようやく母は落ち着いた暮らしを取り戻した。

父は、真面目に農協で働き、遊びも知らなかった。母と一緒に、夕食時の晩酌だけが楽しみのような人だった。

父が亡くなった時、母は、号泣した。初めて見る母の泣く姿に俊哉は動揺した。そして父と母が本当に愛し合っていたのだと知り、羨《うらや》ましいと思った。

それから母は、一人で暮らしていたが、会うたびに「お父さんと同じ墓に入れてね。あの人の世話をしないといけないから。今、あの人、一人で身の周りのことちゃんとできているんやろか」というのが口癖で、俊哉は何度も同じことを聞かされた。

母の葬儀は、近くの町の祭場で行った。

昔は、自宅で葬儀を行い、近所の人たちが手伝うというのが普通だった。俊哉の記憶では、祖父母の葬儀は、そうやって行われた。

しかし高齢化に伴い、手伝う人も少なくなり、今では都会と同じように祭場で行われるのが一般的となった。

十年前の父の葬儀も同じ祭場で行った。

葬儀は質素だった。参列したのは親族と近所の人たちだけだった。孫にあたる、俊哉の長男寛哉《ひろや》も長女春子《はるこ》も、そして寛哉の子供たち、母澄江にとってはひ孫にあたる智哉《ともや》も参列しなかった。

寛哉も春子も仕事が忙しいという理由だが、母澄江と幼い頃からあまり馴染みがないことが影響しているのだろう。

俊哉は、一応、二人にどうする？　参列するかと聞いたのだが、彼らは迷いなく、止めておくと言った。少しあっさりし過ぎてはいないかと寂しく思ったが、まあ、孫にとって祖母の死など、そんなものだろうと納得した。

献花なども少ない。銀行からは、頭取の木島名で献花があったが、俊哉の仕事の関係はそれだけだった。取引先へは母の死を連絡しなかったし、銀行の秘書室にもその旨、徹底してもらった。後日、新聞に訃報が出るかもしれないが、香典やその他のお悔やみは、すべて辞退するつもりだ。

だいたい大げさな葬儀は生きている者の見栄で行うものだ。亡くなった者には関係がない。ましてや母は田舎でひっそりと暮らして死んだ。たとえ俊哉が銀行の役員をしているからといって派手な葬式を挙げる必要はない。もし派手にしたいというなら、それは俊哉の見栄ということになる。

「質素に済ませるからな」

俊哉が妹の清子に告げると、やや不満そうな顔をした。

「兄ちゃんは偉いんだから、銀行の取引先から花輪くらい頂いたら」

清子が言う。

「いいよ。そんなの。お返しが大変だよ。今は家族葬が普通だ」

俊哉は、清子の提案を一蹴した。田舎はそうじゃない、派手にするほうが母が喜ぶと思うけど……と清子は不満顔だったが、喪主である俊哉が言うことに逆らえない。

葬儀の後は、納骨だ。四十九日が終われば納骨式となるが、仕事の関係もある。できるだけ早く済ませたい。

母澄江は、かねてより父俊直と一緒の墓に入りたいと言っていたから、菩提寺の阿《あ》弥《み》陀《だ》寺《じ》の墓地に埋葬すればいいだろう。そこは大谷家の先祖代々の墓地で、俊直はもちろんだが、祖父、祖母ら先祖が皆、そこに埋葬されているから、寂しいことはないだろう。

葬儀は無事終了し、祭場から実家に帰って来てからも俊哉は妻の小百合がずっと憂《ゆう》鬱《うつ》そうにしているのが気になった。

母の澄江とは仲が決してよくなかった。だからそれほど親しく関係したわけではない。

澄江の死を喜ぶということはないだろうが、こんなに落ち込むほど悲しいはずはないと思うのだが……。

小百合に聞いた。

「どうした？　調子悪いのか」

小百合は、俊哉を見つめて「ふぅ」とため息をついた。憂鬱、ここに極まれりという表情だ。

「本当にどうしたんだ？　おかしいぞ」

「あのね。どうしたらいいの？」

小百合は、弱りきった顔で聞く。

「何を？」

「あなた、聞いていなかったの？」

「だから、何を？」

「病室で、お母さまが息を引き取る間際に言ったこと」

小百合は、母の容態が急を要することになり、帰郷しなくてはならなくなった時、短大時代の友達との食事会を予定していた。それも幹事だった。

それで帰るのを渋っていたのだが、やはり思い直し、幹事を友人に代わってもらい、俊哉と一緒に帰郷した。

新幹線の中でもぶつぶつと文句の言い通しだった。何年ぶりに友人に会うのに残念だわ、とかを繰り返す。

俊哉は黙って聞くだけにしていた。下手に何かを言うと、何倍にもなって反撃されそうだったから。

新大阪駅で新幹線を降り、ＪＲ福知山線に乗り換える。大阪から京都の福知山まで行く路線だが、山陰線に連結しており、城崎《きのさき》温泉などに行く観光客が多く利用する。

二〇〇五年四月二十五日、今から十三年前にこの路線で脱線事故が起き、乗員、乗客百七名が亡くなり、五百六十二名が重軽傷を被るという大惨事が起きた。

非常に地味なローカル線なのに、この凄惨な事故によって不幸なことに有名になってしまった。

今でも事故現場に近づくと列車はスピードを落とすのが慣例になっている。列車が脱線し、多くの人が亡くなり、傷ついた。事故の記憶は消えることはない。

不満を漏らしていた小百合も「ここね」とひと言呟き、瞑目《めいもく》した。

三田《さんだ》牛で有名な三田市を過ぎると、深山幽谷と表現しても良いほどの崖に沿って列車は走る。

「おい、桜が満開だぞ」

俊哉は、小百合の機嫌を取り結ぼうと、窓から見える景色を見るように小百合に促した。

面倒くさそうに小百合は窓の外を見た。

「わぁ、きれいね」

急流がごつごつとした岩の間を走り抜け、川岸をえぐり、大きくうねっている。列車はそのうねりに沿って走って行く。その列車の進行方向に次々と太い幹の桜が続き、今を盛りと咲き誇っている。

「ここは桜の名所なんだ」

「どこまで続いているのかしらね」

ようやく小百合の表情が明るくなった。

「この急流を抜けた後も川の堤防に桜並木が続いているんじゃないかな。子供の頃、家族で花見に来た思い出があるから」

「そうなの？」

列車が川から離れ、田園地帯を走る。

「すごいなぁ。桜の海だ」

俊哉は感嘆の声を上げた。

川沿いの土手、山裾、尾根、そして点在する家の庭に、桜、桜、桜だ。特に山裾から尾根にかけてはソメイヨシノと山桜が競い合うように咲き、普段は濃い緑の山を桜色に染めている。

「ホント、きれいね。海というより桜の波が押し寄せているみたい」

小百合がうっとりとした目になる。

俊哉は驚いていた。自分の故郷にこんなに桜があるとは想像していなかった。

否、あったかもしれないが、子供の頃は、現在のように桜に感動しなかった。それは春になれば普通に咲くもので、とりわけ愛《め》でるものではなかったのだろう。少なくとも子供にとっては。

それにしても東京に住むようになってからもたまに帰郷するのだが、気づかなかった。桜の季節に帰郷することがなかったのだろうか。

「でもあまり花見をしている様子はないわね」

窓の外を眺めながら小百合がぽつりと言う。

桜並木の下を歩く人は一人も見えない。遠くを走る列車から人が見えないだけかもしれないが、それにしても山と田園の風景を桜色に染めるほど桜が咲いているのに、人の動きが皆無なのはなんとなく不気味である。

「田舎には人がいないんだな」

少子化を憂《うれ》うコメントをする。

「そうね、花だけというのは寂しいわね」

小百合がようやく窓の外を眺めるのを止めた。

ふと、あの桜並木の下を水原麗子と腕を組んで歩いている姿が浮かんできた。

満開の桜の下で、麗子と重なり合っている自分の姿。上になり、下になりしているうちに自分も麗子も大きな蛇に姿を変え、丸いボールのようになってしまう。

「あなた、桜の下には死体が埋まっているって本当なの?」

小百合の突然の質問に、妄想から離れ、我に帰る。

「梶井《かじい》基次郎《もとじろう》や坂口安吾《さかぐちあんご》などの小説家が桜の花の下に死体が埋まっているという作品

を書いているな。また西行の『願わくは花の下にて我死なんあの如月の望月の頃』って歌がある」

「『願わくは花の下にて春死なんその如月の望月の頃』じゃないの」

小百合が眉を顰《ひそ》める。

「あっ、そうか」

「その歌、有名だから私でも知っているわよ。ボケないでね。桜と死というイメージがつながるってわけね」

「まあ、そうだな」

せっかく知識を披露しようとしたのに、ボケないでねと言われてしまえば、全く形無しだ。

俊哉は、自分は作家のように桜と死とを結びつけたりはしない。むしろ桜の下で女と溶け合うほど裸で抱き合ってみたいなどと、俗っぽい妄想を逞《たくま》しくしている。そんな自分がボケているはずがないではないかと反論したくなったが、せっかく小百合が気分をよくしているのに水を差してしまいそうなので、押し黙った。

「あなた……」

「うん？」

小百合が睨んでいる。

「私の話、聞いてるの？」

「ああ、聞いてるよ」

「せっかく話し始めたのに急にぼんやりと明後日の方向を見てるんだもの。あなた最近、ボケ始めているんじゃないの。ボケてもいいけど、絶対、面倒見ないからね」

厳しい表情。本気だ。

「ボケ、ボケって言うなよ。だからなんの話だっけ？」

ちょっと首を傾げる。

「だからあなた何も聞いてないじゃないの。私の話、何も聞いてないんだから」

「謝るからさ。ちょっと仕事のことを考えていたのさ」

「あなたのお母さまの葬式でしょう？　仕事のことなんか考えないでよ。私は、友達を裏切ってまで来たんだから」

怒りが収まりそうにない。最近、怒り出すと止まらない。

「聞くからさ、なんの話？」

穏やかに聞く。

「だからね、お母さまが亡くなる寸前に私の手を握ってね」

小百合が自分の手を合わす。そういえば珍しく母澄江が小百合の手を持っていたと思った。普段は、決して折り合いがよくない二人だが、さすがに死を前にして、和解したのかと少し嬉しく思った。

「俊哉と仲よくして、お墓を頼みますね。私とお父さんに寂しい思いをさせないでね、っておっしゃったのよ」

「それで？」

「私、意味、わかったようなわからないような気持ちになったけど、『ハイ』って答えたわ」

「よかったじゃないか。お袋も安心して逝《い》ったと思うよ」

「何が安心して逝ったと思うよ、よ。あなた気楽ね。お母さま、私にそれを告げる時だけ、なんだか目力が出てね。私をこうして」

小百合は、目を細めて眉根を寄せ、いかにもきつい顔で俊哉を見つめた。

「ぐっと睨んだのよ。許さないって顔ね」

「許さないって何を？」

「だから墓を守らないと許さないって顔だったわ。私、気分、滅入っちゃって」

小百合が肩を落とす。

「何をそんなにがっくりしているんだ。お袋は、親父と一緒に埋葬してくれって言っていたから、そこへ納骨すればいいってことだろ？　それを頼んだんじゃないのか」

俊哉は曖昧《あいまい》な笑みを浮かべた。何をそんなことで深刻な顔をしているんだという思いだ。

「そうかしら？　あのお母さまの視線はそんな甘くはなかったわ。なんだか暗くて、険しくて、この世に思いを残すって感じ？　ただ単にお父さまと一緒に埋葬してくれっていうだけじゃなかったわね」

小百合は暗い目で俊哉を見つめる。

「ねえ、墓を守れってどういうこと？」

「どういうことって？　まあ、そうだな」

小百合から改めて聞かれて、答えに窮《きゅう》した。

「私も聞いていたわよ、母さんの頼み事」

横から声を出したのは妹の清子だ。台所で茶を飲んでいる。

清子は、俊哉の三歳下の妹。今、六十歳だ。

夫は、俊哉と同い年の六十三歳の笠原健太郎《かさはらけんたろう》。地元農協に勤めている。六十歳で一度、定年の形を取り、今は再雇用されている。それも六十五歳までらしい。葬儀には参列していたが、どこかに行っているのか、ここには姿が見えない。

「何を聞いたって？」

俊哉が聞く。

「母さんの頼みよ」

清子が、ずっずっと音を立てて湯呑みの茶を啜《すす》った。

「清子さんも聞いてたの？」

小百合は、苦いものでも口にしたような表情をした。

清子に聞かれたくはなかったのだろうか。

「今際《いまわ》の際《きわ》にこれだけは頼んでおかなくちゃって、必死の顔だった」

「清子さん、嫌なことを言うわね。頼まれた者の身になってよ。私、お母さまに、墓を頼むって言われるなんて想像もしていなかった。どういうことかしら？」

「母さんはさ、最近、ずっと墓のことばかり心配してたの」

清子が、俊哉と小百合の傍に湯呑みを持ったまま近づいて来る。

「そんなに気にしていたのか？」

俊哉が、驚いた顔で聞く。

「そうよ、私が死んだら、いったい誰が阿弥陀寺の墓を守ってくれるんだろうねって。兄ちゃんがちゃんとやってくれるよって私が言うとね、心配だよ、あの子は東京に奪《と》られてしまったからって言うのね」

清子が心得顔をする。

「東京に奪られた？」

俊哉が聞き返す。

「東京に行ったきり、帰って来ないってことじゃないの？　もう田舎は捨てたってことね。兄ちゃん、ちっとも帰って来ないし、会社を辞めてもこっちに帰って来る気なんかないんでしょ？　お義姉さんだって横浜の人だしね。母さんは、このままだと墓を守る人がいなくなるのを心配して、お義姉さんに強く頼んだのよ」

清子が小百合を一瞥《いちべつ》する。

「どうして？　主人に頼むのならわかるけど？　どうして私なのかしら」

小百合の眉間《みけん》の皺《しわ》が、ぐいっと深くなる。

「さぁね、よほど、お義姉さんのこと頼りにしていたんじゃないの？」

清子が薄笑いを浮かべているような表情をしている。

「私を頼りにする？　そんなことあるわけない」

小百合の顔に怒りが浮かんだ。

母澄江と小百合は、喧嘩しているというほどではなかったが、決して仲がよいとは言えなかった。その小百合を母澄江が頼りにするはずがないということだろう。

「でも母さんが頼んだ以上、墓は守ってもらわないとね。ねえ、兄ちゃん」

清子が俊哉を見る。

清子ももう還暦だ。そんな妹から「兄ちゃん」とまるで小学生か何かのように呼びかけられると、俊哉はどうにも居心地が悪い。

「墓を守るってさ。寺に金を払っておけばいいだけだろ？」

俊哉はあまり関心がないように振る舞う。

「何言ってるの。寺に墓の管理料を払うのは当然だけど、法事をしたり、掃除をしたり、檀家《だんか》の付き合いをしたり……いろいろよ。とにかく無縁さんにしないようにすること。お母さんのお骨《こつ》も四十九日を過ぎたら、そこに納めるんだからね。おじいさんもおばあさんも父さんもいるのにお墓を無縁さんにしたら、祟《たた》られるわよ」

清子がにやりとする。

俊哉は、祭壇の方を振り向く。

仏壇の前に設けられた祭壇には、母澄江の遺影が置かれ、その周りに献花や電灯式の提灯や灯籠《とうろう》が飾られている。遺影の前には、錦の布に包まれた白木の箱に入った骨壺が置かれている。

「あの遺影、俺を睨んでいるようで嫌だな」

それは、まだ元気な時に写真館で遺影用に撮影したものだ。

何かを睨みつけているような厳しい表情だった。頬骨が出ているから、まるで怒っているように見える。どうしてこんな写真を遺影に選んだのだろう。笑っているスナップ写真もあるだろうに……。

「おめかししてさ、遺影を撮ったのよ。村に遺影撮影の人が来たんだって」

清子が呆《あき》れながら言った。

「遺影撮影の人が来たの？」

小百合が目を丸くする。

「そうなの。カメラを担いで来たんじゃないの？　この村も年寄りばかりだから、素敵な遺影を準備しておきましょうと言われたら、みんな普段着ない着物でめかし込んでさ。いそいそと、まるでお祭り騒ぎだったみたいね。それで撮ったのがアレ」

清子が指さした。

「もう少し笑っている方がいいのにね」

小百合が呟くように言う。

「私もね、あの写真を見た時、撮り直したらって言ったの。笑っているのがいいんじゃないってね。ところが母さんたら、これがいいって譲らないの。頑固なところがあったでしょう」

「そうだな。頑固と言えば頑固だった。でもなぜあの写真がいいのかな。こんな顔だぜ」

俊哉がおどけて、遺影を真似て目を吊り上げ、怒った顔をする。

「ははは」

清子が声を上げて笑う。

「母さんは兄ちゃんに跡をしっかり見ろって、睨みを利かすつもりなのよ。この家も墓もね。だって兄ちゃんもお義姉さんもあの墓に入るんだし……」

清子が何かいわくありげな視線を俊哉に向けた。

「そうだな、なあ、小百合」

俊哉は小百合に声をかけた。

「なぁに、なあって？」

小百合は、何やらまた憂鬱そうだ。

「阿弥陀寺のうちの墓、なかなかいいじゃないか。桜の海の中にいるみたいで。お前もきれいねって言っていただろう。あんな桜の下で眠るのもいいな。そう思わないか」

葬儀の前に、父俊直の墓に参った。

阿弥陀寺は、近在の村の多くを檀家に抱え、四百年以上もの歴史のある高野山真言宗の寺だ。

阿弥陀寺山という高さ五百メートルほどのなだらかで姿のよい山を背景にしている山寺だ。

そこには、今を盛りと桜が満開で山の中腹まで桜色に染まっている。さらに境内や墓地に続く道の桜も咲き誇っている。夢見心地のような桜、桜、桜。思わず、きれいだなと声が洩れた。

小百合も電車の中で川沿いの桜を見た時と同様に、本当にきれいねとうっとりとした目つきになっていた。

「嫌よ」

小百合が直截《ちよくさい》に言い切った。

「えっ」

俊哉と清子が同時に声を発し、小百合を見つめる。

小百合は、眉根を寄せ、「絶対に嫌」ともう一度はっきり言った。その表情は、母澄江の遺影以上に厳しかった。

2

一瞬、皆が静まり返った。小百合の拒否の言葉が、俊哉と清子に鋭く突き刺さったからだ。

曖昧さを許さない、断固とした拒否。この場で、これほど相応しくない言葉もないではないか、と俊哉は苦々しい顔で小百合を見つめた。

「あの墓、暗いわ。森の中にあって、日陰でじめっとしている。私、好きじゃない。今は、たまたま桜が咲いているけど、周りは高い杉の木がたくさんあるし、私、スギ花粉症だから、絶対に嫌よ」

「お前、死んだら花粉症も何もないさ」

俊哉が苦笑する。

「とにかく絶対に嫌なの。私、あなたのお父さまやお母さまと一緒の墓に入るのは嫌だから」

もう今にも逃げ出さんばかりの顔をしている。

「親父が入って、お袋も入る。そればかりじゃない。俺もあそこに入るんだぜ。だったらお前も一緒に入るのが当然だろう」

俊哉は不愉快そうに言う。

「嫌よ。なんの縁もない、こんな田舎……」小百合は、清子を見た。言い過ぎたと思ったのか、すぐに謝った。「ごめんなさい。私、とにかく嫌なのよ。それにね、子供たちもここにはお参りに来てくれないわ」

「じゃあ、どうするのさ。俺たちは東京に墓なんか持っていないんだぞ」

俊哉は、ふと頭取の木島が、多摩の霊園プロジェクトに期待を寄せているのは、夫婦間で墓を巡る言い争いが起きたからではないかと思った。

「買えばいいじゃないの」

小百合は、当然のことのように言う。

「それじゃあ、ここの墓はどうするんだ？」

俊哉は、清子が不愉快そうな表情をしているのに気づいた。小百合が、あまりにもこの村を田舎扱いするのが面白くないのだろうか。「清子、お前が面倒を見てくれるか」

「何を突然、そんなことを言い出すのよ。できるわけがないじゃないの」

清子が、まともに反論する。

「だってさ、お前は隣町に住んでいるし、ここにも馴染みがあるし、墓を守るのは適任じゃないか？」

「兄ちゃん、いい加減にしてよ。いつも適当で、その場しのぎなんだから」

「いつ俺が適当でその場しのぎなんだよ。お前は近くにいるんだから、墓を守ってくれるのが合理的じゃないかと思ったんだよ。なんならこの実家に移り住んでもいい。俺は東京を離れられないから」

俊哉も反論する。

「あのねぇ。私も還暦なの。この家を離れて、笠原家の嫁になって三十年以上も経つのよ。笠原家には、まだ義父も義母も健在なの。どうしてここに住めるのよ。それに笠原家は、先祖代々の菩提寺があって、そこにちゃんとお墓があるのよ。それを守っていくのが、長男の嫁になった私の務め。私は、大谷家の人間じゃなくて、笠原家の人間なの。笠原家のお墓に入ることになっている人間なのよ」

一語一語、区切るようにして強い調子で反論する。

「そんなことを言ってもさぁ」

俊哉の声が弱くなる。

「そんなもこんなもないの」

清子は、さらに語気を強めた。

「母さんが、お義姉さんに墓を頼むって言った理由がわかったわ」

「どうわかったんだ」

「兄ちゃんが当てにできないと思ったからよ。だからお義姉さんに遺言したのね」

清子が小百合を見る。

「遺言だなんて……。それ重くないですか。嫌だわ」

小百合の表情が曇《くも》る。

「遺言でしょう、あれはどう考えても。母さんは、父さんと一緒にお墓に入りたい。仲がよかったからね。その墓をちゃんと守って欲しい。だって自分は、ずっと守ってきたんだから。母さんだっていろいろあったと思うよ。だって昔、東京に行ったことがあるって話したことがあったもの」

清子が、懐かしそうに言い、少し涙ぐむ。

「ええ？　お袋、東京にいたの？」

俊哉が驚く。

「知らなかったの？」

清子の呆れた顔。

「知らなかった……。聞いたことがなかったなぁ」

俊哉は、頭の隅のどこを探しても母が東京に住んでいたということを聞いた記憶はない。

「兄ちゃんは、ほんとに何も関心がなくて、ただお勉強一筋だったからね」

「そう言うな」

「母さんはね、終戦直前の東京に行儀見習いに出されたのよ。母さんの故郷から東京に出て、出世した人がいたのね。名前は聞いたけど、忘れちゃったわ。母さん、昭和六年生まれだから、まだ十二、三歳の子供よ。それでも一人で行ったのね。楽しかったんだって」

清子は澄江の東京生活をまるで傍らで見ていたかのように、とくとくと語り出した。

初めて映画を見たり、芝居を見たり、デパートで買い物したりした様子。行儀見習いといっても、東京見学みたいなものだったのだろう。さすがに恋をしたかどうかはわからない、と冗談めかして言い、「うふふ」と笑った際には、清子の顔に澄江の顔が二重写しになった。ひょっとしたら、恋をしたのかもしれないと思わせた。澄江は半年ほど東京にいたのだが、空襲があるかもしれないからと、また田舎に戻された。

「残念だったみたいね。母さんは、あのまま東京にいて、デザインか何かの学校に通って、洋裁をやりたかったたって話してたわね。あの頃の、女の子って洋裁がブームだったのかも。和裁よりね」

清子は澄江の思いを想像してまた涙ぐんだ。

そして終戦。その後、俊直と見合いして結婚した。

俊哉が初めて聞く、澄江の青春だった。生きているうちにもっと関心を持って聞いておくべきだったと後悔するが、後悔はいつでも先に立たない。

「母さん、結構、おしゃれだったじゃない? 田舎の人にしてはね。でもそんな母さんも東京への憧れを完全に封印して、大谷家の嫁として家と墓を守り通したってわけ。それを自分の代限りにしたくない、なんとか後々まで墓を守り、家を守りたいというのが、まあ、執念みたいなものね。昔の人は、皆、そうじゃないの。今は、みんな根無し草みたいだけど。でも私は、母さんの気持ち、よくわかるなぁ。今、笠原家で同じ立場だもの。私は子供には、自由にしてもらいたいけど、笠原の家と墓だけは守ってねと言い聞かせている。息子はそれほど出来がいいわけでもなかったお陰で、大学を出て、地元の信用金庫に勤務してくれて、同じ敷地に家を建てて住んでくれている。息子のお嫁さんとも、まあ、あまり悪い関係じゃないから、あとはなんとかしてくれるんじゃないかなと思っている」

俊哉は、滔々《とうとう》と淀《よど》みなく話す清子の姿を見ていて、澄江が清子に乗り移ったような、不思議な感覚になった。

清子は、夫である健太郎との間に、長男、長女がいる。

長男の清太郎《せいたろう》は、大阪の大学を卒業して、地元信用金庫に勤め、職場結婚。今では、男の子二人の父親だ。

長女の菜摘《なつみ》は、サラリーマンに嫁ぎ、今は大阪の豊中に住んでいる。菜摘には男女二人の子供がいる。

清子は、計四人のおばあちゃんということになる。

清子は、澄江の人生について話したが、実は、自分の人生について話しているのかもしれない。

清子も多くの夢を持っていたのだろうが、それを諦め、健太郎と結婚し、笠原家という嫁ぎ先に尽くすことで、子供、孫と順調に世代がつながり、彼らの先祖になっていく。それが最も安定した幸せだと考えるようにしているのだろう。

清子の子供や孫たちは、澄江の葬儀に参列し、特に孫たちは暗く沈みがちになる葬儀に少しばかりの賑やかさ、明るさを与えてくれた。

その点、俺は……と俊哉は考えた。

長男寛哉は結婚し、孫はできたが、特別、孫と過ごす時間を持っているわけではない。自分の仕事が忙しいからだ。

娘の春子は、まだ独身で居候だ。派遣社員として働き、気楽なものだ。男と付き合っているようだが、なかなか結婚まで到達しない。来年は三十路になる。早くいい人を見つけて結婚しろと言うと、そのうちね、と笑うだけだ。

小百合は春子が家にいると、話し相手に困らないため、あまり熱心に結婚を勧めない。このままずるずると母娘の関係を続けていきそうな気配だ。

清子は、「兄ちゃんは出来がよかった」と言った。

確かに俊哉は、田舎の秀才だった。もともと、頭がよかったのかもしれないが、それ以上に俊哉は、この田舎から脱出したいという希望を強く持っていた。

だからできるだけ故郷に関心を持たないようにしていた。その結果、東京大学に進学し、四井安友銀行というメガバンクの役員にまでなった。

もし、「出来がよくなかったら」故郷に残り、この家を守り、墓を守り、次の世代へとつなげていく役割を果たせたのではないかと思う。

俊直も澄江も、俊哉の希望を邪魔することはなかった。しかし、それは俊哉がどんなに遠くに行こうとも、長男としてこの家を、そして墓を守ってくれると信じていたからではないだろうか。

今、俊哉は、この実家や墓を守ることに関心がない。こんなはずではなかったという思いが、澄江をして、小百合に対する「墓を頼む」という遺言をさせたのではないだろうか。

俊哉は、澄江の必死の思いを受け止めると、申し訳ないという気持ちになった。

それは同時に自分の幸せに対する考え方の揺らぎにも通じるものだった。

東京で出世する、それはイコール、故郷を捨てることだ。それが本当の幸せなのだろうか。故郷に根づいている清子の方が、根無し草の俊哉より数段も幸せなのではないだろうか。

「兄ちゃん、何考えているの？」

「ああ、そのぉ……、母さんもいろいろあったんだなと思ったわけ」

「そうよねぇ。でも母さんは女の幸せは、家を、墓を守ることだって思い定めたんじゃないかな」

「でも、それって諦めでしょう？」

小百合が抗議するような口調で言った。

その口調の厳しさに再び俊哉と清子が唖然とする。

「諦めなのかなぁ。お義姉さんだって横浜という都会育ちだけど、今の人と違って、女は家を守る、墓を守るって育ったんじゃないですか。だから母さんも兄ちゃんよりお義姉さんに遺言したんだと思いますよ」

「遺言、遺言って言わないでくれる？　重くなるから。でも清子さんの言う通りよ。私たちは、早く結婚して子供を育てて、家を守ることが女の使命とされていたわね。だから墓も実質的には私たち女が守るものだったんじゃないの。でもね、六十歳を過ぎてね、子供も大きくなったら、考え方が変わっちゃった。私、もっと自由でいたらよかったんじゃないかって思うようになったの」

小百合は、俊哉を指さす。

「この人、銀行でまずまず偉くなった。お陰で私もそれほど苦労なく暮らさせてもらっている。でもそれでいいのかって思うのね。もっと自由で違う生き方があったんじゃないかって思うの。だから私、娘には何も言わない。好きにさせているのよ。もうあまり縛られたくない。私が先に死ねば、骨なんてどこにでも撒《ま》いてもらえればいいし」

また俊哉を指さす。

「この人が先に死んでも、私、同じ墓には入りたくないわ。勝手にお父さまやお母さまと同じ墓に入ればいい。私は、どこか違うところを探す。死んでからもこの人に私の自由を縛られたくないから。だからこの家の墓には入る気がない。だからお母さまには悪いけど、墓は守れない。清子さんの好きにしていいわよ。このお家もね」

「この人」とはなんと他人行儀な表現を使うのかと俊哉は唖然としたが、小百合は、先ほどまでの憂鬱さを克服したのか、どこか端然としていた。

「あまり結論を急ぐなよ。俺もここの墓に入ると決めたわけじゃない」

俊哉が困惑して言う。

「兄ちゃん、何言い出すのよ。そんなことしたら、誰も墓を守る人がいなくなるじゃない。母さん、泣いちゃうよ」

清子が怒る。

「だから、お前が見てくれればいいじゃないか」

「さっき言ったとこじゃないの！　私は、笠原家の嫁よ。大谷家からは出た身なの」

「少子高齢化の世の中だよ。無縁墓にしないためには一家で二つの墓の面倒を見てもいいだろう」

「都合よく少子高齢化を出さないでよ。ちょっと学があると思って。本当はね、四十九日まで毎晩、ずっとここで御詠歌《ごえいか》を上げないと、母さん、成仏できないのよ。兄ちゃんは、もう明日、帰っちゃうんでしょう」

　清子は本気で怒る。

「帰るさ。仕事だよ。こっちは忙しいんだ。御詠歌なんて毎晩、上げてられないよ。親父の時は、そんなこと言わなかったじゃないか」

　御詠歌というのは、真言宗檀信徒が、詠じる巡礼歌というもの。西国三十三か所の寺が七五調の歌に盛り込まれ、仏事の際に独特の節回しで歌う。

　俊哉も幼い頃から、耳に馴染んでいるのだが、四十九日までの間、ずっと詠じ続けるなどという風習は知らなかった。

「当たり前よ。父さんの時は、母さんがまだ元気だったじゃないの。だから母さんが、村の人たちと一緒に毎晩、御詠歌を上げていたわよ。時々、泣きながらね。兄ちゃんは、何も知らないし、いつも勝手なんだから、冷たいんだから。兄ちゃんは、子供の頃は勉強、大人になると仕事と言って、母さんのことなんかちっとも心配していないんだから。私が、時々、顔を出したけど、いつも話題に出るのは、兄ちゃんのことばかりなのにねぇ」

清子が目頭を押さえる。仏壇で俊直のために御詠歌を詠じる澄江の姿を思い浮かべて、感情を高ぶらせているのだろう。

「悪かったよ。お前に任せきりにしていたのを反省する」

俊哉は、渋面を浮かべて頭を下げた。

確かに故郷のことはないがしろにしていた。ほとんど帰郷しなかった。盆正月に帰郷するのが日本の習わしといわれているが、俊哉には全く関係がなかった。時折、出張のついでに立ち寄るくらいだった。俊直や澄江に対して、たまに温泉旅行のチケットを贈るくらいで、滅多に旅行に連れて行くことをしなかった。確かに身勝手で冷たいと言われればその通りだった。

「清子さんの言う通り。この人、本当に冷たいんだから」

小百合が突然、言い出す。

あれれ、と驚き、俊哉は小百合に視線を向ける。

「お前まで言うなよ」

俊哉は、眉を顰める。

「仕事、仕事って言って、私や子供たちのことなんかほったらかし。罪滅ぼしに、しばらく仕事を休んで、お母さまの遺骨と一緒にここで暮らしたら？」

「冗談を言うな。現役の銀行の役員が、ここで暮らせるかよ」

俊哉は、清子と小百合に責められ苦笑を浮かべるしか手段がない。「これはこれは盛り上がっていますな」

突然、巨体が割って入って来た。清子の夫、笠原健太郎だ。

身長は百八十センチはあるだろう。それだけではない。腹も出ていて、まるで相撲取りだ。清子が、こんな男を相手にセックスして、自分の体の上に乗られた場合、よく潰されないものだと思う。

高校を卒業して、地元農協に勤務したが、理事にはなっていないはずだ。俊哉と同い年の六十三歳。今は再雇用で、農協の信用事業、すなわち信用組合に勤務している。巨体からイメージするようなおおらかさはない。どちらかと言うと、愚痴っぽく、金に欲張りな一面を見せることがある。俊直の葬儀の時、「この家、どうするんですか。義兄さん」と聞いてきたことがあった。まだ澄江が住んでいるのに、空き家になった時のことを考えていた。だからというわけではないが、どうもあまり好きではない。簡単に言えば、気が合わないオーラが出ているのだ。しかし、実のところ、葬儀の時にしか会わないので幸いだ。

「いやぁ、健太郎さん。どこにいたんですか」

俊哉は、あまり好きではない健太郎だが、これで清子や小百合の矛先がこっちに向かなくなるのではないかと、時の氏神のように歓迎した。

「葬式の後、農協の用がありましてね。失礼していました」

健太郎がどかりと座る。地響きと言えば大げさだが、それでもそんな音が聞こえた気がするほどだ。

「お忙しいですか」

月並みなことを聞く。

「義兄さんみたいに偉くはないですからね。農協でローンの相談をほそぼそと受けているだけでね」巨体を揺らして話す。髪の毛はまだふさふさとあり、太っているだけに顔の色つやはいい。

「あのこと、話したか」

健太郎が清子に言う。

「まだよ。あなたから話してよ」

清子が、怒ったような顔をしている。何を言いたいのだろうか。

「いいですよ。この際だから、なんでも聞いておきます」

俊哉はにこやかに言う。

「じゃあ義兄さん、遠慮なしに単刀直入に言いますね」

健太郎が巨体を近づけてくる。潰されるのではないかと恐怖を感じ、わずかに体を反らし気味にする。

「この家や、少しばかりの田畑なんですけどね、あと、農協などにいくらかの貯金、これらをどうしますか？　相続人は清子と義兄さんだけですから」

やはり金のことか。父俊直の葬儀の時から、この家のことを気にしていたが……。

俊哉は、天井を見渡す。古い家だ。澄江が元気なうちに建て替えてやればよかったのだが、高い天井には大きな木の梁《はり》が渡してある。部屋数は多い。台所、食堂、居間、仏間など、今風に言えば６ＬＤＫはある。しかし、東京に住む俊哉にとって価値はない。

「どれくらいあるの？」

一応、俊哉は聞いた。

「ええとですね、この家と、近くに少しばかりの田圃と畑。貯金は、まあ、保険と合わせて二百万円といったところですかね。全部、私が農協の方で預かっていましたから」

言葉を濁すようにして言う。

「それで？」

俊哉は、健太郎の意図を探るように聞いてみる。

「それでと言われてもですね、ぶっちゃけた話ですが、東京で出世されている義兄さんには何も必要がないものばかりだから、相続放棄してもらえないかと……」

曖昧な笑みを浮かべる。

「相続放棄か……」

俊哉は、また天井に視線を向ける。

澄江に借金などはない。長い人生で残したものは、この家とわずかばかりの預金と田畑だけ。物悲しい気分になる。そんなわずかなものを清子と二人で分け合っても意味がない。

「いいよ。放棄するから好きにすればいい。手続きはどうするの？」

「えっ、本当ですか、義兄さん」

健太郎が、ほっとしたような顔で清子を見ている。清子も安堵した顔だ。

「本当も何も、こんな家、分けようがないからな。お前らはどうするんだ？」

「さあね、どうするかじっくり考えるわ。ねぇ、あなた」

清子は、相続放棄を俊哉が簡単に納得したために、機嫌が戻った。

「お義姉さん、母さんの形見分けですけど、着物やちょっとばかりの宝石もどうします？　お義姉さんには似合わない田舎くさいものですけど」

小百合は返事をしない。俯いたままだ。どこか不機嫌そうだ。

「おい、どうしたんだ」

俊哉が聞いた。

小百合が、顔を上げた。およよ、と俊哉がたじろいだ。

「私、何もいりませんけどね。でもおかしくないですか」

小百合が清子を睨んでいる。

「何か、おかしいこと言いました？　お義姉さん」

清子もぐいっと体を乗り出す。ヤバイ雰囲気だ、と俊哉は身構えた。

「だっておかしいでしょう。散々、遺言だなんだって言って、墓を守れって私に言いながら、ちゃっかり家や田畑などの財産だけは自分たちで独り占め。それだって本当にそれだけなのかどうか、この人は関心がないから、わからない。でも、でもですよ。財産を全部、持っていくなら墓も持っていくのが筋じゃないですか。そうじゃないの？　あなた？」

小百合が俊哉に同意を求める。

「まあな……」

曖昧に返事をする。小百合の意見も一理ある。

「お義姉さん、それじゃ私たちが財産を全部取ろうとしているみたいじゃないですか。墓は別ですよ。母さんの遺言ですし、私たちは笠原の墓があるんですから」

「でも最近は、二つの家で合祀《ごうし》するっていうのもあるって聞きましたよ」

合祀というのは多くの人の霊をまとめて一か所で祀《まつ》ることだ。少子化で墓の後継者不足に悩む人たちが墓をまとめることが増えたという。

「そんなことは都会の話で、田舎ではありません。寺も違うし、笠原の家は浄土真宗ですから。無理です」

「私たちには、墓だけ、面倒な墓だけ」

小百合はぶつぶつと言う。

「面倒な墓とはなんですか。お義姉さんでも言っていいことと悪いことがあります。私たちは、こんな家なんか欲しくはありません。田舎は今では空き家だらけで二束三文にもなりませんし、管理するにも潰すにも費用がかかるんですよ。でも相続というのは、人が亡くなった時の手続きじゃないですか。兄ちゃんは、東京で暮らしているわけだし、少ない財産を分けても仕方がないから、私たちが相続しようと考えただけです。それに、母さんが一人になってから、面倒を見てきたのは私たちですよ。お義姉さん、一度でも、母さんのところに見舞いでも世話でも来られましたか。一度も来ないくせに、それを私たちに面倒だけ押しつけて、それなのに財産泥棒呼ばわりするなんて、腹立つなぁ」

清子は憤懣《ふんまん》やる方ない顔で小百合を睨む。

「財産泥棒なんて言っていない……」

小百合の負けだ。清子の剣幕に勝てる者はそれほどいない。実際、澄江の世話など、面倒をかけたのは事実だし、長男としての務めも何も果たしていないという負い目がある。

「まあまあ」健太郎が仲裁に入る。「不満なら、ちゃんと分けてもいいんですが、こんな家、売れませんしね。壊すにしても金が要りますよ。義兄さん」

健太郎が、押しつぶさんばかりに俊哉に迫ってくる。

「なあ、いいだろう。小百合。健太郎さんと清子に任そうよ」

「あなたがいいなら、私は、関係ないから」

小百合は、不満そうに答える。

「ということだ。後のことは任せるから、よろしく頼むよ。書類があるなら、後日、送ってくれれば署名捺印するから」

「わかりました。そうしますね」

健太郎の顔が緩む。

「それで納骨まで、お母さんの遺骨はどうしますかね。ここに置いておくのも、お母さん、寂しがるだろうし、物騒だし」

言いにくそうに健太郎が言葉をつなぐ。

「えっ、どういうこと？」

俊哉が聞く。

「あの祭壇にある遺骨ですが、納骨まで、義兄さんが預かるのが筋かと……」

微妙な笑み。

「筋？　なんの筋？」

むかっとする。

「ここで母さん、一人になるんですよ。御詠歌も上げないとなれば、この家、閉めちやいますしね。そこに遺骨だけ……というのはどうも」

「おいおい、この家は君らが相続するんだろう？　そしたら納骨までは、遺骨も管理するのがそれこそ筋じゃないのか」

俊哉が怒りの籠《こも》った口調で言う。

「それはやっぱり義兄さんが」

健太郎の表情が歪《ゆが》む。

「清子、ちょっと虫がよすぎないか」

俊哉は清子に向かって声をわずかに荒らげる。隣に座っている小百合が、俊哉の尻の辺りをつつく。頑張れと声援しているように感じる。

「なにが、虫がよすぎるのよ。私たちだって毎日、ここに来られないから、遺骨くらいは四十九日まで兄ちゃんが保管したらどうかって思っただけよ」

「お前たちでもいいだろう。近くに住んでいるんだから。だいたい納骨もすぐに済ませればよかったんだ。それを四十九日過ぎないと、とこだわったのは、清子じゃないか」

声を荒らげる。

「わっ」

清子が急に泣き伏す。

「どうしたんだ」

俊哉が驚いて聞く。

「兄ちゃん、あまりにも冷たい。遺骨を邪魔ものみたいにさっさと片づけたらいいって言うの？　母さんがかわいそうじゃないの」

本気で泣きじゃくる。

「私、失礼して、休ませてもらいますね。もう遅いですから。勝手にやってください」

小百合が立ち上がる。泣いている清子を、憎々しげに見下ろす。

「あなた、お休みなさい」

「おい、小百合！」

俊哉は小百合の後ろ姿に声をかける。このまま、遠くに行ってしまいそうなほどの勢いで、寝室として俊哉と小百合に用意された部屋へと歩いて行ってしまった。

なぜ人が死ぬとこんなにも煩わしいのだ。いい加減にしろと言いたい。もうどうでもいい。勝手にしろ。

清子はまだ泣いている。その泣き声を耳にしながら、遺骨が飾られた祭壇を見つめた。ろうそくを模した電球が、球切れを起こしつつあるのか、明るくなったり、暗くなったり、点滅し始めている。

——とにかく墓だけは頼んだよ。

点滅する電球が、母の声で語り出す。俊哉は、憂鬱さに顔を歪めた。

第三章　麗子の深情け

1

ちらっと目線を上げて、棚を見る。

「おい、お袋をあんなところに置いていいかな」

新幹線のグリーン車の棚に紙袋に入れた骨壺の入った木箱を載せている。

結局、清子や健太郎と話し合った結果、四十九日の後の納骨の日まで母澄江の遺骨を、俊哉が東京の自宅で預かることになってしまったのだ。

澄江が住んでいた俊哉の実家は、広く、戸締りが不完全だ。田舎では、不審者がいたらすぐにわかるため、どの家もたいてい戸締りはしない。

清子は、それでも、もしってことがある、と言って譲らなかった。泥棒に入って、ついでに遺骨を盗む不届き者がいるかもしれないというのだ。

俊哉は、遺骨なんかなんの価値もない、盗む者なんていない、と言ったが、清子は、有名人の墓から遺骨が盗まれる事件があると反論する。

俊哉は、あれは有名人だからだ、と言い返した。すると、兄ちゃんは銀行の偉い人だから、他人に恨まれているかもしれない、そういう人が兄ちゃんを困らせようと、遺骨を盗む可能性があると、再反論する。

あんぐりと口を開けて、呆《あき》れた顔で俊哉は清子を見つめた。

俺を恨む奴が、母親の遺骨を盗むだって？　あり得ない。思わず、馬鹿なことを言うなと声を荒らげてしまった。

すると清子は、この世の終わりだとでもいうような悲しい表情になり、母さんがかわいそうだと言い出した。

俊哉は、清子を宥《なだ》めつつ、納骨までの遺骨の保管を頼んだが、どうしても聞き入れてくれない。俊哉を恨めしそうに見つめて、そんなに母さんが邪魔なのか、とまで言い出す始末。

諦めて、じゃあどうすればいいんだと居直ったら、納骨まで兄ちゃんが東京で預かって御詠歌を上げてくれたら、母さんが喜ぶと思うけどと言い出した。

えっ、また納骨の時に、これを持って帰って来るのかと驚くと、「当然よ」と清子は、言い放った。

それはないよ。

なぜ、「それはないよ」ってどういうことなん？　母さん、喜ぶと思う。子供の頃、母さん、東京に行ったたって話したでしょう。やっとゆっくり東京見物できるやないの。

呆れて返す言葉を失った。

終戦前、澄江が東京に行儀見習いのために上京したという話を清子から聞いた。そんな話は一度も聞いたことがなかったから、驚くとともにどうして息子である自分にその話をしてくれなかったのかと不思議に思った。息子に話せないような問題があるはずがない。清子にだけ話すのも奇妙だ……。そんな思いが頭の隅に引っかかっていたが、清子が、遺骨を東京に持ち帰るように提案してきた瞬間、あれ？　と思った。

清子の作り話ではないのか？

遺骨を東京に持ち帰らせ、保管させるためだ。

清子が何もかも巧妙に仕掛けているのではないか……。

なんの目的で？

面倒なことは俊哉に任せ、自分は財産だけをもらうため……。

いやいや、いくらなんでも血を分けた妹だ。そこまで悪辣ではないだろう。

しかし、一旦、疑いの目で見ると、清子が、妙にサバサバしているように見え、俊哉に隠れてしてやったりと舌を出している気がしてならない。

清子は、じゃあ、お願いしますね、これで私たちは帰りますから、あとは納骨の時に会いましょう、スケジュールなどは、私の方で阿弥陀寺さんと打ち合わせしておきますから、また、メールするわと言い残し、健太郎とさっさと帰ってしまった。

「そんなに気になるなら、隣が空いてるから、そこに置いたら」

小百合がつっけんどんに言う。

「じゃあ、そうするかな」

俊哉は、立ち上がり、棚の遺骨が入った紙袋を両手で抱えて下ろすと、誰も座っていない隣の席に置いた。

名古屋、新横浜、品川の駅で誰も乗って来ないことを祈りたい。

「あなたもそっちに座ったらいいじゃないの。お母様、ぽつんと置かれていたら寂しいでしょう。それに不審物だと思われるわよ」

固い表情のままだ。

「いいかな？　車掌さんに怒られないかな」

「大丈夫でしょう？　遺骨だって言えば、無下な扱いはしないわよ」

「わかった。じゃあ、移ることにする」

俊哉は、小百合の隣の席から通路を隔てた隣の席に移る。窓側の席に紙袋から出して骨壺が収められた木箱を置く。

――母さん、四十九日まで一緒だよ。思えば、亡くなってからじゃなくて元気な間にもっと一緒に暮らすべきだったね。親孝行、したい時には親は無し、か。本当に上手いことを言うものだな。

俊哉は目の奥がじんわりと熱くなってくるのを感じていた。葬儀の最中は、悲しさを覚えなかったが、このような小さな箱に澄江が収まってしまったのかと思うと涙がこぼれ落ちそうになった。

「ねぇ」小百合が、俊哉に振り向き「あのお坊さん、嫌だったわね」と切り出した。

「阿弥陀寺の住職か？」

「他に誰がいるの？　あのお坊さんだけじゃないの。お経を上げながら、咳ばかりしてさ。本当にへたくそだった。あれじゃお母さま、かわいそうね」

「まあ、あんなものだろう。俺の子供の頃はさ、品のある住職さんがいたけど、その方が亡くなった後、後任として阿弥陀寺に来たんだろうね。お坊さんの世界も本山の指示で転勤があるんじゃないの」

阿弥陀寺の境内は、子供たちの遊び場だった。桜が咲く季節には花祭りがあった。正式には、四月八日に行われる灌仏会《かんぶつえ》だったのだろう。境内には多くの人が訪れ、あでやかな花に飾られたお堂の中に小さな仏の像があり、それに甘茶をかけた。仏は右手を空高く上げ、天上天下唯我独尊と言っていると母澄江から教えられたが、その意味も、またなぜ甘茶をかけるのかもわからなかった。ただ境内に多くの店が出ていたので、そこで綿あめなどを買ってもらった記憶がある。

今も、花祭りをやっているのだろうか。

「お礼を弾み過ぎたんじゃないの。清子さんに上手《じょうず》に乗せられて」

「十万円だよ。多かったのかな」

「相場は五万円だって事前に清子さんに聞いていたじゃない。それなのに葬式にあまりお金がかからなかったからといって、あなたが『五万円でいいのか』なんて改めて聞くものだから、清子さんが『兄ちゃんは銀行の偉いさんなんやから十万円にしといたら』とか言われたんでしょう」

小百合の言う通りだ。葬式費用にと百万円を持ってきたのだが、本当に身内だけの葬式だったので五十万円で済んだ。それで僧侶への謝礼を少し引き上げてもいいかと思い、清子に相談して五万円を十万円にしたのだ。

「でも、安く済んだからいいじゃないか」

「私、見たのよ」

小百合が険のある目つきで俊哉を見つめる。怒っているのか。

「何を見たんだ？」

「あのお坊さん、あなたがお礼を渡したら、ちょっと隠すようにして中身を改めたのよ。そして口元を、こうやって」小百合は口角の右端だけを引き上げた。「うっすらと笑ったの。いやぁね、お金に卑《いや》しいって感じだったわ。あんなところで中身を確認することはないじゃないの」

「そうだったの？　気づかなかったなぁ。普段より多めに入っていたから嬉しかったんじゃないの？　これからもお世話になるんだからいいじゃないか」

軽くいなすように言う。

「私、あんなお金の亡者の世話になんかならないから」

さらに剣呑《けんのん》な言い方。金の亡者と切り捨てるほどのことじゃないだろうに……。

「まあ、そう怒るな。田舎は人口減少で檀家が少なくなっているから、お坊さんも大変なんだよ。葬式はいい稼ぎになるけど一回やれば終わりだから。二回死ねないから。あはっ」

俊哉は、自分の言葉に自分で笑った。

銀行員である俊哉は、すぐにマーケットを考えてしまう。結婚式は、行う人もいれば、行わない人もいる。少子化と結婚年齢の高齢化のために市場規模は縮小するだろうという予測がある。ある企業の調査によると、現在の市場規模は約二兆五千億円。なかなかの規模だ。これを減らさないで増やしていくためには出会いから結婚、新婚旅行、新婚生活までをフォローする必要があるだろう。そして年間二十数万件もある離婚に注目し、離婚式や再婚式などもマーケットとしてとらえねばならない。

離婚式はまだ一般的ではない。しかし最近は、どろどろな関係で別れるより、転校か何かで離ればなれになるような感覚で「別れてもいい友達でいようね」という元夫婦も多い。そんな幸福な別れを友達に祝福してもらいたいというニーズがあるはずだ。

また再婚というと、もっぱら地味になってしまう。夫が年輩で再婚、妻が若くて初婚という場合や夫婦とも高齢で再婚という場合など、いろいろなケースがある。それらを遠慮せずにお祝いしましょうという世間の空気を醸成していけば、再婚式も新たなマーケットになるのではないか。

もう一方の葬式は、これも企業の調査だが、約一兆五千億円の規模だという。そして団塊の世代などが亡くなっていく二〇四〇年頃が死亡数のピークになるらしい。少なくとも今後、二十数年は、マーケットが拡大していく予測だ。

しかしここにも課題がある。派手な葬儀は止め、家族葬、火葬場で読経だけで済ます直葬《ちょくそう》などが年々増えているからだ。

自分の死で、家族らに迷惑をかけたくないという人が多いのだろう。死亡者数は、年々増加していくが、それにつれてマーケットが順調に拡大していくとは限らない。

それに俊哉が指摘した通り、人生で葬式は一回やればお終いだ。結婚式のように二回、三回と数多く実行するわけにはいかない。

「何、笑ってるのよ」

相変わらず不愉快そうだ。

「悪い悪い、ちょっと考え事をしていたんだ」

慌《あわ》てて謝る。

「あなたはいいわね。勝手なことばかり考えていればいいんだから。私は、許せないって気持ちね」

目が吊り上がり気味だ。どうしたのだろうか。何が小百合をこんなにも不機嫌にしているのか。

「どうしたんだ、いったい」

「あなたがへらへらしているから何もかも清子さんにしてやられたじゃないのよ。こうやってお母さまの遺骨を持ち帰るのもそうだけど、葬式費用はみんなこっち持ち、少ないだろうけど香典は皆、清子さんが持っていったわ。あれ、おかしいでしょう。香典って葬儀業者にあれでお支払いするんじゃなかったの。でも支払いは、こっちが持参したお金でまかなえたんじゃない？　あの香典は清子さんが自分の懐に入れるの？」

「まあ、いいじゃないか。あいつはお袋の面倒をいろいろと見てくれたんだから」

渋い顔で言う。

「あなたはいつもそうやってどっちつかずのへらへらばかり。形見分けでも清子さんたら浅ましいのよ。お母さまが残された着物や貴金属を皆、あの人が持って帰ったんだから」

抑え気味とはいうものの新幹線の車内にいる他の乗客に聞こえないかとはらはらする。

「お前がいらないと言ったからだろう？」

困惑した顔で答える。

「そりゃ言ったわよ。悪いけど、お母さまの着物や貴金属はいらない……」

小百合は、何かを思い出したように言葉を切った。

「一つだけペンダントの可愛いのがあったわ。金のチェーンにペンダント部分にダイヤモンドが一つ。派手じゃなくて、上品で、あれ、欲しかったな。でもね、一応、儀礼的に『いらないです』って言うものじゃないの」

「欲しかったら、欲しいって言えばいいのに」

余計なひと言を口にしてしまった。

「そうよ、言えばよかったのよ。田舎の人ってどうしてあんなに厚かましいの。私の返事を聞くか、聞かないかで、『そりゃお義姉さんは都会暮らしですから、こんなものいりませんよね。いいものいっぱい持っていらっしゃるでしょうから』って言って、私が欲しかったペンダントを持ち上げて『これ、どうせ偽物ですから』とニヤリ。ああ、腹立つ！」

今にも悲鳴を上げそうだ。

「まあ、聞き流すけど、あんまり俺の前で妹の悪口を言うなよ。あまり気分がいいものじゃない」

　俊哉は苦言を呈する。

「そりゃ兄妹ですものね。でも少しは私の肩を持ったらどうなの」小百合は俊哉を厳しい目で睨み、「私、決めたわ」と強く言った。

「何を決めたんだ」

　訝《いぶか》しげに聞く。

「清子さんの前でも言ったけど、いよいよ決意が固まったの。あのお墓には絶対に入らないってこと。そして今、六十四歳だからお墓なんかの終活の準備をして子供たちに迷惑をかけないようにするってこと」

　いいわね、と有無を言わせぬ、決意をあらわにした顔を俊哉に向ける。

「まあ、そう簡単に、急いで結論を出すな」

　ほとほと弱った顔で、宥《なだ》める。

「急ぐなって言うけど、もう始めないといけないわ」

「俺自身の墓でもあるんだから、俺の意見も聞けよ」

　少し怒ってみた。

「あなた、私と一緒にお墓に入りたいの？」

小百合が他人の腹の中を探るような目つきをする。嫌だなぁ。

「そりゃ夫婦だからな。一緒に入るのが当然だろう。だから墓をどうするかは俺の意見も聞いてくれよ」

眉根を寄せる。

「わかったわ。墓を東京に求めるとしても費用はあなたのお金だから、あなたにもそこに入る権利があるわね。よく考えておくことにします。一緒に墓に入っても、あれしろ、これはどうなったって命令しないでね。ああ、そうそう、トイレでおしっこする時、あれだけ何度も言っているのに、どうして座ってしてくれないのよ。尿が飛び散って、汚いの。掃除する身にもなって。あなたのそういう人の意見を聞かないところが嫌なの、私」

思いきり顔をしかめている。

「トイレの話は今、関係ないだろう？」

俊哉も思わず嫌な顔になった。

「関係あるわよ。とにかくあなたは都合が悪くなると、まあいいじゃないか、どうでもいいじゃないか。いいじゃないか病よ。一度だって私の話、聞いてくれなかった。自分の都合で命令するばかり。そりゃ、俺は働いてんだぞって露骨な顔はしなかったけど、そう言いたいのがありありだわ。トイレのおしっこも汚せば、私が拭けばいいとしか思っていない。お墓だって、それほど真剣に考えていない。私、無縁仏になるのだけは嫌だから」

これ以上ないほどのブーイング顔だ。

「もう、この話題は止めよう」

俊哉は、小百合に話の打ち切りを告げた。

「あなたはそうやっていつも逃げるわね。でもあなたの実家のお墓には絶対に入らないから。だからお母さまのお墓をどうするかということからは逃げないでよ。お母さまの四十九日の納骨までには結論を出すつもりだから、私」

小百合は真剣だ。

「ええっ、お前、本気か」

「本気よ。早く結論を出したいの。お母さまからも遺言されましたからね。お墓を頼むって」

小百合は、俊哉を見て、唇を薄く開けた。笑っているのか、どうかはわからない。しかし唇が妙にてらてらと滑り、赤さが際立っているように見える。

小百合は隣の席に座っている。隔てているのは、狭い通路だけだ。しかし、小百合がものすごい速さで遠ざかっていくような錯覚を覚えてしまった。

小百合の考えが読めない。

2

俊哉は、大きめの紙袋を抱えて東京駅でタクシーを待っていた。

紙袋の中には、母の遺骨が入っている。

「参ったな」

紙袋を覗きながら、俊哉はぼやいた。

新幹線が東京駅に近づいた頃、俊哉は、急に麗子に会いたくなった。

実家から、東京駅まで五時間から六時間もの間、ぐじぐじと、時には激しく小百合の文句を聞かされ続けてきた。

いい加減にしてくれと、背もたれを倒すと、後ろに座っていた乗客が、立ち上がって「背もたれを倒す時には、ひと言、断るものじゃないですか。パソコンが落ちそうになりました」と頭の上から苦情を言ってきた。

見上げた視線の先には、まだ若いサラリーマン風の男性がいた。

「あなた、謝って」

小百合が怒った顔で言い、自らも「すみません」と頭を下げている。

「申し訳ありません。すぐに元に戻します」

俊哉も座席から立ち上がり、頭を下げた。

「いえ、背もたれを元に戻せとは言っていません。背もたれを倒す権利は、あなたにあります。しかし、権利を行使する際に、他者への配慮が必要だろうと申し上げたかったのです。それが民主主義だと思います」

若い男性は真面目な顔で言った。

俊哉は、彼があまりにも突飛なことを言っているように思えて「はぁ」としか返事ができなかった。新幹線の背もたれを倒したことで民主主義について講義されるとは思わなかった。

あまり関わりたくないと思い、若い男性にはもう一度、「すみません」と言い、背もたれを上げた。

「ほんと、非常識なんだから」

小百合が、俊哉を見て、鼻梁《びりよう》に皺《しわ》を寄せて、毒づいた。

その時、一瞬、目の前に麗子の顔が浮かんだ。俊哉さん、と呼びかけている。

「銀行に寄るから、お前、一人で帰ってくれ」

俊哉は言った。

「あっ、そうなの、真面目なことね」

小百合は、ちょっと小首を傾げたが、疑っている様子はない。

「ああ、今、六時だから、ちょっと寄っていく」

「夕飯はどうするの？」

「気にしないでいい。誰か役員と一緒に食べるから」

「そうなの？　じゃあ私は一人ね」

小百合が、私の隣の席に置かれている遺骨に目を遣《や》った。「じゃあ、そのお母さまもご一緒に連れて行ってあげてくださいな」

軽い調子で言い放つ。

「おいおい、今、なんて言った？」

目を剝《む》いて聞き返す。

「だからお母さまを一緒にお連れになってくださいなと申し上げたのでございますことよ、ほほほ」

まるで人が変わったかのように馬鹿丁寧に言う。

「そんなことできるわけがないだろう」

怒った口調で返す。

「だってお母さま、東京見物したいんじゃないですか。私と二人きりで食事をするより、ずっと楽しいと思います。東京だよ、おっかさんって感じ」

こくっと小首を傾げて、笑みを浮かべる。

「馬鹿にしてるのか」

不機嫌な表情で顔をしかめる。

小百合の表情が、急変する。

「あなたのお母さまでしょう。あなたが最後まで面倒を見なさいよ。私は、今から帰って家でこの遺骨と二人きりになるのは、絶対に嫌、嫌なの。これまでお母さまに散々いじわるを言われてきたわ。気が利かない、料理がマズイ、俊哉がかわいそうだ、あんな学歴では俊哉の出世の足を引っ張る……」

小百合はここぞとばかりに指を折る。「だからもし、この遺骨と二人きりになったら、蹴とばすかもしれないわよ。これを東京に持ち帰るなんてあなたが、清子さんにいいように言いくるめられるからよ。いつもいい加減、何もかも曖昧《あいまい》にして、結論を先送りして、問題を大きくするのよ、あなたは。この遺骨は清子さんに預けて、ちゃんと御詠歌を上げるんだぞと言いつけるのが、長男の役割じゃないの。お母さまがかわいそうじゃない。あんまりだわ。息子にも娘にも邪険にされて、死んだらこんなものかと思うと、絶望ね……」

小百合は、留まるところを知らない。速射砲が、びしびしと俊哉の胸に当たる。声は抑えているが、周囲には聞こえているだろう。

「あのぅ、少し、静かにしてくれませんか。議論は民主主義の基本ですが、罵り合うのは違います。罵り合っても解決にはなりません。止めてください」

先ほどの若い男性が、立ち上がり、小百合を見つめて言う。

変な男だが、いいことを言うじゃないか。小百合の文句が止まった。小百合は大きく目を見開き、しゃべるのを止め、頭を下げた。すみませんと謝罪し、以後、一切、口を開かない。

「結局、俺が持って歩くことになってしまった、どうするんだよ、全くぅ……」

小百合は、断固として持ち帰りを拒否したのだ。

タクシーが来た。俊哉は乗り込み、紙袋を膝の上に置くと、六本木にやってくれと言った。

今日は、確か店は休みのはずだ。麗子は自宅にいるに違いない。俊哉は、いそいそとスーツのポケットからスマートフォンを取り出し、麗子の番号を呼び出した。

3

「お疲れさま」

　麗子が笑みを浮かべて、玄関を開けてくれた。

　麗子は、真っ白な膝丈のゆったりとしたチュニックを頭からかぶるように着ている。中にはぴったりと体にフィットした濃いブルーのタイツをはいている。

「ありがとう。全く、疲れたよ。葬式ってのは実に面倒だな」

　俊哉は靴を脱ぎ、上がろうとする。

「ちょっと待って」

　慌てた様子で部屋の中に戻って行く。

　俊哉は、仕方なく脱ぎかけた靴をもう一度、履き直した。

「早くしてくれよ。ビールを飲みたいんだ」

　先ほどの新幹線の中での小百合の罵りが、まだ頭の中で響いている。怒鳴り返そうと思ったが、他の乗客の手前、それもできなかった。そのためだろうか、喉の奥にネバネバした嫌なものがたまっている気がするのだ。これをビールで早く洗い流したい。

しかし、おかしなものだ。妻である小百合には、あれほど遠慮気味に対応するのに、愛人の位置づけの麗子には身勝手な振る舞いができる。

これは「なぜ男は浮気をするのか」という命題に突き当たることかもしれない。

動物の雄は、本来、子供ができれば、子育ては雌に任せて、次の雌を求めて放浪し始める。子孫を多く残すためにはその方がよいDNAを残す確率が高いのだろう。放浪しつつ、雄同士の生存競争に勝ち抜いた雄こそ強いDNAを持っているのだから。

ところが人間は制度的に一夫一婦制に縛られて、一度の婚姻で生涯添い遂げることを約束させられることになった。

これは男女の婚姻がよきDNAを残すよりも社会の維持という役割を担うことになったからだろう。だから子をなさない夫婦も成り立つわけだ。同性婚も含めて。

だが愛人は違う。愛人との間によきDNAを受け継ぐ子供を作るわけにはなかなかいかないが、浮気は、雄本来の雌を求めて放浪するという習性を充たしてくれるのだ。だから愛人との関係では、強い雄を演じることができる……。

「お待たせしました」

麗子が小さな皿を持っている。盛り塩がしてあるようだ。

「それは塩か？」

「そう、お葬式帰りでしょ。お清めしないといけないんじゃないの。ちょっと外に出てよ」

麗子が外に出るためにサンダルを履く。

「しょうがないな。早くしてくれよ」

俊哉も玄関から外に出る。

麗子は、塩を摘まむと俊哉の胸の辺りや足元に振りかけた。

「少しだけにしてくれよ」

スーツに付いた塩を手ではたく。

「さあ、これでいいわね。はい、どうぞ」

麗子が玄関を開け、俊哉が中に入る。

「ビール、くれないかな。喉が渇いたよ」

俊哉はリビングの椅子に落ちるように腰掛ける。そして骨壺の入った紙袋をテーブルに置く。

「それ、なぁに。お土産？」

麗子がビールとつまみのウドのきんぴら、鰹の角煮を小鉢に入れて運んで来る。

こうしたちょっとした酒のつまみを作るのが麗子は上手い。ビールも自宅用のサーバーから注ぐので、麗子の店で飲む生ビールと変わらない美味しさだ。

俊哉は、ビールをぐぐと喉を鳴らしながら、飲んだ。ほろ苦い液体が、喉から胸にかけて詰まった澱《おり》をきれいさっぱり洗い流してくれる。

「プハーッ」思いきり、体内に籠った瘴気《しょうき》を吐き出す。「土産じゃないよ」

麗子が紙袋の中を点検し、「あらっ」と驚く。「これひょっとしたら骨壺じゃないの」俊哉を見つめる目が、大きく丸くなっている。

「そう」

ひと言だけ言い、鰹の角煮を食べる。甘辛い出汁が沁み込んでいい味を出している。日本酒が欲しくなる。

「なぜ、どうしたの?」

麗子は、骨壺の入った木箱をテーブルの上に置く。

豪華な葬列を想起させるような金糸銀糸を織り込んだ布にきっちりと包まれた木箱は、いかにも魂が入っているように見える。

「いろいろあってね。おいおい説明するけどさ。四十九日までうちで預かることになったんだよ。ところがさ、女房の奴新幹線の中で、俺が銀行に寄るからと言うと、キレちゃってね」

情けない顔になる。

「怒ったの？　奥さん？」

「そう、飛びきりね。それでお袋と二人きりになるのは嫌だからこれを銀行に持っていけ、東京見物させろって言ってさ。それでどうしようもなくて、ここに持ってきたわけさ」

俊哉はグラスのビールを飲み干し、ウドのきんぴらを口にする。しゃきしゃきとした食感が心地よく、わずかな苦味を利かした味が刺激的だ。

麗子のマンションに来てよかったとつくづく思う。

「お母さま、ここじゃ落ち着かないわね」

麗子が骨壺の入った木箱をリビングの棚に置く。棚には花、その下のサイドボードにはワイングラスなどが飾られている。この部屋の中を全て見渡せる場所だ。

「お母さま、お酒、飲めるの？」

「飲めるよ。ワインや日本酒が好きだったな」

俊哉が返事をすると、麗子はキッチンに行き、クーラーボックスから白ワインのシヤブリを持ってきた。

「ビールの次にワインにするのかい？」

俊哉の疑問には何も答えず、サイドボードから小ぶりのワイングラスを取り出すと、それにシャブリを注いだ。

そして骨壺の入った木箱の前に供えて、両手を合わせ瞑目《めいもく》すると、しばらく無言で頭を下げた。

俊哉は、麗子の姿を見て、激しく胸を揺さぶられるような感動が込み上げてきた。涙が止まらない。葬儀の最中も、ここまで来る間も涙は一滴も流れ出なかった。それがどうしてここでとめどなく溢れてくるのだ。不思議でならなかった。

高校生時代のことを思い出す。

俊哉が眠い目をこすり、起きてくる。とてつもなく寒い。外はちらちら雪が舞っている。高校まで自転車で通っているのだが、気が滅入る。

――寒いなぁ。

俊哉が朝食を作っている母澄江に愚痴る。

――味噌汁をしっかり食べていけ。三里先まで温かい言うてな。体が芯から温かくなるんや。

澄江が、食卓についた俊哉をにこやかな笑みで励ます。

さらに思い出は高校生時代から中学生時代へと遡《さかのぼ》る。野球部でボールが腹に当たり、倒れてしまった。どういうわけか体が熱を持った。緊急で入院した。手術はしなくてよかったが、澄江は、俊哉の傍で寝ずの看病をしてくれた。ありがとう、お袋。

どんどん思い出が蘇《よみがえ》り、俊哉は中学から小学生、幼稚園へと還っていく。

「お袋がいたから、俺がおるんやなぁ」

俊哉は目を開け、思わず呟く。

「どうしたの？　急に関西弁になったりして……。泣いているのね」

「ああ、お袋との思い出が次々と浮かんできて、どうしようもないんだ。あまり親孝行もしない悪い息子だったなぁ」

「じゃあ、ここに来て一緒に手を合わせましょう」

麗子に言われるまでもなく立ち上がると、麗子の傍に立って、手を合わせ、深々と頭を下げた。

「なぜ？」

「お母さま、なんて言うかしらね」

「妻でもない私とこうやって並んで拝んでるのを見て、不思議に思われないかしら」

麗子がうっすらと笑みを浮かべた。

「ありがとう、麗子」

俊哉は、麗子の体に両腕を回し、強く抱きしめた。嫌がるでもなく麗子は、俊哉の唇に自分の唇を強く押しつけた。

息が苦しいほど、強く、濃厚な接吻の後、俊哉は麗子を見つめて「一緒に墓に入ってくれ。お袋も一緒だ」

と言った。

「いいの？」

「ああ、お前しかいない。一緒に墓に入ってくれるのは……」

俊哉は、自分の発言が非常に重大な意味を持っているのではないかと、頭をよぎったが、そのことは無理に振り払った。というか、考えないようにした。今は今、明日のことは明日のこと。相変わらずのいい加減な考えだと言えなくもない。

小百合の澄江の遺骨に対する冷たい態度を見せられた後なので、麗子の態度は、まるで菩薩のように思えたのだ。

「嬉しい？　する？　ここで」

麗子は囁いた。

「するとも、ここで」

俊哉は言った。麗子は絨毯《じゅうたん》が敷かれた床に体を横たえた。

俊哉は、もう待てないとばかりにチュニックを引き上げ、タイツを引きずるように下ろした。

「あっ」

俊哉は驚きの声を上げた。

くすっと麗子がいたずらっぽく笑みを浮かべた。

「ノーパンか……。それに」

「俊哉さんから来るって連絡もらってね、ノーパンになってみたの。そしたらタイツの生地があの部分に当たって、なんだか興奮してきたの。ノーパン効果ね」

「道理で、チュニックをまくった時、ぴっちりとしたタイツのあの部分がこんもりと形作っていてさ、さっきから気にはなっていたんだ。俺も興奮してきてたんだけど、それにしても驚いたよ」

「あそこの毛を剃ったのよ。よく見えるでしょう？」

麗子はそう言うと、両足を曲げ、腰を浮かし気味にした。

「ああ、よく見える」

ある高名な小説家が女性のバギナを「小銭入れ」と表現したのを読んだことがある。

麗子のあそこもその表現にぴったりだ。陰毛をすべてきれいに処理してしまっているので小銭入れの口の部分がきっちり閉じられ、中をしっかりと守っているのがよくわかる。ほんのりと赤みを帯び、少し照りが出ているのは、タイツで刺激されたため、潤いが滲《にじ》んできたのだろうか。

四十歳になり、それまでの間、この小銭入れはかなり使われてきたはずなのに、そうした傷みや黒ずみはない。まるで生まれたての赤ん坊のように清らかだ。

「どうして剃ってしまったの？　以前からちゃんとムダ毛は処理していたのに」

麗子は、性格も情熱的なところがあるが、陰毛は意外と濃くはなかった。柔らかで、俊哉は、それを手で撫《な》でるのを楽しみの一つとしていた。しかし、そうは言いつつも普段からその手入れは怠らない。

あそこのいわゆるVライン、小銭入れの口にあたるIライン、そして肛門の辺りのOラインに毛が生えるのだが、麗子は、それらの毛を美容クリニックでカットしてもらったり、時に脱毛クリームなどで処理してもらっていた。しかしそれでもちゃんとあるべきところに毛が残っていた。

ところが今度はV、I、Oの全ての毛がなくなっていた。いわゆる完全なるパイパン状態だ。

麗子のあの部分を覗き込むように俊哉は体をかがめた。

恥丘は草木一本生えていないし、そこからはきれいに一筋の川ともいえる割れ目が走り、その行きつく先にはこれまた輝くように美しい壺のような入り口が見える。何もかもがきれいにすっきりと見えるため、爽やかなエロティシズムを感じてしまう。

俊哉は、麗子の小銭入れの口を早く開けたくて、急いで服を脱ぎ始める。もう俊哉のあの部分は、麗子の固く閉じられた小銭入れの口を無理にでもこじ開けてみせようとパンツの中から飛び出したくて、今すぐにでも暴れ出しそうだ。

俊哉は、手でVラインといわれる部分を撫でてみた。今までのふわりとした感触がなくなったのは少し残念な気がしたが、つるつる、すべすべした、新たな感触に興奮が高まってくる。

「どうしたの、これ？」

しかしここまで徹底して脱毛した理由を聞かねばならない、理屈好きの性《さが》が悲しい。

腰を浮かしたままの姿勢で、麗子は「どこのテレビ番組だか忘れたけどね」と言った。

チュニックを引き上げ、下半身がむき出しになっている姿を低い位置で覗いていると、なんだか背徳の気配がしてくる。

テレビ番組と陰毛をなくすのとどういう関係があるのだろうか。ますます探求心が湧いてくる。ちょっと小銭入れの口の部分に指を当てて、撫でてみた。するりと全く抵抗がない。麗子が、うふんと小さく息を洩らした。

「テレビでどんな番組をやっていたんだ？」

「毛虱《けじらみ》の特集をやっていたのよ」

「毛虱？　なんだそれ」

毛虱とは陰毛に生息するシラミのことで、性感染症の一種だ。顕微鏡で見ると、恐ろしい顔をして、大きなカニ爪のようなハサミで陰毛の根元に食らいつく。これが繁殖すると、死ぬほど痒《かゆ》いらしい。主に陰毛で生息、繁殖する変なシラミでもある。

「毛虱って人間とゴリラがセックスした名残で、ゴリラからうつされたんだってね」

「まさか、そんなことはないだろう」

「でもテレビ番組が言ってたんだから嘘じゃないでしょう？　まあ、それはさておき毛虱の攻撃から人間を守るためにはデリケートゾーンの脱毛しかないらしいの。それでね、その番組で脱毛を始めたサロンの経営者が、私のお陰で毛虱は生育環境をなくしてしまったってドヤ顔で話していたのよ。それでじゃ私もやってみようかな。あんな気持ちの悪いシラミに私の大事な部分を攻撃されるのは嫌だから」

その番組に触発されて脱毛したという。怪しい番組ではなさそうだが……。

俊哉は、麗子の下半身をしげしげと覗き込みながら、麗子の話し声を聞いていると、いつしか、その大事な部分が口を開けて話しているような錯覚を覚えてきた。

小銭入れの口金を開け、そっと開いてみる。その瞬間にたらりと透明な液がしたたり流れ出した。小銭入れの口の中に閉じ込められていた愛液が出てきたのだ。中はきれいなサーモンピンクで、液でてらてらと光っている。

「まさか、毛虱をうつされたからじゃないだろうな」

指で小銭入れの中を探りながら聞く。いつもより何もかもが鮮やかに見えるから、興奮がいや増しに高まってくる。

「そんな馬鹿なことはないわよ。でも本格的にレーザーとかでしたわけじゃないから、また生えてくるわよ。その時はチクチク痛いかも……」

俊哉の指の動きに合わせて、麗子の息遣いが荒くなる。

「毛虱とおさらばする番組を見て、脱毛するなんて麗子も変わってるな」

指を激しく動かす。小銭入れの口からは愛液が大量に流れ出し始めた。脱毛して、より感じやすくなったのだろうか。

「俊哉さん、もう、早くして。脱毛してセックスの具合がよくなるか試したいのよ」

麗子が、さらに高く腰を上げた。

俊哉は、全裸になると、麗子の両足を抱え、脱毛し、全てを晒《さら》している麗子の大事な部分を見つめると、開いている小銭入れの口に向かって、いつも以上に猛っている自分の物を突き立てた。それはぬるぬるとした愛液にたちまち取り込まれ、奥深くへと吸い込まれるように入って行った。

麗子が、小さく息を止めると、その後、細く長い悲鳴のような声を上げた。

俊哉は、もっともっとその小銭入れの奥の奥を探求したくて、腰を動かし、自分の物を深く深くその中に刺し入れていく。

コトンと小さな音がした。その方向に目を遣ると、サイドボードの上に置かれた澄江の遺骨を納めた木箱が、少し動いていた。俊哉の腰の動きに影響されて動いたのだろうか。俊哉は、澄江の気配を感じた。

「お袋……」

俊哉は、腰の動きを止めることなく呟いた。

4

「久しぶりに興奮したな。パイパンセックスもいいな。自分の物が確実に麗子の中を探索しているのが確認できて興奮する」

俊哉は、身支度を整えながら言った。もうそろそろ自宅へ帰らねばならない。

「よかったわ。俊哉さんに喜んでもらえて、本望よ」

麗子は、やっぱりノーパンはちょっと寒いわね、とパンティをはいている。

「帰ったら墓のことで女房ともめそうだ」

俊哉は、ネクタイを締め始めた。麗子は、すっかり身支度を終えている。

「さっきさ、一緒に墓に入ってくれって言ったのは本気？」

麗子が俊哉のネクタイを整えながら聞く。

「うん、まぁな」

俊哉は曖昧に答えた。麗子の遺骨の扱いに感激して、口走ってしまったが、一緒に墓に入るということは正妻の座に座るということを意味していた。そうなると、小百合と離婚しなければならない。曖昧にならざるを得ない。

怒るかと思って、盗み見るような視線で麗子を見た。

「何も私、奥さんと別れて、妻にしてくれって言っているわけじゃないのよ。怖がらないで」

「怖がってなんかいないさ」

「いや、怖がっている。私はね、ただ俊哉さんと一緒にお墓に入れるといいなと思っているだけ」

「俺も麗子との方がいいと正直、思っている。まあ、さっき言ったことは本気なんだが、いろいろと難しいからな。特に、お袋が亡くなって、どうしようかって時だからな」

俊哉は、意味のあるようなないような、結論のない話をした。

「ちょっと待って、これを買ったのよ」

麗子は、寝室に入って行くと、そこから何かのパンフレットを持ってきた。

「何か買ったの？」

麗子は、満面の笑みを浮かべて、俊哉の前に立ち「お墓」と言い、パンフレットを差し出した。

「えっ、お墓？」

俊哉は驚いた。着ようとしていた上着の袖に腕を通したまま、立ち止まってしまった。

「買っちゃった。この間、俊哉さんがお墓の話をしたでしょう。私もお墓がないじゃない。それで買っておこうと思ったわけ。一人暮らしだと、いつ死んでしまうかわからないでしょう。そんな時、誰かに迷惑かけられないから。私が死ぬと、誰かが弔《とむら》いはしてくれるでしょうけど、だけど、お墓はどこだろうと捜したってどこにもない。実家も引き取りを拒否する。すると私の遺骨は漂流するわけ。それならここに埋めてくださいと遺言を残しておけば、誰にも迷惑をかけないでしょう。そして」麗子は、俊哉を見つめた。「まあ、期待はしてないけど、ひょっとしたら俊哉さんが一緒にお墓に入ってくれることもあるかもしれないじゃない。遺言で麗子の墓に入りたいと言ってくれるとかさ。もし私の方が先に死んだら、その骨を少し俊哉さんにあげるから、この墓に俊哉さんの骨を少し入れてくれたら……」

ああ、なんと切なく、愛おしいことを言うのだろうか。俊哉はせっかく身支度を整えた服を今一度脱ぎ捨て、麗子を抱きしめたいと思った。

が、しかし……。

「あっ」

手に持ったパンフレットをじっと見つめていた俊哉が、驚きの声を発した。

上質のコート紙で作られた霊園のパンフレット。表紙は、花が咲き誇る丘の向こうに青空が広がり、天国のイメージそのものだ。

霊園のうたい文句も「天国の安らぎをあなたに——永代供養付き霊園を手ごろな価格で提供します」

霊園の名前は、「多摩御霊やすらぎの丘霊園」だ。

どこかで聞いたことがある名前だ。パンフレットは表裏表紙を含めて見開き四ページ。

俊哉はパンフレットを開いた。そこには霊園へのアクセスや開発の状況と分譲価格が記載されている。

○・五平米から○・六平米の広さで百万円から場所によって百五十万円と表示され、どれも永代供養付き。ご丁寧に「ご契約殺到中。五月末までなら割引価格もご相談可能」の文句まである。

「このパンフレット、どこで？」

緊張した表情で麗子に問う。麗子も俊哉の表情が変わったのに気づいて、緊張している。

「お客さんが持ってきたの」

「常連か？」

「常連さんと一緒だったのだけど、その人は初めての人だった。何かあるの？」

不安そうに俊哉を見つめる。

「それで、どうした？　これ契約したのか」

俊哉は、自分の表情が険しくなるのに気づいていた。

「うん」

叱られた女の子のように情けない顔をして、麗子が頷《うなず》く。

「どんな説明を受けたんだ」

詰め寄る。

「お客さんとね、お墓の話になったの。そうしたら常連さんとその初めてのお客さんが、いいのがあるよって、このパンフレットを見せて、熱心に契約を勧めるのよ。見晴らしがいいだの、吹き抜ける風が心地よいだの。今なら安くできるよって言うものだから。私、俊哉さんのために買ってもいいかなって気になって」

「買ったのか」

怒ったような顔になる。

「いけなかった?」

麗子が首を亀のようにすくめる。

「金は? 契約だけでまだ払っていないだろうな」

俊哉の剣幕に、麗子は泣き出さんばかりだ。

首を横に振る。

「払ったのか?」

「うん」

両目には涙が滲んでいる。俊哉の理由がわからない憤怒が襲いかかってくるのを麗子は体で感じているのだ。

「いくら?」

「安くしてくれるっていうから、これを」麗子は〇・六平米百三十万円を指さす。

「百万円で。指定された口座に振り込んだ」

「わかった。ちょっとその振り込みの領収書を持ってきてくれるか」

俊哉は息を整えた。

パンフレットの裏表紙には、俊哉がよく知っている会社の名前が開発元として記載してある。販売元は全く知らない会社だ。

麗子は、弾かれたようにその場を離れ、キッチンの奥にある棚の引き出しを開けて、中を探っている。そこに家庭の伝票などをしまっているようだ。

「はい、これ」

麗子が振り込みの領収書を見せた。俊哉は、それを奪い取るようにして両手で掴んだ。

「幸せ霊園株式会社。ここが販売元で、ここに振り込んだのだな」

いかにもいい加減に適当に付けた名前に見える。振込先は俊哉の勤務する四井安友銀行の葛西東支店だ。

「うん」

麗子はおびえた顔のままだ。俊哉の剣幕に恐怖を覚えているのだ。

「百万円、振り込んだのか」

厳しい口調で問い詰める。

「うん」

麗子は答えるのがやっとだ。

「馬鹿野郎！　くそっ」

俊哉が怒鳴った。

わあっ、麗子が顔を両手で抑えて泣き出した。

「なぜ、なぜ、馬鹿野郎って怒鳴られるのよ」

顔をくしゃくしゃにしながら抗議する。

「この霊園はまだ販売なんかしていない。詐欺だ」

俊哉はパンフレットを床に叩きつけた。

「えっ！」

麗子が絶句する。顔を覆っていた両手を下げ、体を硬直させている。

「本当だ。まだ開発できていない。販売できる段階じゃない。俺の銀行がやっているんだから間違いない。この開発元の南多摩霊園プロジェクトというのが俺の銀行の取引先だ」

「だってここを見てよ」麗子が涙の痕《あと》を拭いもせず、パンフレットを拾い上げると、見開きの隅に小さく書かれた文字を指さす。「四井安友銀行が全面的に支援する霊園です、って書かれているでしょう。そのお客さんが、日本一のメガバンクが支援していますし、この銀行の方々もたくさんご契約されていますって言うのよ。だから私、きっと俊哉さんもここにするんだろうと思って、だったら買っておけば、死んでも隣近所でいられると思って……。それがどうして、どうして馬鹿野郎なの」

本気で腹が立ってきた。死んでから隣近所になってどうするつもりなのだ。ふらふらゆらゆらとない足を揺らしながら「俊哉さん、ご機嫌いかが？」とでも言いながら訪ねてくるつもりなのか。牡丹灯籠のお露のように。

「現地は見ていないだろう。見たら、こんな分譲をしていないことは一目瞭然だ。だから馬鹿っていうんだ」

俊哉は、麗子の気持ちは嬉しいような気もするが、自分の取引先が詐欺の舞台になっていることが許せなかった。すぐに南多摩霊園プロジェクトの取引店である多摩支店にこの事実を突きつけて、状況を説明させねばならない。

「見ていないわよ。そんな時間ないもの。常連さんが、いい買い物だよと言うし、俊哉さんの銀行が支援しているから大丈夫だって」

麗子が反撃に出る。

「その常連って誰だ？　俺が知ってる男か？」

「知ってるかどうかは知らないけど、この開発会社の親会社の四井安友不動産の役員よ。名刺を持ってくるね」

麗子は、またキッチンの奥に行き、何やらがさがさと探していたが、名刺を二枚持ってきた。

「なんと……、本当か」

一枚の名刺は、麗子の店の常連だという「四井安友不動産株式会社執行役員営業部長宝井壮太《たからいそうた》」。この人物と俊哉は面識がない。

四井安友不動産は、名前の通り俊哉の銀行と関係が深い。兄弟会社と言ってもいい仲だ。

もう一枚の名刺は「幸せ霊園株式会社代表取締役社長金成金一《かねなりきんいち》」。なんとも言えない怪しげな名前だ。

「私、騙されたの？」

麗子の泣き顔に怒りが浮かんだ。

「その可能性が高い。すぐに調べてみる」

俊哉は言った。

「調べて。すぐに。でもね、私は俊哉さんのためによかれと思ってやったことよ。馬鹿野郎と言われて傷ついたわ。取り消して」

麗子は本気で怒り出した。怒りの矛先が詐欺師に向かわず、こっちに向かっては割に合わない。

「ごめん。謝る。しかしこれは、まいったな、本当に……」

俊哉はパンフレットと二枚の名刺を麗子から受け取ると、苦し気に呻《うめ》いた。上手く進行していない霊園プロジェクトが、これでまた遅れることになるかもしれない。頭取の木島豊が、霊園プロジェクトの早期完成を楽しみにしているのを思い出し、憂鬱さに眉根を寄せ、「うーん」と声にもならない声を発した。

第四章　田舎の墓

1

「ただいま」

俊哉は自宅に着いた。

「あら、案外、早かったわね。銀行の皆さんに会えたの？」

小百合が、思った以上に明るくキッチンから声をかけてくる。気分を害していて返事もしないかと思っていたから、少し安心をした。

葬式の帰途で、銀行の本店に寄ってくると嘘をつき、麗子の家に行った。お決まりのようにセックスをしたのだが、体に移り香が残っていないか、気になる。両腕を嗅いでみる。麗子がつけている甘い香水の香りはない。麗子のマンションを出る際に、消臭剤を全身にたっぷりとかけてきたのが功を奏しているようだ。

「ああ、会えたよ」

靴を脱ぐ。

「皆さん、驚かれたでしょう？」

小百合が目の前に立っている。

「何が？」

「何がって、それよ」

紙袋に入れた母澄江の遺骨を指さす。

俊哉は目を落とす。

当然のことながら遺骨など持ちなれないから、紙袋に入れさりげない振りをして運んできた。鞄は持ちなれているから手が感覚を覚えているが、遺骨はそうはいかない。今、小百合から指摘されるまで持っていることを意識していなかった。忘れないでよかったと思った。

麗子のマンションを焦って急いで飛び出してきたことも、遺骨を意識していなかった理由の一つだ。焦った理由は、麗子が引っかかった霊園詐欺に驚いたからだ。あれを早くなんとかしなくてはならない。

「これを頼む」

俊哉は小百合に紙袋を渡す。

「保管場所はあとで考えましょう。それより何か食べる？　それとも食べてきた？」

小百合が遺骨の紙袋を無造作にぶら下げて聞く。

「食事はいい。食べてはいないが、腹が減っていない。ウイスキーを一杯だけもらうかな」

俊哉はリビングに向かう。

「ロック？　それとも水割り、お湯割り？」

「ロックでいい」

「あなた、なんだか疲れていない？」

「少しな。ちょっと問題が起きた。今から、いくつか電話をしないといけない」

暗い表情を小百合に向ける。多摩支店の支店長には少なくとも霊園詐欺のことを知らせねばならない。もし詐欺の情報を得ていながら本部報告をしていないのなら、それはそれで別の問題となる。

「何？　問題って」

小百合は、リビングのテーブルに紙袋から出した遺骨を無造作に置き、サイドボードからサントリーの「山崎」の十二年物のボトルを取り出す。シェリー酒樽の香りが移り込んだ高級シングルモルトウイスキーだ。どこだか忘れたが、取引先からの戴き物だ。銀行の役員ともなれば、お中元、お歳暮が、オーバーではなくトラックで届いたと先輩から聞いたことがあるが、今はそんなことはない。お互い儀礼廃止、癒着禁止、コンプライアンス厳守となっているから、戴き物はあまり多くない。ましてや高級品となると数えるほどだ。この高級ウイスキーなどは例外中の例外だ。

お中元、お歳暮が日本の個人消費を支えている面があったのだが、そうした習慣が廃《すた》れるのと、デパート業界の苦戦とがリンクしている気がする。

俊哉は、椅子に腰掛け、テーブルに置いたグラスに氷をいくつか入れた。そこにウイスキーを注ぐ。透明な氷が琥珀色に染まっていく。

「これだよ」

鞄の中からパンフレットを取り出す。麗子の持っていた霊園パンフレットだ。

「なあに？」

小百合が覗き込む。

「お墓のパンフレットじゃないの」

「それが詐欺に使われたみたいなんだ」

「へぇ」

小百合はパンフレットをぺらぺらとめくる。

「いいところね。でも〇・六平米で百三十万って多摩では高くない？　一平米以上ならわかるけどね」

俊哉は、小百合の言葉に意外感を覚えた。霊園の価格についてコメントしたからだ。

「お前、霊園に関心があるのか」

俊哉が聞くと、小百合はパンフレットをテーブルの上に置いて「いろいろと知り合いに聞いているとね、みんな同じような悩みを持っているって知ったのよ。だから少し研究してみたわ。お母さまの遺骨のこともあるし……」

小百合は、目元に陰りを浮かべてテーブルの上の遺骨を見つめた。

「どういうことだ？」

母の遺骨のことに小百合が触れた。あんなに目の前から消してくれと言っていたのにこの半日で大きく変わっている。いったい何があったのだろうか。

「お母さまの遺骨をね、あなたの田舎のお墓に納めるでしょう？」

「ああ、そのつもりだ。四十九日が過ぎたらね」

「そうしたら誰がお参りするのかなって思ったのよ」

「俺たちが行けばいいだろう？　清子はあんな風だし。墓の世話をしてくれる気はなさそうだ」

俊哉はウイスキーをグイッと飲んだ。喉が熱い。一気にウイスキーが腹へと落ちる。

「そんなの、行けるわけがないわよ。遠いんだから。私たちだって年を取るのよ」

「だけど仕方がないだろう」

「あなたはすぐに仕方がないっていうけど、それでは済まないのよ。私たちがごくたまに、例えばお盆とかに行ったとしても寛哉や春子はどうする？　行くはずがないでしょう？　するともう誰も行かない。お世話する人がいない無縁仏みたいになるじゃない」

「それも仕方がないな。そういう運命だ」

今さら、何を言うか。田舎の墓に入ろうと誘ったのに拒否したのはお前じゃないか。お前と俺が田舎の墓に入れば、息子や娘たちだってお参りしてくれるかもしれない。息子や娘たちには俺の田舎を故郷だと思う気持ちはないだろうから、墓はその時に途切れるだろう。しかし、その時はもう俺たちはこの世にいない。そこまで責任を持つことはないだろう。あとは野となれ山となれとは言わないが、ひょっとしたら息子か娘のどちらかが墓を守ってくれるかもしれないではないか。

「ちょっと待って、あなた」

小百合が急に真面目な顔になってもう一度、パンフレットを手に取った。今度はまじまじと見つめている。「あなた、詐欺って言ったわね」

「ああ、それが詐欺に使われたらしい。今から支店長に連絡をするつもりなんだ。どうかしたのか」

あまりに真剣な表情でパンフレットを見つめているので、やや心配になってきた。

「これ、見たことがあるわ」

小百合が独り言のように呟く。

「まさか、お前……」

今度は俊哉が硬い表情になった。小百合がパンフレットから目を離し、俊哉を見て、笑みを浮かべる。

「私が騙されるわけがないじゃないの。あなただって私を騙そうとしたら、みんな見抜いちゃうわよ」

「余計なことは言わなくてもいい。それよりこのパンフレットをどこで見たんだ」

「今日、ゴルフの練習に行ったのよ。そこでお仲間の行平《ゆきひら》さんと一緒になったのでお茶をしたの。その時、行平さんが、これを……、確かにこれだわ」小百合がパンフレットの四井安友という文字を指さす。「あなたの銀行が関係しているんだと思ったもの」不安げな顔をする。

「すぐに行平さんに電話するんだ。金を払い込むなって。詐欺の可能性があるからって言うんだ」

俊哉は険しい表情で言った。

「わかったわ。すぐに連絡する」

小百合は、テーブルに置かれていたスマートフォンを摑んだ。

行平は小百合が親しくしているゴルフ仲間だ。練習場で知り合い、たまに仲間を募《つの》ってゴルフへと出かけている。俊哉は、ちらりと顔を見かけた程度で下の名前も知らない。上品な雰囲気の女性だったから、誰か有力な人物の夫人かもしれない。

「俺は、支店長に連絡を取る。早くしないと詐欺被害が増えるかもしれないから」

俊哉は、パンフレットと一緒にウイスキーグラスを摑んで書斎に入った。

「ふう」

椅子に座ると、思わず大きなため息が出た。

パンフレットとグラスを机に置く。ウイスキーの氷がほとんど溶けてしまっている。なんだか不味そうだ。

それにしてもいったいどういうことなのだろうか。まだ販売できる段階にない霊園を売りに出しているとは。

なぜ四井安友不動産の役員が絡んでいるのだ。麗子から預かった名刺を机の上に置く。執行役員宝井壮太。麗子の店の常連だという。そしてもう一枚の名刺。霊園販売会社の社長だという金成金一。いかにも胡散くさい名前だ。この会社の口座が四井安友銀行の葛西東支店だ。この支店は、今回の南多摩霊園プロジェクトには全く関係していない。

墓がないと悩む俊哉のような年輩者を狙って、南多摩霊園プロジェクトを聞きつけて詐欺を企画したのだろうか。

「許せない」

俊哉は、スマートフォンを取り出すと、登録してある多摩支店の支店長の携帯電話にかけた。

支店長は筧《かけい》一郎。まだ若い。四十歳代前半だ。俊哉が企画部にいる時に部下として働いていた。有能だが、野心が表に出過ぎる面がある。

しばらく呼び出し音が聞こえ、〈はい、筧です〉と出た。

「大谷です」

〈はっ、常務でございますか。なんでしょうか〉

緊張している。夜間に常務から電話をもらって嬉しい社員はいない。

「緊急なんだ。かいつまんで話すよ」

電話口の向こうからは唾を飲んだ音が聞こえる。息が詰まるような緊張が伝わってくる。

「例の南多摩霊園を使った詐欺が起きているのだが、知っているか」

〈えっ〉

筧が絶句した。

「知らなかったのか。被害者が出ている。それも四井安友不動産の役員が絡んでいる。実在の人物かどうかはわからないがね」

筧は何も言わない。

「名前はね、宝井壮太というらしい。名刺も手に入れたからすぐに調べて欲しい。それから一番怪しいのは……。おい、聞いているのか」

〈あ、はい、あのぅ〉

なんだか筧の声が弱々しい。

「どうかしたのか」

〈実は……〉

「話してみろ」

苛立《いらだ》ちが声に出る。

〈申し訳ございません。その詐欺について知っております〉

思いがけない言葉が返ってきた。

「なんだって、知っていたのか」

怒りが声に出る。麗子の顔が浮かんだ。

〈幸せ霊園株式会社という架空の会社を立ち上げています。我が行の葛西東支店の口座が使われているようです。四井安友不動産の執行役員、宝井壮太は実在しておりまして、南多摩霊園の開発にご協力いただいています明王福寿院様とお知り合いだったようで……〉

「寺と組んでの詐欺なのか」

〈それはないと思います。お寺様から霊園の話を聞いて、思いついたのかと考えております〉

筧は淡々と説明する。

俊哉は、怒りが収まらない。筧は詐欺話を知っていたのになぜ報告をしてこなかったのか。

「支店長！」

激しい口調になる。

〈はい、常務！〉

携帯電話の向こうで気をつけの姿勢をしているのが目に浮かぶ。

俊哉の怒りの理由にとっくに気づいているのだ。

「なぜ、私に何も報告しなかったのだ。君は詐欺を知っていたのだろう」

麗子の顔が浮かぶ。麗子が百万円も損をしたのだ。どうしてくれる！

〈はぁ、常務を煩わすこともないと思いまして〉

声が小さくなる。

「当然、葛西東支店の口座は入金も引き出しもできないようにしているだろうな」

不審な銀行口座には入出金禁止のコードなどを設定することができる。

〈いえ、まだです〉

「何、まだ何もしていないだと？　すぐにやれ！　警察には届けているんだろうな」

〈はっ、まだです〉

「馬鹿もん！　もう、お前はクビだ！」

俊哉は、声を荒らげ、携帯電話を一方的に切った。

口座の現金が引き出されていなければ、麗子の金を守ることができるだろう。もし、引き出されていたら、俺が麗子の損失を補てんしなければならないかもしれない。

「クソ野郎め」

俊哉は筧の顔を思い浮かべて、汚い言葉を浴びせかけた。

2

リビングに戻る。

「あなた、大丈夫だった？」

リビングに戻って来た俊哉に小百合が心配そうな顔で言った。

「支店長の野郎、詐欺話を知っていたのに報告を怠ってやがったんだ。本当にどうしようもない」

俯き気味に言った。

「行平さんは、まだお金を振り込んでいなかったみたい。ありがとう、振り込むところだったって感謝されたわ」

小百合は友人の危機を防ぐことができ、嬉しそうだ。

「よかったじゃないか」

疲れた表情で言う。

「あなたのおかげで友達を救うことができたわ。ありがとう」

小百合が珍しくしおらしい。行平によほど感謝されたのだろう。

「明日から大変だ。この詐欺被害を食い止めないといけないからな」

俊哉は、再び椅子に座ると、グラスにウイスキーを注いだ。

「ねぇ、あなた。さっきの話だけど」

「さっきの話ってなんだ？」

ウイスキーを生のままで飲む。怒りを増幅するような熱い液体が喉を焼く。

「お墓のことよ。お母さまのお骨《こつ》のこともだけど、私たちのお墓もどうするの？」

「お前、俺と一緒に墓に入りたくないんだろう」

詐欺話の怒りが、まだ解けていない。とげとげしい口調が残ってしまう。

「私も飲んでいい？」

驚きだ。小百合が、一緒に飲みたいと言うなんて。めったにないことだ。

「水割りでいいか？」

「ええ、薄く作ってよ」

言われるまま、俊哉は水かと思うほど薄い水割りを作って小百合に差し出す。

「ところで、俺たちの墓ってどういう意味なんだ？」

俊哉が聞いた。

「いろいろ考えたのよ。お母さまの遺骨もどういうわけかこの家に来たでしょう。清子さんもあんな風だし。お母さまと私、決していい関係じゃなかったけど、亡くなってみるとね……」

小百合はしみじみとした顔になり、水割りをひと口飲んだ。

「遺言までされたでしょう。きっとお母さま、寂しかったのね。だから私に頼ったのね。そう思うとこの遺骨を大事にしないと私たちの老後も寂しくなるんじゃないかって思ったの。それにいずれ私たちもお墓が必要になるしね。あなたの田舎のお墓じゃ子供たちにも迷惑がかかるでしょう。だからこっちでなんとかできないかなって思うの」

いったいどうしたのだろうか。葬式から帰ってくるまでの、どうにも取りつく島のない態度と打って変わってしまった。俊哉は信じられない思いで小百合を見つめた。

「どうしたの？　変な顔をして」

小百合が笑う。

「いや、なんでもないさ。でも、随分、考え方が変わったんだな」

「変わったってどういうこと？」

小百合の表情がわずかに硬くなる。止めよう。このままの方がいい。妙なことを言い、小百合を下手に刺激してはまずい。

「まぁ、お袋の遺骨をここに持ってくるのさえ反対していたのに、と思ってさ」

「そうね、あの時は清子さんの態度にちょっと切れていたからね。でもね、考えたの。もう私たち終活の時期に来ていると思わない？　あなたはまだ上があると思って頑張っているけど……」

「終活か……。死ぬ準備ってことか」

俊哉は小百合に話を合わせながらも、俺はまだまだやれるぞと思っていた。麗子のこともあるし、銀行でもまだ上を狙えないことはない。

「お友達と話していたらね、ついついそんな話になったのよ。今日、あなたが銀行に行ったでしょう。それでお友達、行平さんなんかと会ったのよ。それで話題は終活になったのね。皆さん、お墓を見つけようとしているのよ。それで私もって気になったの」

小百合は、この年になっても他人に影響されやすいところがある。行平たち、お友達と称する人たちに影響されただけだ。慎重にしないと、またいつ変わるかわからない。

「俺と一緒に墓に入りたくないっていう話はどうなったんだ」

「あれはね、あなたの田舎のお墓に入るのは嫌ってことなの。だけど、こちらで一緒に入るお墓を用意しておくのは子供たちへの配慮だって行平さんが言うのね。お母さまの遺骨もそこに入れればいいんじゃないの」

「お袋も一緒でいいのか？」

俊哉はテーブルの上の澄江の遺骨を見た。

「実はね……」

小百合は、身を乗り出してきた。

「何？」

俊哉はウイスキーを飲んだ。

「夢を見たのよ」

「夢？」

「そう、お母さまの夢」

「えっ、お袋の？」

いったいどういうことだ？　奇妙なことを言う。

「お友達と話して、帰って来て、ちょっと眠ったみたいなの。そして目を開けたらお母さまがそこに座っているじゃないの」

小百合がリビングの椅子を指さす。それは俊哉が今、座っている椅子だ。俊哉は思わず腰を上げたが、臆病と思われるのが嫌で、また下ろす。

「それでにっこりと笑顔でね、小百合さん、いろいろとお世話になったわねっておっしゃるのよ。不思議ね。ちっとも怖くないの。お世話なんかしてませんよと言ったらね、それは私が悪いのよとお母さまが謝られるのよ。お母さま、どうされたのですか？

小百合さんには悪いことをしたわね。私がきつい性格だったから、あまり仲よくなれなくてね。でもあなたが俊哉を支えてくださったお陰で俊哉は銀行で出世して、役員にもならせていただいた。皆、あなたのお陰です。ありがとうって、お母さまが私に頭を下げられたの。私、なんだか嬉しくて涙が溢れてきたの。初めてお母さまとわかり合えたって気持ちになったわ」

小百合は心地よさそうな表情をした。

俊哉は寒気を催した。現実感を伴って母澄江がこの場に現れたのだ。遺骨を持ってきたせいだろうか。

「それで……」

小百合が心境の変化をきたしたのは、夢に現れた澄江に影響されたのだ。

「お母さまが、私に『墓を頼む』って遺言されたでしょう。あのことが気になっていたので、そんな夢を見たのかなって思ったのだけれども、お母さま、本気でお墓が心配なのよね。私、お母さまのことがかわいそうになってね。女って、結局、なんだかんだって言っても嫁いだ先の家のことが気になってしまうみたいね」

小百合は、優しさに溢れた笑みを浮かべた。生前は、あまり親し気でなかった小百合と澄江だが、そのことが小百合は気になっていたのだろう。霊の存在など信じないが、小百合が本当のところは澄江のことや俊哉の実家のことを気にしていたのかと思うと、急に俊哉は小百合が愛おしくなってきた。

「ありがとう」

俊哉は小百合に声をかけると、涙が止まらなくなった。

「どうしたの？　あなた？　おかしいわよ」

小百合も涙を溢れさせながら笑っている。

「嬉しいよ。お前が、そんなにお袋のことや俺の実家のことを心配してくれていたなんて。おお、俺は決めたぞ」

「何を決めたの？」

「お前と一緒に入る墓を探すってことだ。一緒に入る墓は、夫婦の絆を確認する存在だ」

俊哉は、グラスのウイスキーをぐいっと呷《あお》った。

「お墓は、夫婦の絆の確認……。あなた、たまにはいいことを言うわね」

小百合が笑った。

俊哉も笑顔になった。先ほどの詐欺話の憂鬱がどこかに消えていくほど、心地よい笑いだった。

——この笑いがいつまでも続くことを祈りたい。お袋、よろしく頼んだよ。

俊哉は、言葉にならない祈りを心のうちに捧げた。

3

俊哉は、執務室で雑誌を開いていた。

それによると二〇〇〇年には年間死亡者数が約九十六万人だった。それが二〇一五年には百三十万人を突破し、二〇三〇年には百六十万人を突破するという。

恐ろしい数だ。

俊哉は、今、六十三歳だ。二〇三〇年は、十二年後だから七十五歳になっている。平均寿命以下だから生きてはいると思うし、まだ七十歳代で死にたくはない。

しかし明日のことはわからない。自分が百六十万人の中に入っている可能性は否定できない。

昨日、小百合が、自分と一緒に入る墓を探そうなどと殊勝なことを言った。それを聞いた時、久しぶりに小百合と心が通じ合った気がした。一緒に入る墓は夫婦の絆の確認だと、俊哉は調子のいいことを言ってしまった。

結局、東京で墓を探すことになった。小百合は、できれば澄江の遺骨も一緒に納めたいと言う。

ありがたいことだ。田舎の墓に納めたら、参る人もいなくて無縁仏になってしまう。

東京なら、それを避けることができる。

麗子のように騙されるわけにはいかないから慎重にことを進めなければならない。多摩支店の南多摩霊園が完成すれば、それが一番いいと思うのだが……。そうなると、故郷の墓は閉じることになるのか。

「墓じまいをするのか」

故郷が遠くにあり、墓を整理する人が増えている。人も金も何もかも東京に吸い込まれていく。東京がブラックホールになったようなものだ。地方からは人がいなくなり、人口が少なくなる中で東京の肥大化だけが進んでいく。そのため田舎の墓を守る人がいなくなっているという現実がある。

俊哉は長男だ。墓を継ぐ立場だ。ところが、澄江が亡くなるまで、墓のことなど真剣に考えたことはなかった。妹の清子がなんとかするだろう、近くに住んでいるのだから、などと高をくくっていた面がある。

しかし清子は嫁ぎ先の墓の面倒を見なくてはいけないと言う。言われてみればもっともなことだ。やはり長男である俊哉が墓を引き継ぎ、守らねばならない。

しかし墓を引き継ぎ、守るということは、なかなかやっかいなことだ。

たまにふらりと墓参りをすればいいというものではない。檀家として阿弥陀寺と付き合っていかねばならない。どんなことがあるのかは具体的にわからないが、寺の修繕とか、村全体での墓の清掃などがあるかもしれないし、法事もそこで執り行わねばならないだろう。ある程度は金で解決できるだろうが、いつもいつも金を払ってお終いというわけにもいかないだろう。実に面倒なことだ。

そこまで面倒を見ても、仮に俊哉が死んだ時、先祖や両親には申し訳ないがそこには入らないだろう。もし俊哉がそこに入っても小百合は断固拒否すると断言している。

結局は、俊哉の代でその墓を引き継ぎ、守る者はいなくなってしまう。それでは俊哉は世話をしただけ損ということになるのではないか。

小百合は一緒に入る墓を探そうと言ってくれた。亡くなった後ではあるが、澄江とも和解してくれた。夢に澄江が現れたのにはぞっとするが、結果は何よりだ。

麗子のことを思った。麗子は俊哉と一緒の墓に入ろうと思い、墓地販売の詐欺に引っかかってしまった。哀れな奴だ。一面、非常に可愛い。俊哉との付き合いも長い。

小百合が、澄江の遺骨にあまりに冷たい態度を取り続けるなら、いつそのこと麗子と同じ墓に入ってもいいと思ったのだが、やはりそれは無理な相談だろう。

もし、小百合が麗子の存在を知ったら、昨夜のような穏やかな感じでいるだろうか。それは絶対にあり得ない。怒り狂い、怒鳴りまくり、俊哉を追い出し、とっとと出ていきやがれということになるに違いない。

いずれにしても麗子の存在を気づかれないようにしつつ、小百合の機嫌が変わらないうちに墓を求めようではないか。

俊哉は雑誌のページをめくる。「週刊大東洋経済」だ。二〇一五年の八月八日・十五日合併号。墓の特集をしている。秘書に、墓のことで簡単にわかるものはないかと頼んだら、これを持ってきた。数年前の号だが、秘書も墓に関心があり、保管していたのだという。

故郷の墓を整理することを「墓じまい」といい、墓の引っ越しを法的には改葬という。その件数は二〇一三年で八万八千件以上にも上り、年々増加していると言う。

この数字が多いのか少ないのか判断のしようがないが、雑誌で特集が組まれるくらいだから多いのだろう。

「安近短」のニーズが高まっていると雑誌には書かれている。なんだか旅行のようだ。でも墓参りというのは、家族揃って盆暮れに行うことが多いから、旅行みたいなものと言えなくはない。

墓の周りの雑草を抜き、枯葉を掃き清め、冷たく無表情な墓石を洗い、花を供える。そうやって一時、自分が今日存在しているのは、連綿と続く遠い先祖からの命を受け継いでいるからだということを自覚するのだ。

チャート図がある。スタートは、墓の跡継ぎは「いる？」「いない？」。「いない」を選ぶと「墓じまい」をして、どこかの寺に永代供養をしてもらうという結論に辿り着く。永代供養とは文字通り永代に亘り供養することだが、いくつか種類がある。その一つに他の人々の遺骨と一緒に埋葬される「合祀《ごうし》」という墓がある。

――合祀といえば靖国神社か。

A級戦犯を合祀していることで、いつも問題になるが、俊哉も母澄江の遺骨や父親の遺骨などを、どこの誰ともわからない人たちと一緒にされるのは、どこか抵抗があった。母の遺言にも全く応えないことになる。

「樹木葬か」

合祀の際、墓石の代わりに樹木を植え、それをシンボルにする埋葬が樹木葬だ。これは墓石費用が不要だから数万円から十万円台と非常にお手ごろだ。

「自然っぽくていいな」

風が吹くと、木の葉がさらさらと揺れる。風が心地よい。俊哉は、目を閉じた。青空が見え、緑の山々が連なっている。そこに一本の背の高い木。なんの木だろうか。楓《かえで》、ポプラ、夏椿、花水木？ いずれにしても広葉樹がいい。初夏には淡い緑、夏には濃い緑に白い花をつけ、秋には色づき、そして冬には葉を落とし、雪に埋もれる。いいではないか。ボブ・ディランの歌じゃないが、風に吹かれてという感じがとてもいい。生きている時、いろいろなしがらみにがんじがらめになっていたから、それから解き放たれた気持ちになる。

「この樹木葬を小百合に提案してみようか」

俊哉はひとりごちる。

しかし雑誌を読み進めると、自分が生きている間は、個別の墓で両親の供養がしたいという意見が書かれてあった。

なるほどね、と俊哉は納得する。息子の寛哉が孫の智哉を連れて合祀された樹木の前に立ち、「これがおじいさんだよ」と説明しても理解されないかもしれない。

やはりこれは母の遺言にも応えていない。小百合は賛成しないだろう。

チャート図のスタートに戻る。

「墓の跡継ぎはいる」としたらどうなるのか。

墓の移転、すなわち引っ越しをすることになる。今回、俊哉はこれに該当するだろう。澄江の遺骨を納める墓を確保し、そこに田舎の墓を引っ越しさせるのだ。

墓の引っ越し？　考えただけでややこしく、面倒な気がする。たちまち憂鬱になる。銀行で霊園プロジェクトを推し進めて、金儲けをしながら、いざ、自分のこととなると面倒になるとは、本当に根っからいい加減にできているのだろう。

墓の引っ越し先を決めるとはどういうことなのか。

墓には民営墓地、公営墓地、寺院墓地とあるようだ。それぞれに特色がある。

民営墓地は、民間が経営しており、宗派を問わないなど使い勝手はいいようだが、経営主体が玉石混淆《ぎょくせきこんこう》とある。気をつけろということか。公営墓地は費用が安いが競争率が激しいようだ。昔から籤《くじ》運が悪い俊哉には無理かもしれない。

もう一つの寺院墓地は原則としてその寺院の檀家になるのが条件のようだ。田舎は真言宗なので、こちらでも真言宗の寺院墓地を探すことになるのだろうか。こんなことを言うと仏様に怒られそうだが、俊哉自身は、真言宗だろうが、浄土真宗だろうがどうでもいいと思っている。しかし、澄江が嫌がるだろう。

さて、民営、公営、寺院、三つのどれかに墓が決まれば、一般的な墓にして自分たちもそこに入り、子供や孫に引き継がせることになる。そんな面倒なことは俊哉自身もやりたくないのだから、それを息子や孫にやらせられないとなれば、都心に作られている納骨堂や、やはり合祀される樹木葬などで永代供養してもらう道を選ぶことになる。

墓が決まれば、次は引っ越し、改葬の手続きだ。

墓地が決まったら、その墓地から納骨のための使用許可証を取得する。

これは墓地の販売業者に頼むことだから、難しくないだろう。

田舎の市町村から「改葬許可申請書」を取り寄せ、現在の墓の管理者から署名・捺印をもらう。

墓の管理者って阿弥陀寺のことを指すのだろうか。あまり接点はないが、墓じまいが増えているのだから理解してくれるだろう。

その書類を田舎の市町村に提出し、「改葬許可証」を取得する。

そうしていよいよ実際の工事となる。

田舎の墓から遺骨を取り出し、古い墓を取り壊し、墓地を整地し、管理者に返すらしい。

やはり管理者というのは阿弥陀寺でよさそうだ。あの墓地は、大谷家が所有しているものと思っていたが、寺から借りているだけのようだ。

この工事は石材店などにやってもらう。そして閉眼供養をしなければならない。かなり面倒だな。

その後、新しい墓地に「改葬許可証」を提出して遺骨の埋葬と相成るわけだ。これで終わりかと思ったら、今度は新しい墓で開眼供養をしないといけないらしい。閉眼法要に開眼法要。考えるだけで憂鬱だ。坊さんを儲けさせるだけじゃないか。家族で墓石に手を合わせればいいんじゃないのかな。俊哉は、割り切れない思いを抱いた。

何よりもこうした日常の雑事を煩わしく感じることでは人後に落ちない俊哉とすれば、雑誌の簡単な記述だけでも途方もなく面倒に思えてきた。

小百合がその気になっているのだから、小百合にやらせようか。

これはいい考えだ。しかし待てよ。俊哉は冷静に思い返す。麗子も俊哉と一緒に墓に入ろうという気になっているのではないか。それはなんとしてでも抑えなければ、いずれ小百合の知るところとなり、怒りを買うことになってしまう。

「ああ、何もかも面倒だなぁ。嫌になってしまう。俺の骨なんか、空中散布でもなんでもしてもらいたい」

雑誌を閉じ、思わず声に出して愚痴った。

ドアをノックする音がして、俊哉は椅子から離れる。ようやく多摩支店の支店長がやって来たようだ。詐欺の報告がなかったことは、きっちりと落とし前をつけさせてやらねばならない。

4

目の前に多摩支店長の筧一郎、多摩エリアを統括している営業推進第四部の部長近《ちか》田《だ》光男《みつお》、法務コンプライアンス担当部長の君塚《きみづか》喜三郎《きさぶろう》が神妙な顔をして座っている。

俊哉にしてみれば、どいつもこいつも馬鹿野郎だ。詐欺事件が起きているのに有効な手を打っていない。

筧が「報告が遅れて申し訳ありません」と深く頭を下げた。

報告が遅れた理由は、常務である俊哉の耳に入らない間に自分たちで解決しようとしていたからだという。ただでさえ南多摩霊園プロジェクトの進行が遅れ気味であることにもってきて詐欺話が出たら、どれほど俊哉の気持ちを煩わせてしまうかと、余計な忖度をしたらしい。

「それで被害とか、どういう状況なのかね」

俊哉は聞いた。

「はい、まだ、全容はわかりかねておりますが……」

手で額の汗を拭った。ハンカチを持っていないのか。この馬鹿。俊哉は自分のハンカチをポケットから取り出し「これを使え。私は使っていないから、きれいだ」と言って筧に渡した。

筧は、「ありがとうございます」と言い、それで額や首筋の汗を拭うと俊哉に返そうとした。

「いらん、いらん」

俊哉は慌てて両手を広げて拒否した。

「では後日、洗濯をしてお返しします」

「いらん。君にあげるから、それより全容を把握していないとはどういうことかね」

俊哉の質問に近田が顔を上げた。

「四井安友不動産の宝井壮太が主犯でして、宝井が金に困って何もかも仕組んだようなのです。被害の訴えが私どものお客様センターに一件来ておりまして、今のところそれだけでございます。君塚部長と相談いたしまして」

近田は君塚を一瞥《いちべつ》する。

「警視庁と所轄の多摩署に報告いたしました。全容は近く明らかになると思われます」

「わかった。それで四井安友不動産には連絡したのか」

この質問には筧が答える。

「はい。予想はしていましたが、宝井壮太はすでに辞めておりました。小耳に挟んだところによりますと、金と女にまつわる不祥事で、まあ、実質的にクビになったようです。随分、飲み歩いて会社の金を使い込んでいたようです。それで知り合いだった南多摩霊園をお願いしています明王福寿院様から霊園開発の話を聞き、詐欺話をでっち上げたようです」

「幸せ霊園という妙な会社も架空の会社だと言っていたね」

「はあ、それが」

筧が君塚に顔を向ける。歯切れが悪い。

「架空法人の口座が作られたわけですが、法人口座を作るには、普通預金でありましても法人の謄本や設立趣意書、代表者の経歴、実印の印鑑証明書などが必要です。架空口座を作らせないためにコンプライアンスを徹底させておりますが」

君塚がいろいろと手続き上のことについて並べ立てている。話の結論が遅いのに、ろくなことはない。

「それで結論を言いなさい」

「あっ、はい。実は支店では四井安友不動産の役員であることを信用しまして普通預金を開設してしまったようなのです。連れてきた金成金一のことを霊園販売に長《た》けた人物だと紹介したようです」

君塚が深く項垂《うなだ》れた。自分の所管であるコンプライアンスという法令を遵守する姿勢が、いまだに支店に行き届いていないことに少なからず衝撃を受けているようだ。

「なんてことだね。悪い時には悪いことが重なるものだ。しかしだね、四井安友不動産の名前で霊園詐欺が行われたのだから、被害の賠償はやってくれるのだろうね」

「はあ、それが」

筧が苦しそうな表情を浮かべた。

「私たちも四井安友不動産の役員がやったことですので被害が出たら、賠償をして欲しいと申し上げたのですが、結論は出ておりません。まさかグループの企業同士で訴訟を行うわけにもいかないと思うのですが、向こうに言わせると、辞めた役員であること、実際の霊園開発には一切関与していないこと、霊園は銀行主体で行われていることなど、適当な理由をつけてきまして……」

「拒否しているのかね」

眉間に皺が寄る。

「まあ、被害数が固まってからということになるでしょう」

君塚が、さも第三者的に口を挟んだ。

「被害の拡大はどう防ぐのだね」

俊哉は身を乗り出すようにした。

「そこが肝心でして」近田が勢いよく口を挟んできた。「私どもと四井安友不動産のホームページで注意を喚起することにしました。この点では四井安友不動産も協力的でした。支店にも注意喚起のビラを貼ります。葛西東支店の口座には入金支払い禁止コードを設定しました。今は残高はありません」

麗子の金はすでに引き出されてしまったようだ。

「わかった。しかし南多摩霊園プロジェクトについては風評被害が広がりそうだな」

冷静さを装い、眉を顰《ひそ》める。

「その点につきましても完成の暁には名前を変えようと考えております」と筧が言い、顔を上げて「ところで常務はこの詐欺の情報をどこから入手されましたか」と聞いてきた。

「ああ、友人からだ」

口ごもりつつ答える。余計なことを聞くんじゃない。どこからでもいいではないか。

「ご友人様は被害をお受けになったのでしょうか？　それなら当方のお客様センターにお電話いただけるようにお伝えください」

筧は俊哉を見つめている。

「わかった。伝えておく。ところで一件、連絡あったのはどういう人だね」

「はい、それが……」また筧が眉を顰める。

「常務もご存じではありませんか」

筧がじっと見つめてくる。何か探りを入れるような目つきだ。俊哉の背中がゾクゾクとしてきた。もうこれ以上、聞きたくない。

「私が知っている？」

わざとらしく首を傾げる。

「昔、常務の部下で働いていた水原麗子です。覚えておられますか」

筧から麗子の名前が出た瞬間に、俊哉は筧にハンカチをくれてやったことを激しく後悔した。今、自分の全身に汗が、それも嫌な汗が噴き出ている気がした。

「水原、うーん。覚えているような、いないような」

俊哉は急に追い詰められたように表情を歪めた。

「常務が企画部長の頃ではないでしょうか。ちょっと色っぽいところのある女性でしたが、その後は銀座勤めをして、今では自分の店を経営しているようです」

筧に言われないでもわかっている。麗子の店には銀行の連中を誰も連れて行っていないし、行っている者はいないはずだ。店で鉢合わせすることはなかった。

「そうですか……。かなりの剣幕でして。お金を返せとおっしゃって。返さないと大谷常務に言いつけてクビにしてやると……。電話に出た担当者に話したようです。私どもが冷静に対応しまして、そのうち、落ち着かれていました。まあ、騙される方が悪いというより、四井安友銀行の名前がパンフレットに書かれていると信用されるのも当然と思いますので、善処する考えでいます」

「私の名前を言ったのか」

背中は嫌な汗でべとべとだ。

「はい。まあ、昔の上司でおられますので、咄嗟《とっさ》に思いついたのでしょう」

筧は、薄ら笑みを浮かべ、近田と頷き合った。

「そうだろうね。私が常務になっていることをどこかで知ったのだろうね。いずれにしても善処してくれたまえ」

俊哉は、さも気難しそうに言った。

「わかりました。近々、私とお客様センターの室長とでお会いしたいと思っておりまして、銀座の店に行かせてもらいます。銀座に行きますが、もちろん、酒など飲みません」

筧は、自分の言ったことでその場が和むとでも思っているのか。変な笑みを浮かべた。面白くもなんともない。麗子の店に行き、騙されたいきさつなど根掘り葉掘り聞いた上で、私との関係にも探りを入れる気に違いない。

麗子に注意しておかねばならない。ああ、なんということか。墓じまいの面倒くささに加えて、麗子の詐欺被害をどのように解消するべきか。

「ムムム、クソッ」

思わず唸《うな》り声が出た。

筧、近田、君塚が驚いたように目を剝《む》いて、俊哉を見つめた。

第五章　墓探し

1

常務室に女性秘書が入って来た。道川恵理子《みちかわえりこ》だ。

俊哉だけの専属秘書ではなく、他の役員の秘書も兼ねているが、美人で気の利く女性だ。

丸顔で大きな目。ふっくらと膨らんだ下唇。黒い髪。笑うととても二十代後半とは思えない幼さが滲《にじ》み出てきて、女優の石原さとみを彷彿《ほうふつ》とさせる。

恵理子がドアを開けて入って来るだけでドキドキと心臓が高鳴ることがある。

小百合や麗子などの年季の入った女性とばかり関係を持っていると、恵理子のような今を盛りと、エネルギーに満ち溢れた女性を抱いたらどれほど気持ちがいいだろうかと思ってしまう。

若い女性を好むのは男の本性だと思う。というのは、去年、退任したある役員は、退任と同時に長年連れ添った妻と離婚し、銀行で秘書をしてくれていた女性とサッサと再婚した。役員は六十五歳。相手の女性は、なんと二十七歳だ。その年の差三十八歳。三回《まわ》り以上も違う。上手くやりやがった、と他の役員たちは恨み節たっぷりだった。

彼は、在任中から関係をしていたらしい。となると毎日若いエキスを吸いまくっていたのだ。どうりで彼は元気だった。頭取の木島は、彼を残したかったようなのだが、自分の方から退任を申し出たらしい。自己都合というもっともらしい理由をつけていたようだが、要するに若い妻と新生活をたっぷりと過ごしたかったのだ。

木島が、彼から結婚の報告を受けた時、絶句し、息を呑み、たったひと言「くそっ」と言ったらしい。その時の木島の顔を想像するだけで酒が美味くなる。

「大谷常務、頭取がお呼びです」

恵理子が告げる。

急に現実に引き戻される。

「頭取が……なんだろう」

俊哉は、会議をしていた筧らに「それじゃ、これで終わりにする。詐欺被害の拡大防止に努め、南多摩霊園をきちんと完成させること」と言い、「いいね」と強く念を押した。筧、近田、君塚が声を揃えて「はい」と言い、頭を下げた。

「いいね」と念押し、「はい」と答える心地よさ、だから銀行は辞められぬ。そんなざれ歌でも謡いたくなる。

「行きましょうか」

大仰な雰囲気で席を立ち、部屋を出て恵理子の後ろについて歩く。恵理子の丸く引き締まった臀部《でんぶ》が小刻みに左右に揺れるのを見ているだけで、このまま彼女を誘拐してどこかに消えてしまいたくなる。

「頭取は何かなぁ」

問わず語りに話す。

「大谷常務を呼んできて欲しい。いいものを見せたいとかおっしゃっておられました」

少し頭を下げ気味にするが、振り返らずに答える。

「いいもの？　なんだろうね」

「私にはわかりかねます」

いいもの……、悪い話ではなさそうだと思うだけで心が軽くなる。頭取の部屋に着いた。頭を下げたまま、恵理子がドアを開けてくれる。

「大谷、参りました」

俊哉は、頭を下げて部屋に入る。いくら親しくとも頭取は頭取だ。緊張する。

「おお、悪いなぁ、忙しいところを呼び出して」

すでに木島は執務机ではなく、ソファに座っている。テーブルに封筒のようなものが置かれている。いいものとはそれなのか？

「ここに座れよ」

木島は、自分の目の前を指さし、「コーヒー二つ」恵理子に指示する。恵理子は、「はい」とひと言を言い残し、部屋を後にする。

木島が笑顔だ。あまり笑顔を見せないタイプだから珍しい。

「頭取、何やら機嫌がよろしいですね。いいものを見せていただけるとか」

俊哉は媚《こ》びるように言う。

「そうなんだよ」

木島はうきうきとした顔でテーブルの上の封筒を俊哉に向けて押し出した。

「これですか？」

俊哉は、木島の顔を覗くように見つめる。

「見なさいよ」

木島の表情は、子供が誰かをびっくりさせようと何かを企んでいるような印象だ。

「なんですか」俊哉は封筒の中を覗き込む。厚手の布製の表紙が見えている。手を入れ、中身を出す。「写真、ですか?」見合い写真のように二枚合わせの布製の表紙カバーが付いている。

「そう、写真。ただの写真じゃないよ」

「まさか……」

俊哉は独身でいる長女春子の見合いの相手を紹介しようというのかと思った。

「何を考えているんだ。君が考えるようなエロ写真じゃないよ」

木島は、嬉しそうに笑った。

俊哉は、苦笑した。長女の見合い写真だと考えてにんまりとしたのがエロ写真を想像していると勘違いされたのだ。随分と低俗な人間と思われているようだ。

俊哉は表紙を広げた。

「ん?」

そこに写っていたのは、目の前にいる木島そのものだ。

木島は日頃、帽子を愛用しているのだが、グレーの帽子をやや斜めにかぶり、おしゃれな濃いブルーのジャケットの胸に臙脂《えんじ》色のチーフを差し、白いパンツ。足元も白い靴。足の長いスツールに浅く腰掛け、笑みを浮かべて正面を見つめる姿は、まるで往年の映画スターのブロマイドだ。写真には修整が施してあるのか、顔などは皺《しわ》もシミもなく、十歳は若い。

驚いて木島を見る。

「頭取じゃないですか。これ」

「どうかな？　いいだろう？　遺影だよ」

木島は、俊哉の手元の写真を覗き込んだ。

「遺影？」

俊哉は首を傾げた。

「そうだよ、遺影だよ」

木島は、俊哉から写真を受け取って、満足そうな笑みを浮かべて写真を見ている。

「私の仲間でね。ちゃんとした遺影を残そうという声が上がってね。それでさ、有名な写真家に撮影してもらったんだよ」

木島は高名な写真家の名前を挙げた。

「でも、なぜ遺影なんか」

俊哉は不思議そうな顔をした。

「君はダメだな。それじゃ経営者にはなれないよ」

木島は露骨に不機嫌な顔になった。「なぜ」との問いが気に入らなかったようだ。

「常在戦場というだろう。経営者たるもの、いつ死が訪れるかしれないではないか。その時に慌てても仕方がない。だからいい時に遺影を写しておこうということになったのだよ。これで二万円だよ。安いものじゃないか。これで私は、安心していつでも死ねるというものだ。君が私の葬式に来たら、この遺影が君を見ているからね」

「頭取……」

木島の葬式を想像した。白い菊の花で埋め尽くされた祭壇に、およそ銀行の頭取とは思えないおしゃれな写真が飾られ、参列者たちに微笑みかけている。

「君も写したらいい。紹介してあげるよ」

「ありがとうございます。でも頭取はまだまだご活躍されますから、この遺影は若過ぎることになりますよ」

媚びた笑みを浮かべてみた。

「それはそれだよ。毎年、撮り直せばいい。でも君なんか、私が早く死んで、自分にポストを譲らないか、などと思っているのだろう？」

木島が皮肉な目つきで見る。

「なにをおっしゃるのですか。そんなこと」俊哉は手の指を丸めるようにして親指で小指を弾き、「これっぽっちも思っていません」と強く否定した。

木島は声を出して笑ったが、すぐに真面目な表情になり、「まあ、それはいいが、南多摩霊園は難航しているようだな。詐欺話もあったとか」と言った。

「はい、すでにお耳に入っておりますか。お騒がせしております」

木島は地獄耳だ。行内の噂にも精通している。私的なスパイ網を張り巡らしているという噂がある。無愛想で、強面《こわもて》の表情の裏にどす黒い疑心暗鬼が渦巻いているのかもしれない。だから頭取なのだ……。

「対策は打ちましたので被害は食い止められるかと思います」

「大きな問題にならぬようにしてくれよ。君の失点にならないとも限らないからね」

と木島は「失点」に力を込めた。

「承知いたしました」

背筋にツーッと冷たいものが走る。俊哉は、自分の銀行員生活が、たった今、終わったのではないかという恐怖にとらわれた。

「私ね、ああいった郊外型の霊園というのは経営が難しいのではないかと思うのだが……」

「と、おっしゃいますと」

「妻に相談するとね、墓はできるだけ近い方がいい、都心にある方がいいと言うんだ。その方が子供たちもお参りしやすいからね」木島は遺影を前に話し始める。

俊哉は奇妙な気になった。木島は、本当に死期を感じているのではないか。だから墓とか、遺影とかに関心が強いのではないだろうか。いやいやそんなことはない。どの役員よりも精力的な木島に死期が近いことなどあり得ない。余計なことを考えると、俊哉自身の死期を早めるだけだ。

「先日ね、シルバーマン・サックスに行っているOBと話したらね、都心の納骨ビルに投資をしているんだってさ」

シルバーマン・サックスは外資系の大手投資会社だ。

「納骨ビル？」

「知らないかい？　ビル全体が永代供養のお墓になっているんだよ」

ビル全体がお墓とはどういうものだろうか。墓石のようなビルを想像したが……。

「赤坂《あかさか》とか新宿とか都心のど真ん中に寺と協力してビルを建てる。一棟当たり四十億円から五十億円の投資になるそうだ。そのビルには、墓石を作る必要がないから、寺やそれを運営する会社が石屋に関係なく儲けることができる。シルバーマン・サックスもビルを運営会社に売ればいい。お骨は永代供養で、納骨する人は檀家になる義務もない。そのビルには祭場があるから、寺は、法事や、次々に発生する葬式で商売繁盛だ。何も檀家を確保して維持する必要がないんだ。納骨する方も年間の維持費を払えば、それ以外の煩わしさはない。なんでも戒名までサービスで付けてくれるらしい」

木島が笑った。

「戒名をサービスで付けるんですか」

俊哉は驚いた。

「ああ、そこには火葬場以外はなんでも揃っている。言わばお墓ビジネスのオールインワンってことだな。坊さんまで住んでいるんだからたいしたものだ。都心では檀家不足で歴史ある寺が消滅の危機に瀕《ひん》しているから、納骨ビルは渡りに船なんだろう。こういうのにニーズが集まっているから、南多摩霊園は難しいのではないかな。よく気をつけてくれよ」

木島はここで話を区切り、「失点にだけはするな」ともう一度言った。そしてテーブルの下にあらかじめ置いてあったパンフレットを俊哉に渡し「一度見てきたらい い」と言った。

それは赤坂の納骨ビルのパンフレットだった。

俊哉は木島の部屋を出た。

いったい頭取は何を言いたかったのだろうか。わざわざ呼び出して遺影を見せ、納骨ビルの話をしたかったのか。いやそうではないだろう。「失点」だ。とにかく失点をするなと忠告したのだ。そうに違いない。

ということは、俊哉にまだ上を狙ってもいいという可能性があるということか。それとも無いから最低限失点だけはするなということなのか。株主総会は六月末。決算役員会などで役員改選の内定が出るのは五月末だ。もう残り一か月程度しかない。

木島はいったい自分をどうしようとしているのだろうか。失点という言葉を二度も繰り返した。頑張れという励ましか、それとももうダメだという非情な通告か。考えれば考えるほど、俊哉は眩暈《めまい》がする思いだった。

「いずれにしても南多摩霊園を問題化してはならない」

麗子の怒りに満ちた顔が浮かんだ。

そして納骨ビルも見ておく必要があると思った。わざわざ木島がパンフレットを手渡してくれたのだから……。ここに自分の運命を変える何かがあるかもしれない。

俊哉は、廊下に立ち止まり納骨ビルのパンフレットをまじまじと見つめた。

2

南多摩霊園問題をトラブルにしてはならない。それは俊哉の失点になる。木島の言葉は、俊哉の頭上に重くのしかかる黒雲のように存在感を帯び始めた。

麗子にくぎを刺さねばならない。絶対にトラブルを引き起こさないようにと注意をしておく必要があるだろう。ましてや筧が麗子の店に行くと言っている。まさか、もう行ったということはないだろう。それほど素早く動くことはないはずだ。筧が行く前に因果を含めておかねばならない。

スマートフォンで麗子に連絡する。時間を見ると、午後六時を過ぎている。麗子は午後七時の開店準備でもう店にいるはずだ。

〈もしもし。俊哉さん〉

麗子が電話に出た。

「麗子、今日はそっちに行っていいか」

〈いいわよ。もうすぐ開店だけど大丈夫よ〉

「じゃあすぐに行く」

〈何か、特別、用事があるの？〉

「行ってから話す」

俊哉は、すぐに秘書に車の手配をさせた。

地下駐車場に降りて行き、車に乗り込む。

覧と鉢合わせをしてはならない。着く前に四井安友銀行の客がいるかどうか確認した方がいいだろう。

「銀座に行ってくれ」

運転手に言う。

「いつもの店でよろしいですね」

「ああ、頼む。『麗』だ」

運転手は、俊哉の専属でもう長い付き合いだ。五年か六年になるだろう。口が堅く信頼できる男だ。

「疲れるなぁ」

俊哉は独り言のように愚痴る。車の中が一番解放感があるような気がする。相手は信頼する運転手だ。ここで何を言っても、たとえそれが木島に対する鬱憤であっても外に洩れることはない。

「お忙し過ぎるんじゃないですか」

「うーん、そうでもないがね。トラブルで、頭取からミスするなと念を押されてしまったんだ」

「そうですか……。期待されておられるからですよ」

お世辞でも嬉しかった。

「そう思うか？」

「そう思うのが当然です。そうでないと事前に、そんなこと言ったりされないと思いますが」

「そうかね」少し心が軽くなる。新橋にさしかかり、麗子に客の状況を確認する電話を入れることを思い出した。慌ててスマートフォンを取り出し、麗子の番号を呼び出す。

〈どうしたの？　何度も〉

麗子は不機嫌そうだ。詐欺に引っかかったことが悔しいのかもしれない。

「店にうちの奴は来てないか？」

〈うちの奴って、奥さん、うふっ〉

電話の向こうで麗子の含み笑い。

「馬鹿、うちの銀行の人間だよ」

〈あら、馬鹿はないでしょう？♪　どうせ私は馬鹿ですよぅ♪　♫詐欺に引っかかる～馬鹿でぇすぅよ♬〉

変なメロディで歌い出す。

「悪かった。馬鹿は取り消す。うちの銀行の人間は来ていないな」

〈客なんか誰もいないわよ〉

電話が切れた。

「何を歌ってやがるんだ」

麗子の態度にイライラが募る。スマートフォンを鞄にしまう。

「着きました。私は、どこかこの近くでお待ちしています」

運転手が告げ、車を止める。彼は素早く車から降りると、俊哉の側に回ってドアを開ける。

「これで何か食べてくれ」

俊哉は、運転手に一万円を渡す。

「いつもすみません」

恐縮しながら、受け取る。

俊哉は、食事の時間帯に運転手を待たせる時は、食事代としていくらかの金を渡すことにしている。このわずかばかりの金で、運転手の忠誠が買えると思うと安いものだ。本当のところを言えば、この金がなくても、たいした違いはないかもしれない。

しかしこれは俊哉の安心料のようなものだ。麗子の店に頻繁に通っているということを誰かにチクられたら、それだけで噂が噂を呼び、悪い噂となって木島の耳に入らないとも限らない。

それでは自分で電車やタクシーで通えばいいではないかと麗子には言われるが、それは余計に危険に身を晒《さら》すことになる。浮気や不倫をしている罪深き男たちは、まるで冷戦時代の東欧に潜入したスパイのようにハラハラしながら行動しているのだ。見つかれば、スナイパーの手で、一発で仕留められてしまう……。

「麗」のドアを開ける。

「来たよ」

カウンター内にいる麗子に声をかける。

客はいない。

カウンター内に麗子とアルバイトの女性のミキがいるだけだった。

ミキは、麗子の知人の娘だという。年は二十歳を少し過ぎた程度らしい。ドキッとするような美人ではないが、小柄で清楚な雰囲気を漂わせている。口数は少なく、笑うと右側だけにえくぼが現れる。

麗子は煙草をくゆらし、ミキはグラスを拭いている。二人とも所在無げだ。

「何か飲む?」

麗子が聞く。

「とりあえずビールでいい」

俊哉が答える。

カウンターに座ると、薄いグラスに注がれた生ビールが出てきた。焼きナス、イワシの梅煮、胡瓜、白菜の浅漬けなどのつまみが手際よく並ぶ。

シャンパンを頼めば、各種チーズやハム、小ぶりの玉子サンドなど、麗子がそれぞれのアルコールに合わせたつまみを出してくれる。

カウンターバーではあるが、気分はちょっとした割烹だ。乾き物だけで高い金は取らない。

生ビールを一気に飲み、

「あはっ」とお決まりの息を吐く。

「何か、話があるの？」

麗子が聞く。

俊哉は、ミキに視線を移す。ミキは、まだグラスを拭いている。彼女の存在が気になっていた。

麗子は、ミキに目を遣ると、「大丈夫よ。気にしないで」と言う。

「例の問題だよ」

「詐欺のこと」

「ああ」俊哉は頷く。

「銀行に抗議したそうだな」

眉根を寄せる。

「したわよ。当然でしょう。こっちは銀行がバックにいるからと信用して百万円も払ったのよ」

憤慨している。

「わかったよ。そう、怒るな。その際、俺の名前を出したそうじゃないか」

眉根の皺が深くなる。生ビールを飲み干す。

「あら？　そうだったかしら？」

麗子がとぼける。

「とぼけてもダメだ」俊哉はきつい声で言う。「今度は水割りをくれるか。酒はバーボン」

「ミキちゃん、作って」

麗子が指示する。

「はい」

ミキが、グラスを出してきてバーボンの水割りを作り始める。

「お金を返せ。返さないと大谷常務に言いつけてクビにしてやる。これはないだろう」

俊哉の声が一層、きつくなる。

「悪かったわよ。そんな言い方したかしら。興奮していたからよく覚えていないわ。でもね、お宅の銀行、きわめて態度が悪かった。ホームページで苦情受付を探してね、電話をかけたらコンピューターの声で『お待ちください。ただ今、回線が混み合っておりますので、このままお待ちになるか、改めておかけ直しいただくか、よろしくお願いします』となったわけ」

客の苦情をコンピューターで受けさせているのか？　それは腹が立つ。

「当然、そのまま待っていた。いくら待ってもつながらない。あれどうなっているの？　どうにかした方がいいわよ。イライラして余計にトラブルが大きくなるわ」

麗子が怒り始めた。

「わかった。なんとかする」

俊哉は申し訳なさそうに言った。

「一旦、電話を切ってね、またかけなおしてようやくつながったら、今度は苦情の種類ごとに番号があってね、預金だと1、振込だと2とかさ。それで電話の番号を押せって言うのよ。ああ、面倒くさいと思ったけど、せっかくつながったチャンスを逃すわけにはいかないでしょう。ところが詐欺というのはないわけよ。それでその他の9を押したの。もうこの間で、私のイライラテンションはマックスね」

だんだんと麗子に申し訳ない気持ちになってきた。苦情を申し立てようとしているのに、すぐに聞いてもらえなければ怒るのは当然のことに思えてくる。

「それでやっと人間が出てきたの。もう私、我慢できなくなってね。南多摩霊園の販売で詐欺に遭いましたって、その間の事情を話しまくったわ、一方的に。そこで俊哉さんの名前を出してしまったかも。でもよく覚えていないのよ。もう、興奮していたから」

「悪かった。それなら麗子が怒るのももっともだ」

俊哉は素直に謝った。

「しかしだなぁ、俺の名前を出したのはまずいぞ。ここに関係者が詫びに来ると言っていた。その際、俺との関係を聞かれても、一切、何も言うな。それだけは約束してくれないか」

俊哉は、麗子を見つめた。手元には、バーボンの水割りがあった。

「名前、出したらダメなの？」

麗子が困惑した顔をする。

「その方が、早く弁償してもらえるんじゃない？」

「絶対にダメだ。苦情電話で、俺の名前が出ただけでもゲスの勘繰りをするのが銀行員なんだから。麗子が、昔、俺と一緒に働いていたことを知っているんだ」

「うふっ」

麗子が笑う。

「何がおかしいんだ」

俊哉は不機嫌に聞いた。

「俊哉さんは、警戒心が強いんだ。墓の話のついでに私との関係が暴かれるのが嫌なのね」

「ん、まぁ、そういうことだ。麗子には、悪いがね」

目を伏せる。

「どうしようかな」麗子は上目づかいになる。「もし、銀行の人が来られたら、私、大谷常務の愛人でございます。一緒にお墓に入りたくて申し込んだら詐欺に遭いました。なんとかしていただかないと成仏できません、ってお話ししようかしら」

薄笑いを浮かべながら麗子が俊哉を見つめる。

「おいおい、脅かすんじゃないよ。そんなことを言ってみろ、大変なことになる」

カランと音がして水割りの氷が溶けた。

「冗談よ。そんなこと、言わないから。でもね、俊哉さんと一緒に入るお墓を見つけないと、安心できない」

今度は悲しそうな目つきになる。

「いいよ、そんないつになるかわからないことを心配しないで」

水割りを飲む。

「何言ってんの。いつ死ぬかって俊哉さんが決めるわけじゃないでしょう。有能な経営者は、いつでも死んだ後のことを考えて行動するっていうわよ。だって自分が死んだら、はい終わり、あとは野となれ山となれっていうわけにいかないんだから。後継者や遺言など、ちゃんと準備しているのよ。戦国武士と同じ。そんな準備をしていない人が多いから、日本経済はダメなの。いつまでも老人が跋扈《ばっこ》しているのは、死ぬに死ねないからね」

麗子はひとしきり持論を展開すると「私も飲もうかしら。暇だから」と自分で俊哉と同じバーボンの水割りを作った。

麗子の話に、遺影を見せた木島を思い出した。木島も名経営者になろうと、遺影を用意したのだろうか。となると後継者を決めているということなのか。

「麗子の言う通りだが……」

俊哉はグラスを麗子と合わせる。カチッと音がする。いったい何に乾杯だ?

「だって奥さん、一緒にお墓に入ってくれないんでしょう? 寂しいじゃないの。私は、最後の最後まで俊哉さんを見捨てないからね」

ぐいっと呷《あお》るように麗子は水割りを飲む。ストレスがある時の飲み方だ。

「それがさ……」

俊哉は、つい言いかけて、慌てて水割りを飲む。余計なことは言わないに限る。ストレスがたまっている時の麗子は、別人格になってしまわないとも限らない。

「何が『それがさ』なの？　途中で話を止めないで」

麗子の視線が少し強くなった。

「水割り、作ってくれ」

グラスを差し出す。

「ごまかさないでよ」

「ごまかすなんて」

顔をしかめてグラスをカウンターに置く。

「私、どうも調子悪いの。詐欺に遭うというのは、お金の問題ももちろんあるけど、それ以上に」と麗子が胸を押さえる。「心が傷つくのね。プライドというのかしら。ものすごく悔しいのよ。どうして騙されたのか、どうしてこんなに真面目に生きている私が騙されたのかってね。悔しくて悔しくて眠れないの。あの四井安友不動産の宝井さんだって常連さんだったのよ。そんな人が私をなぜ騙すの？」

麗子ははらはらと涙をこぼした。

「だから、もうごまかさないで。お願い」

涙で潤んだ目で俊哉を見つめる。

「女房がね」

　俊哉は伏し目がちに言った。

「奥さんが……なに？」

　麗子の息遣いがすぐ近くに感じられる。怖い。

「墓を探そうかって言うんだ」

　顔を上げた。目の前に麗子の顔がある。怒っているのか、泣いているのか、複雑な表情だ。女の能面に似ている。どんな表情にも見える表情だ。

「一緒にお墓に入るつもりなの？」

　麗子が淡々と聞く。

「母の遺骨のこともあるから」

「お母さまのご遺骨は、私のところに持ってきたじゃない。奥さんが拒否したからって」

「そうなんだが、女ってのは、ころころと変わるものだな」

　苦笑する。

「私も女よ」

　麗子の目が吊り上がる。

「俊哉さん、私、あなたと一緒にお墓に入ろうと思って……。だからお墓を探して、詐欺に遭って……。一緒にお墓に入ろうって言ったじゃないの。あなたも騙すわけ？」

悔しそうな目で俊哉を睨む。

「麗子を騙すなんて……。それに一緒に墓に入ろうって約束したかなぁ」

苦しそうな表情で首を傾げる。

「したわよっ」

麗子が強い口調で言う。

「ママ、電話です。四井安友銀行の方です」

少し離れた場所にいたミキが受話器を上げる。

四井安友銀行？　筧からの電話か。

「ちょっと待ってね」

麗子が受話器を取る。

俊哉は腰を浮かし気味にする。麗子は俊哉に時々視線を送りながら、「はい、はい」と頷いている。

電話が終わった。麗子は俊哉の目の前に来て「今から店に来るって。筧さんって言ってたわ」と言った。

「わかった。じゃあ、俺は帰る。くれぐれも俺が来たことは内緒にしてくれ。そしてもめないでくれよ。俺がなんとかするから」

俊哉は、カウンターから離れた。

「承知したわ。でも俊哉さんはいつでも自分のことが心配なのね」

麗子が悲しそうな顔をした。

「まあ、そう言うな。長い付き合いじゃないか」

もう俊哉はドアの方に向かっている。

「ねえ」

麗子が乞うような声で呼びかける。俊哉が振り向く。

「どうした？」

「一緒に入るお墓、絶対に、探すから」

麗子が力を込めて言う。

「ああ」

俊哉は曖昧な笑みを浮かべて、ドアを押した。

麗子は上手くやってくれるだろうか。俊哉は不安に思いながらも帰宅した。

3

「お帰りなさい」

小百合が、玄関にまで迎えに出てきた。珍しいことだ。車の到着する音が聞こえたのだろうか。

「いつもありがとうございます」

運転手に丁寧に挨拶をする。

「どうした？」

小百合に鞄を渡しながら、俊哉が不審そうに言った。

「寛哉たちが来ているのよ。沙江子《さえこ》さんも、智哉《ともや》も」

寛哉は長男。四井安友商事に勤務し、広尾のマンションに住んでいる。沙江子は寛哉の妻。今は専業主婦だが、もともとは四井安友商事の社員だった。智哉は、彼らの息子で六歳になる。俊哉にとって孫だが、それほど頻繁に遊びに来るわけではないのであまりなついているというわけではない。

春子は長女。二十九歳になるが、独身で居候状態だ。通信会社などいろいろな会社の契約社員をしながら金が貯まると旅行に興じるという気楽な、キリギリス生活をしている。結婚する気はないと言っているが、付き合っている男はいるようだ。妻の小百合と、こそこそと話をしていることがある。俊哉は心配するのも面倒なので、耳を傾けないでいる。

「どうしたんだ？　何も聞いてないぞ」

ちょっと怒る。

「別に予定していたわけじゃないのよ」

鞄を抱き、小百合が自宅のドアを開ける。

「じぃじ」

孫の智哉が玄関に立っていた。飛びついてきたが、抱き上げるにはかなり大きい。

「トモチン、こんばんは」

俊哉は愛称で呼び、頭を撫でる。

「お帰りなさい」

寛哉が赤ら顔で声をかける。テーブルにはサントリーウイスキーの「響」が置かれている。

寛哉の隣で沙江子が小さく頭を下げる。

「今日は、早かったわね」

春子も赤ら顔だ。赤ワインを飲んでいた。

カリフォルニア州ナパバレーのワインで一本七万円はする。めったに手に入らない逸品だ。

サントリーの「響」も赤ワインもともに戴き物だが、息子や娘などに乱暴に飲まれたくない。俊哉がこっそり大事に飲もうと思っていたのだ。こんなに大勢で押しかけていったいなんの祝いだというのか。

俊哉は、笑みを浮かべながらも不思議そうにテーブルについた。俊哉の上着を小百合が抱えて、クローゼットにしまいに行った。

「母さんがね」寛哉が口を切った。「おばあちゃんの遺骨をお祀りしてあるから来ないかってね。俺たち葬式にも顔を出してないから、それじゃあってことになってね。遺骨、うちに預かってるんだね」

寛哉がサイドボードの上にある澄江の遺骨を見た。祭壇のように澄江の写真と花と水が供えられている。写真は、数年前に一緒に旅行した際に写したスナップ写真だ。

「今日はおばあちゃんを私たちで供養しているってわけ」

春子が手酌でナパバレーのワインをグラスに注いでいる。

「おいおい、俺にもくれよ」

俊哉は思わず手元にあったビールグラスを差し出した。

テーブルの上には幾種類かの料理が並んでいて、あらかた食べ終わっていた。

「あなた、食事は？」

小百合が聞く。

急に腹が減った。そういえば麗子の店では、つまみを少し食べた程度だ。

「何かあるのか？」

ほとんど料理が残っていないテーブルを見る。

「親子丼作りましょうか？」

「親子丼？」

「鶏肉と美味しい卵があるから。あなた親子丼好きでしょう。よくお母さまに作ってもらったって話していたじゃない」

そんな話をしたことがあったのか。随分、昔のことに思える。

「とりあえず腹に入ればいいよ」

俊哉は言った。

「母さんね、おばあちゃんのお骨をどこに納めたらいいのかって悩んでいるのよ」

春子がワインで酔い、とろりとした目つきで言う。

「父さんの田舎じゃ、遠《とお》過ぎるからな」

「悪かったな」

俊哉にとって丹波は懐かしい故郷であっても東京生まれの寛哉や春子にとっては、父親の故郷という存在でしかない。

「何回、行ったかな」

春子が指を折る。

寛哉が応じる。

「たいして行ってないな」

「そうね、あまり行ったことがないわね」

沙江子が言う。

「なぜかしら？」

春子が俊哉を見る。

俊哉はその理由がわかっている。小百合との結婚で、澄江の不興を買ったからだ。それで小百合は俊哉の実家に寄りつくのを嫌ったのだ。

小百合が、親子丼を運んできた。湯気が立ち上っている。

「量は少なめにしておいたから」

「ありがとう」

俊哉は、箸をつける。

「妙なものだな」

「何が妙なのさ」

寛哉が聞く。

「お前たちが散々、贅沢な料理を食べ、家長たる俺が、ほそぼそと親子丼をかき込んでいる。なんとも妙だろう」

しかし親子丼は美味い。とろとろと少しゆるめの玉子が絶妙だ。

「いいんじゃないの。父さんはめったに母さんの料理を食べないんだろう? 外食ばかりで。どこかにいい人がいるんじゃないの」

寛哉がにやにやと笑う。

「馬鹿言え、そんなものいるか」

俊哉は寛哉と目を合わせないように親子丼を食べた。

「ねえ、母さん、どうして父さんの実家にあまり行かなかったの」

春子が聞く。

小百合が困った顔で、俊哉を見る。

「さあね、私がお母さまにあまり気に入られてなかったからね」

小百合の表情が曇る。

「そんなことないよ。俺が忙しかっただけだよ」

俊哉が否定する。

「まあ、そういうことね」

小百合が軽くいなす。

「でもさ、そんなに意地悪されたおばあちゃんのお墓をどうして心配するの」

春子がなんとなく投げやりに聞く。

「そんな意地悪されたわけじゃないわよ」

小百合は苦笑して、「でもね、確かに葬式でいろいろあって、腹が立ったけど、お母さまがいて、この人がいて」と俊哉を指さした。「あなた方がいるんだものね。とりあえずお墓くらい用意するのが私の役割かなと思ったのよ。お母さまに『墓を頼む』って言われて。その遺言を無視するわけにはいかないわね。やっぱり……」

「化けて出るから」

寛哉が笑いながら言った。

「でもそれってご実家のお墓のことだったんじゃありません？」

沙江子がズバリ本質を突く。沙江子は東京生まれで、実家は下町台東区浅草にある。菩提寺も墓もあるのだろう。

大人たちの話に退屈したのか智哉は、いつの間にかリビングのソファで眠ってしまっていた。

「そうだと思うけど、それは無理ね。私は、お父さんの田舎のお墓に入りたくないし、あなたたちだってお参りに来てはくれないでしょう？　だったら私とお父さんがお墓を買って、そこにお母さまも入ってもらおうかと思って。それでも大谷家の墓には違いないんだから、墓を守るってことになるんじゃないの」

小百合は、沙江子のある意味では本質を突いた質問を真正面から受けて立った。

「お前たち、随分、熱心に墓の相談をしていたんだな」

俊哉は、親子丼を食べ終えて、空腹が満たされ、落ち着きを取り戻した。

子供たちが揃って墓の心配をしているのは、不思議な気分だった。俊哉自身が死ぬことを期待されているような気がした。しかし一方で嬉しい気持ちにもなる。いずれきちんとしておかねばならない問題だし、こうしたことを話し合う機会を母澄江が与えてくれたのではないかと思うと、俊哉は遺骨に向かって手を合わせ、低頭した。

「だって私たちもどこかにおばあちゃんの葬式に行かなかった罪悪感みたいなものがあるのよ。ねえ」

春子が寛哉に同意を求める。

「そういうことかな。やはりおばあちゃんの葬式くらい、なんとか都合をつけて行くべきだったかなとちょっと後悔しているところはあるな。忙しかったし、遠いし、それにあまり近しい気持ちがしなかったから、行かなかったけど、そういうもんじゃないんだろうね。だから母さんから、遺骨があるからお参りに来たらと言われたら、ドキッとしたんだ」

寛哉が神妙な顔になる。

「寛哉さんなんておばあさまが怒っているなんて言ってましたから」

沙江子が笑う。

「死せる澄江、生ける寛哉を走らすということか」

死せる孔明、生ける仲達を走らすをもじって俊哉が言った。

「お父さん、嬉しいじゃないの。寛哉や春子、沙江子さんまでもが真剣に我が家の行く末のことを考えてくれているんだもの。こういうことって大事な人の死というものに直面しなければなかなか考えないものよ。お母さまに感謝よね」

小百合が遺骨を見て、小さく頭を下げた。

「それで結論は出たのか」

俊哉はワイングラスを取り出し、春子が独占していた赤ワインをグラスにたっぷり注いだ。香りを嗅ぐ。刺激をしない柔らかな香りで、大地の実りを感じさせるとでも評すればいいのか。うっとりとする。ひと口、口に含むと、ああぅとため息が出るほど充実した渋み、甘味、うま味が調和している。カリフォルニアの太陽を十分に浴びている、そんな感じがする。春子にボトルの半分ほどを飲まれてしまったのが、なんとも恨めしい。

「結論というほどのことではないけどね」寛哉が口を挟んだ。

「やはりちゃんとした形のある墓がいいということになった」

「形のある墓というのは？」

俊哉が聞く。ワインを飲む。春子が、自分のグラスにもワインを注いでいる。止めてくれ！　まだ飲むのか！　と心の中で叫んだが、さすがに口に出すといやらしい。我慢するしかない。

「散骨や樹木葬とかじゃなくてさ。お墓で、ちゃんと大谷家の墓となっているのがいいってこと。その方が、俺たちにも智哉にも、先祖っていう存在、真面目なことを言うと自分の命が連綿と続いて今があるってこと、それが実感できるってことだよね。墓ってそういうものじゃないの。何も大きな立派なものでなくていい。大谷家の墓と書いてあれば、宇宙の果てから先祖が続いていて、その途中に自分がいて、またこの先もずっと続く、そんなイメージができるんだ」

寛哉の話に、俊哉は思わず涙ぐみそうになった。墓は、先祖を意識し、自分の存在に感謝する標《しるべ》なのだ。

「いいことを言うなぁ。それじゃ俺の田舎の墓でいいじゃないか」

俊哉は思わず言った。

「ダメよ、父さん」春子がすぐに否定した。

「母さんが嫌がっているし、墓の意義は認めても、私たちがお参りしやすいのが大前提よ」

「わかった。そこはちゃんと現実を踏まえているんだ」

俊哉が、ワインを飲むと、春子がまたグラスにワインを注いだ。

「おい、そんなにがばがば飲むなよ。それ高いんだから」

「知ってるわよ。オーパス・ワンなんてめったに飲めないから」

春子がにんまりとする。

「お前、知っていたのか」

「ああ、知らいでか」春子は笑う。

「父さんが隠しているんだもの。見つけちゃった。もう一本、あったわよ」

「止めてくれ！」

俊哉は悲鳴を上げる。

「情けない声を出さないでよ。大銀行の常務様でしょう。非正規労働者の楽しみを奪わないで」

春子がワインをぐいっと飲む。

「何が非正規労働者だ。早く結婚しろ」

「あっ、それセクハラよ。親子間でも許されない」

春子が俊哉を指さす。

「何がセクハラだ。結婚しろ、結婚しろ、何度でも言ってやる」

俊哉はむきになった。

「あなた、いい加減になさい。みっともないですよ。春子には春子の考えがあるんですから」

小百合がたしなめる。

「いったいどんな考えがあるのか聞かせてもらいたいね。こっちは墓の相談しているのに、春子が幸せな結婚をしていなければ、安心して死ねないじゃないか」

俊哉が反論する。

「大丈夫よ、父さん」春子が微笑む。「ちゃんといい人を連れて来るから」

急に酔いが醒めた。いい人？　どういうことだ。

「なんだって？」

「だからいい人を連れて来るから」

「お前、結婚するのか？」

息が上がる。思わずグラスを置き、春子に迫る。

「まあね、そんな感じかな」

春子は俊哉の興奮を知らぬかのように薄く笑う。

「おい、小百合、お前、知っているのか。相手を」

小百合に言う。怒ったような声になっていた。

「ええ、少しだけね」

小百合が笑う。

「いい加減にしろ。女同士でつるんで。ちゃんと働いている男なんだろうな」

俊哉は、もはや墓の話どころではない。春子が結婚する？　嬉しいのか、悲しいのか、怒りなのか、喜びなのか。

「もう、ちゃんと働いているわよ。安心して。またきちんと紹介するから。まだお互い気持ちを確認し合っているわけではないから」

「お前、騙されていないだろうな」

春子に疑いの目を向ける。

「大丈夫、だと思う」

春子が声に出して笑う。

「だと思う……。いったいどういうことだ。からかうのもいい加減にしないか」

怒りが込み上げてくる。

「父さん、興奮を鎮めて。ちゃんと任せておけば大丈夫だよ」

寛哉に宥《なだ》められる。

「お前も知っているのか」

俊哉は、ますます怒りが込み上げる。自分だけが仲間外れのような気がしてきたのだ。沙江子まで知っているかもしれない。

「沙江子さんはどうなんだ。知っているのか」

「いえいえ、存じ上げません」

沙江子が慌てて手を左右に振って、否定した。

「そんなこともあるから、墓もちゃんとしておこうということになったのよ」

小百合が落ち着いた様子で話す。小百合は何もかも知っているのだろう。一家の中心は、俊哉ではなく小百合だということを改めて思い知らされ、俊哉は寂しくなった。

「そうか、わかった」

ようやく落ち着きを取り戻す。春子に結婚しろと迫っていたのは自分だ。驚きはしたが、春子も大人だ。信頼して、温かく見守るのが一番いいのだろう。

「ちゃんとお互いの意思が確認できたら、俺に紹介するんだぞ」

「わかってるから。もう少し待っててね」

春子が、自分のグラスを俊哉に差し出す。俊哉もグラスを前に出す。俊哉のグラスと春子のグラスが出会い、カチリと音を立てる。

「おめでとう」

俊哉が笑みを浮かべる。

「ありがとう」

春子が言う。

「浮気なんかされるなよ」

俊哉がからかい気味に言う。ふと麗子の顔がよぎる。

「そんなこと絶対にさせない。したら殺してやる。ねえ、母さん」

春子が小百合を見る。

「ええ、そんなことをされたら思う存分、殺しなさい」

小百合の目が光った。

「……ところで墓のことだが、結局、皆は、どういう結論になったんだ」

俊哉は、墓に話題を戻す。浮気の話だけは避けるべきだ。自分で余計なことを口に出してしまったと後悔した。

「俺の知り合いに墓アドバイスをしてくれる会社があるんだ」

寛哉が言った。

「その会社はね、都心に納骨ビルなんかも造っているんだ。そこに相談しようということになった。一番、俺たちがお参りしやすい墓がいいんじゃないかってね。郊外にあるのもいいけど、やはり都心だろうって」

「納骨ビル？　おい、俺の鞄を取ってきてくれ」

小百合は俊哉の慌てぶりに、何事かと思い急いで書斎に行き、鞄を抱えて戻ってきた。俊哉は小百合から鞄を受け取り、開け、「これか？」と木島からもらったパンフレットをテーブルに置いた。

寛哉がそのパンフレットを手に取った。

「やはり親子だな」

寛哉が感心したように言った。「まさに以心伝心。この納骨ビルだよ」

俊哉は、まじまじとパンフレットを見て、ある種の恐怖心を覚えた。果たして木島は偶然でこのパンフレットを渡してくれたのだろうか。それとも俊哉が墓に入る日が近いことを悟らせるためなのだろうか。

ぞくっと寒気が走った。俊哉は後者のような気がした。木島は、俊哉の銀行員生命が終わりに近いことをそれとなく教えているに違いない。一度見てきたらいいと木島は言った。銀行員人生の墓を準備しておけということなのだろう。木島は、昔から、問題が発生した場合、答えを全部言わないで、部下に考えさせる癖があったことを思い出した。

「父さん、どうしたの？　顔色がよくないけど」

寛哉が心配そうに聞く。

「大丈夫だ」

俊哉は言った。嫌な汗が滲んでくる。

「このパンフレットはどちらの方に頂いたの？」

小百合が聞いてきた。

俊哉は小百合を見つめて「……頭取からだ」とぽつりと言った。

「頭取？」

小百合の顔に驚きと戸惑いが浮かんだ。俊哉の表情にも同じ気持ちが顕《あらわ》れているのだろう。

「寛哉、この会社を紹介してくれないか」

俊哉は言った。

「ああ、いいよ」

寛哉は、屈託なく答えて、ウイスキーを飲んだ。グラスの氷が澄んだ音を立てた。

第六章　同窓会

1

久しぶりに東大時代の同じクラスの同窓会に出席することにした。一年半ぶりだ。七人ほど出席するという。幹事役は民放の台場テレビを六十歳で役職定年となり、今は嘱託勤務している宮下謹二《みやしたきんじ》だ。

当時、同じクラスだった連中も、多くは関係会社に出向したり、俊哉より年上の者は定年を迎えたり、第二の人生をのんびりと過ごしているようで、あまり忙しくない。だからかなり、頻繁に集まっている。同窓会といっても仲間内の集まりのようなものだ。

俊哉も時々顔を出していたが、銀行の仕事が忙しくて、ここ最近は足が遠のいていた。

現役としてフルで働いている俊哉にとってあまりにものんびりした雰囲気を醸《かも》し出している仲間の顔を見るのは、あまりいい気分でなかったことも足を遠のかせた原因だ。

宮下から「今週の土曜日、久しぶりに集まるから大谷も来いよ。原宿の中華料理店『福禄寿園《ふくろくじゆえん》』。会費は一人五千円程度だ。時間は六時」とメールが届いた。

久しぶりに仲間と会うのもいいなと思い、すぐに行くと返事をした。

この老人ホームのような名前の店は場所こそ若者の街、原宿にあるが、餃子、レバニラ炒めなどが名物のきわめて大衆的な中華料理屋だ。飲み放題を付けても七千円でお釣りがくる。店も古く、俊哉が大学生だった四十年前頃から営業している。

集まる同窓生は、現役を引退している者が多いが、会社の幹部をしている者もいる。それにもかかわらず、帝都ホテルやニューオーヤマなどの高級ホテルでは同窓会をやらない。

若いサラリーマンが利用するような大衆的な店ばかり探してくる。いや、今どきの若い連中は、もっとしゃれオツな店に行くだろう。

高額の退職金をもらって悠々自適の暮らしをしているわりにはつつましい。その方が学生時代と同じ気分になれるからだろうか。それとも会社勤めの現役を引退すると、それだけ使える金が少なくなることを幹事が配慮しているからだろうか。

福禄寿園は、原宿駅を降りて竹下通りを抜け、交差点を渡った路地にある。周囲の垢ぬけた店を尻目にひっそりと看板を掲げている。

俊哉が竹下通りに入ると、相変わらず若者たちでごったがえしていた。最近は外国人観光客も多い。

若者たち相手に派手でチープな印象の服などを売る店が軒を連ね、筋肉が逞《たくま》しく盛り上がった黒人男性が妙な日本語で客引きをしている。カワイイネ、と変な日本語で声をかけられた若い女性が、キャッキャッと笑って通り過ぎる。

せいぜい彼らの餌食にならないようにと願ったり、こんな派手な服、いったい誰が着るのかと憤慨気味になったりするのは、俊哉が老人になったせいだろう。

若者の波に逆らうように歩き、ようやく竹下通りを抜けた。

交差点を渡り、路地に入ると、福禄寿園の看板が見えた。

店は地下一階だ。階段の脇にビールケースが置かれている。それを避けるようにして入り口に辿り着く。ドアを開けると、右手に厨房があり、すでに始まっていた。客席は全てテーブル席だ。たいして広くない店に四人掛けのテーブルが幾つか並んでいる。

「おう、大谷」

左手奥の八人掛けテーブルから声がかかった。

振り向くと、宮下がいた。

その隣に神足徹《こうたりとおる》、大手自動車メーカーの子会社社長だ。豊川洋三《とよかわようぞう》、確か出版社を辞めて作家になったが、あまり書店で本を見かけることはない。来栖一機《くるすかずき》、大手生保を役員寸前で子会社に出されてしまった。今は、そこを辞めてしまったと聞いたが……。赤坂光人《あかさかみつと》、大手銀行みずなみ銀行の常務執行役員だ。俊哉のライバル銀行だが、仕事であまり顔を合わせることはない。

「みんな久しぶり」

俊哉は空いていた席に腰をかける。

彼らはどれくらい前に来たのかは知らないが、すでにビールを飲み始めている。

「じゃあ、大谷が来たから二度目の乾杯をしようか」

宮下が、ビールが溢れそうになっているグラスを持ち上げた。

俊哉のグラスに豊川がビールを注いでくれた。

「それじゃみんなの健康を祈念して乾杯」

宮下に合わせて、皆が「乾杯」と言う。

俊哉は、ビールを一気に流し込む。気の置けない仲間と飲むビールは、また格別の味だ。

料理が次々と運ばれてきた。焼き餃子、水餃子、青椒肉絲、木耳と玉子の炒め物、青菜炒め、黒酢酢豚などなどだ。量もたっぷりある。

「今日はこれだけか？」

俊哉は宮下に聞く。

「もうすぐ優実《ゆうみ》ちゃんが来るけどね。今日は大谷を入れて七人だけだ。まあ、正式な同窓会ってわけじゃない。来栖が東京へ来たから急遽《きゅうきょ》、集まろうってことになっただけだ」

宮下が答えて、大きめの黒酢酢豚をひと口で口に入れた。

久原《くはら》優実。クラスのマドンナだった。会うのは何年ぶりだろう。めったに顔を出さないから最後に会ってから五年以上は経っているだろう。

東京の有名私立桜園《おうえん》女子高を卒業し、東大に入り、大学院に進んだが、結婚して専業主婦になった。今では孫がいるおばあちゃんになっている。

「優実ちゃんが来るのか、それは楽しみだな」

俊哉はビールグラスを空けた。すかさず宮下が空のグラスをビールで満たしてくれる。

「来栖、東京に来たからって、来栖は今、どこに住んでいるんだ」

「近況報告があると思うけど、奴は、箱根に住んでいるんだ」

宮下が答える。

「箱根？　それまたなんで？」

俊哉は来栖を見た。来栖は赤坂と談笑している。

俊哉もノーネクタイにジャケットという気軽な服装だが、誰もが土曜日で仕事が休みなのだろう、ゴルフにでも出かけるような格好だ。特に来栖はラフな服装だった。何を思ったのか、ヤンキースの野球帽などをかぶって、革ジャンを羽織っている。とても還暦を過ぎている格好とは思えないが、顔は年齢相応に老けて、皺が目立つ。帽子からはみ出ている髪の毛も白い。

「あいつが子会社に出されたのは知っているよな」

宮下は声を潜《ひそ》めた。

「ああ、そこまでは知っている」

俊哉は焼き餃子を口に入れた。噛むと、肉汁が口いっぱいに広がった。小籠包《ショウロンポウ》みたいな美味さだ。

「よほど、その人事に腹が立ったんだろうな。退職してしまったんだ。それで以前から箱根に用意していた別荘兼自宅に引きこもった。本人は、山歩きをしたり、温泉につかってのんびりすると言っていたんだが、鬱病になったんだよ」

「鬱病？」

初めて聞いた。来栖の顔をまじまじと見る。顔は老けたが、目は学生時代そのままに生き生きと輝いている。とても鬱病には見えない。

「激しい人事争いだったんじゃないのかな。それが急に終わったので、ちょっと気が抜けたというか、それで鬱になった。でもようやく回復してさ」

「時々会っていたのか」

「ああ、心配だからさ。時々、東京に呼び出したり、俺が箱根に行ったりして飲んだりしているうちに大分回復してよくなった。それで今日は皆に会いたいって言うものだから声をかけたってわけだ」

宮下も来栖を見た。

鬱病になった友人を見舞うとは、宮下はなんと愛情深い人間なのだと感心した。

「みんな、遅れてごめんなさい」

優実が店に駆け込んで来た。

白のブラウスに紺のパンツ、それにグレーのジャケットを羽織っている。首にはパールのネックレス。学生時代は、ややふっくらしていたが、今はすっかりスマートになっている。全体的にシンプルだが、上品なファッションだ。

「おうっ」

歓声を上げたのは来栖だった。華やいだ表情で優実を見ている。

実際、老人臭が漂う男たちばかりの中に、同じ年代なのに優実が入っただけで急に華やぐのはどうしてだろうか。彼女だって老人の域に入っているのだが……。

優実は、幹事の宮下の隣に座った。俊哉の斜め前だ。

「大谷君、久しぶり」

優実が笑みを浮かべる。

「久しぶり。変わらないね」

俊哉はお世辞ではなく正直な気持ちを吐露する。

「何言ってんのよ」優実が特徴のある厚めの唇を突き出す。目は笑っていた。

「おばあちゃんよ。孫も二人いるのよ」

「へぇ、驚きだね」

俊哉が目を大きく見開いた。

誰が言っていたのか忘れてしまったが、同窓会は気をつけろよ、最初はババアになったなと思っている女でも、会って、飲んで、話しているうちにどんどん学生時代に戻っていくんだ、それで間違いを起こす奴もいるという話を聞いたことがある。目の前の優実を見ているとその言葉通りだ。

「年を取るとさ、男は見る影もなく変わるだろう。禿げたり、白髪になったり。その点、女はなんとなく昔の面影を残しているものさ」宮下が言う。「乾杯の前にさ、みんなと会うのは久しぶりだけど、顔、わかる?」

「わかると思うよ」

優実は自信ありげに答え、皆の顔をしげしげと見る。

「宮下君、大谷君。すぐにわかったわ。あまり変わっていない」

優実は、指を指しながら答えていく。皆も優実を見つめ返している。名前を呼ばれなかったらどうしようかと不安げだ。

俊哉は、あまり変わっていないと言われて嬉しくなった。まだ若いということだ。現役で勤務しているからだろう。

「赤坂君、神足君、来栖君」優実は順調に名前を告げていく。名前を呼ばれた者は、笑顔で「優実ちゃん、久しぶり」と答える。が、ここで止まった。

豊川は、俊哉から見るとそれほど変わったようには思えない。しかし若い頃黒々としていた髪はすっかり抜け落ち、禿げ上がっている。そのうえ、口髭《くちひげ》、顎鬚《あごひげ》を伸ばしていて白毛だ。

頭には普段は帽子を着用しているらしく、テーブルの後ろのコート掛けにこげ茶のフェルトハットが掛かっている。

「うーん？」

優実が困っている。

「わかんない？　俺だよ、俺。洋三」

豊川がばつが悪そうな表情で自分を指さす。

「ああ、豊川君だぁ」

優実が表情を崩す。

「ごめん、ごめん。あんまりおしゃれになっているからわからなかった」

確かに頭が禿げたからと言ってみすぼらしくはない。口髭、顎鬚と相まってダンディで粋だと言えないこともない。

「覚えてくれよな」

豊川が笑う。

「もう、忘れないわよ。その頭と髭」

優実も笑顔だ。

優実のグラスにビールが注がれた。

「では全員揃ったところで三度目の乾杯だ」宮下が、皆のグラスを見渡して「準備はいいかな。それでは」とグラスを高く上げた。

俊哉もグラスを掲げた。

「乾杯！」

優実とグラスを合わせた。

2

「私もテレビ局の記者を終え、役職定年でポストを外れ、今では嘱託としてニュースのチェックに週三回ほど会社に顔を出しています。今年、六十四歳になりましたので、定年まであと一年です。完全に退職したら、女房とゆっくり旅行でもしてから、後のことは考えます。あまり出世はしなかったけど、テレビマンとしてまだ働けることに感謝しています」

幹事の宮下から近況報告をした。

宮下は一浪だから六十四歳なのか……。定年まで残り一年とは俺たちも年を取ったものだ。俊哉は少し感慨に耽《ふけ》った。

続いては来栖だ。

ヤンキースの帽子をかぶったままだ。

「今日は、みんなに会えて嬉しいな。いつもは箱根に女房と二人でいるだけだから。実は、生保を辞めたんだ。いろいろ面白くないことがあってね」

来栖は弱弱しげに笑った。

「辞めてもやることがいっぱいあると思っていた。バイクでのツーリング、フィッシング、狩猟なんかね。みんな俺の趣味だけど、働いている時はなかなか時間がなかったから満足にできなかった。会社勤務から解放されたら思いきりやるぞと勢い込んだし、だから箱根に引っ越ししたんだ。会社に残っている奴ら、俺を追い出した奴らに対する腹いせだった。ところが会社を辞めたら、全く面白くないんだ。忙しくしていたから面白かったんだ。有り余る時間をどうやって過ごしたらいいかわからなくなった。そしたら徐々に引きこもりさ。精神科のお世話になるはめになった。宮下が心配して声をかけてくれたので徐々に回復して、こうして集まりに顔を出せるようになった。ありがとう」

来栖が少し涙ぐんだ。

優実が拍手した。

「ありがとう、優実ちゃん」

来栖が言った。

忙しいから趣味が楽しいという来栖の指摘はなんとなくわかる気がする。皆、それなりに会社人間だ。人生のほぼすべてを会社に捧げている。それが突然、目の前から消えてしまったら、呆然とするのも当然だろう。

その点……と俊哉は思った。俺は麗子がいて、適当に遊んでいるから大丈夫だ。しかし、銀行を辞めてしまったらどうすればいいのか。この二重生活をいつまで維持できるか。いずれは清算しなければならない。その時、どちらに決めればいいのだろうか。一緒に墓に入ってくれるのは、どっちなのだろうか。ふと不安になる。小百合が、墓探しをしようと言ってくれているだけに余計に不安になる。麗子ともめることだけは避けたいのだが……。

豊川が話している。

「私は、拓文社を退社し、今は旅行雑誌に雑文を書いています。拓文社では週刊誌や女性誌をやりました。あまり意味はないんですが、常務までならせていただきました。まあ、出版社というのはオーナー会社ですから、いかに大手の拓文社とはいえ、中小企業に毛の生えたようなもの。社長にはなれません。そろそろ潮時かなと思って退社し、以前から旅が好きだったのでそうした記事を書く、まあ、一応、作家となったわけです。いずれ股旅《またたび》ものの時代小説かミステリーを手がけたいと考えています。あと、どれだけ残っている人生かわかりませんが、ゆっくりやります」

「いつから禿げたんだ」

神足が笑いながら言った。

「これか？」と豊川は見事に禿げた頭を手で撫でた。

「実は、十年ほど前に胃癌をやってね。その時の抗癌剤の影響で禿げ始めた。それじゃこの際、つるつるにしてしまおうって開き直ったら、そのまま禿げちまった。癌は幸い、転移もせずに完治したんだが、頭は元通りにならなかった」

あっさりと言い切った豊川の言葉に、からかい気味だった神足は驚き、口をつぐんだ。

「この方がかっこいいだろう？」

豊川は笑った。

「素敵よ。とっても」

優実が言った。

「余計なことだが、退職を契機に妻とは離婚した」

豊川の告白に、「えっ」と俊哉は思わず声に出した。

「長年連れ添ってはいたが妻は、仕事大好きだった俺に不満だったようだ。病気の時は、世話をしてくれたんだが、俺に愛人がいたのが許せなかったらしい」

「えーっ」

優実が驚きの声を上げた。

「おおっ」

俊哉は、愛人の一言で体が固まった。

「あはは」と豊川は力なく笑い、「浮気くらい編集者の甲斐性だと思っていたんだ。だから上手く女房には隠していたんだが、癌になって入院した時にばれてしまった。女房は、義務として看病はしてくれたが、退院後は関係悪化。結局、退職と同時に離婚だよ。よくある熟年離婚で珍しくもなんともないがね。財産はみんな女房にやったから、すっからかんになった。熟年離婚はみんな気をつけろよ」と苦笑しつつ話し終えた。

「それでは今、一人か？」

俊哉は思わず聞いた。他人事とは思えなかったからだ。

「いや、捨てる神あれば拾う神ありとはよく言ったものだ。世の中、捨てたもんじゃない。すっからかんになった俺を愛人だった彼女が拾ってくれてさ。今は、そいつのマンションで暮らしている。取材も一緒に行くから、第二の人生としては満足かな。もう子供たちも大きいし、別れた女房も俺のやった財産で人生を楽しんでいるし、まあ、人生ってケセラセラ、パッパラパーノパーだな。ははは」

「愛人の女性はいくつだ？」

赤坂が酔眼で言った。あまり酒は強い方ではないはずだが、随分飲んで、いつの間にか紹興酒の瓶を前に置いている。表情があまり明るくないのが気になる。

「悪いが、俺より若い」

豊川が笑う。

「だからいくつって聞いているんだよ」

赤坂が絡む。

「三十五歳だ。俺は浪人、留年としたから今、六十五歳だ。今年から年金も出る。だから三十歳も年下だ」

「くそっ」

神足がはしゃいでテーブルを叩いた。

「ちょっと静かにしてよ。豊川君の話、もう少し聞きたいな。それで今、どうしているの」

優実が騒《ざわ》いでいる神足を抑える。

「彼女は同じ出版社の社員なんだ。今も働いている。まあ、部下に手をつけたってことだ」

豊川が自虐的に唇を歪《ゆが》める。俊哉は少し動揺した。

「そこから十年の付き合いになる。女房ともめた時、彼女が俺に言ってくれた言葉があるんだ」

「何、どんな言葉？」

優実が身を乗り出す。

「一緒にお墓に入ってもいいのよ」

豊川が目を閉じて、思い出すようにひと言ひと言かみしめて言う。

俊哉は、その言葉に再び動揺した。

一緒に墓に入ろう……。麗子が言った言葉と同じだ。

豊川は癌になり、浮気がばれ、退職し、離婚した。人生の終わりになって、災難がまとめて襲ってきた。

人生ってそんなものだ。終わりよければすべてよしと言うが、なかなかそうはならない。それまで順風満帆だった人生に、終末期になって怒濤の如く不幸、災難が襲ってくる。

退職金を詐欺師に取られたり、癌になったり、認知症になったり、家族が病気したり、娘が離婚して出戻ったり……。考えれば不幸、災難の種なんてそれこそ浜の真砂《まさご》のように尽きることがない。

些細《ささい》な、ほんの些細なきっかけで、例えば段差のない畳の上や廊下で滑って、転んで、テーブルや柱で頭を打って死ぬように、不幸や災難の方に人は転ぶものなのだ。

気をつけている。肺癌にならないように煙草も吸わないでいるのに、肺癌になってしまうように、運命だと言ってしまえば、こんな楽なことはないのだけれども、一度不幸、災難の神様に睨まれたらなかなか逃げることはできない。

豊川も絶望したことだろう。そんな時、愛人として付き合っていた女性から、一緒に墓に入ってもいいわよ、と言われたら……。

俊哉は豊川の気持ちが痛いほどわかる気がした。

「年取った、先のあまり残されていない俺たちには殺し文句だな」

来栖が言った。

「ああ、その時、俺は、こいつと次の人生を生きていこうって気になった。墓に入るまで、ちゃんとやろうってね。『一緒に墓に入る』という言葉で新しい人生を生きる気力をもらったんだ。おかしいね」

豊川は優実を見た。

「男って勝手ね」

優実がビールを一気に飲み干した。

俊哉は、驚いて優実を見た。怒っているような声の調子だった。

「そうか……。優実ちゃんたち女性から見れば勝手な男に見えるんだ。じゃあ、俺の次は優実ちゃんにその理由を含めて語ってもらおうじゃないか」

豊川が提案すると、俊哉は思わず拍手した。その理由を聞いてみたいと思った。優実が小百合に重なって見える。

3

優実が立ち上がった。

「座ったままでいいよ」

俊哉は言った。

「いいの、このままで」

優実は俊哉を見つめ返した。目がマジになっている。飲み過ぎか、それとも豊川の話に本当に怒っているのか……。

「豊川君の話、とっても感動的だけどね、女性というよりも主婦の立場で言わせてもらうと『何、言ってんのよ』って感じね。浮気の正当化に過ぎない」

優実は、厳しく切って捨てた。

「そうだ！」と神足が合いの手を入れた。

「私はさ、知っての通り大学院に行ったの。そこでは日本文学をやろうと思っていたのだけど、今の旦那に出会ってね、あっさり研究者への道を諦めた。夫は、財務省のキャリア。一緒に暮らし始めて、海外転勤もし、子供も男の子が二人生まれて、今は孫もできておばあちゃんよ」

「そうは見えない！」

また神足が声を上げる。かなり酒が回っているようだ。

「ありがとう、神足君。でも黙ってくれる？」

「ごめん」

「傍《はた》から見ると、とても順調で幸せそうだけど、夫に従って海外だろうが、国内だろうが、どこだろうと慣れない土地に行き、新しい人間関係を築き、役所の人たちにも気を使い、子供が喧嘩しようが、虐《いじ》められようが、病気しようが、夫は仕事、仕事……。短い時間であっても好きな本を読む時間なんかない。やっと子育てが終わり、子供たちが就職してくれて、結婚してくれたら、夫の両親が認知症よ。夫婦揃ってね。夫は何もしない。お前に任す、だよ」

優実は指で俊哉を差した。俊哉は、理由もなく、ただ慌てて頭を下げた。

「両親を自宅に引き取ってからが大変。ヘルパーさんを頼んだりもしたけど、介護一切倒の暮らし。こっちまでおかしくなりそうになるのよ。徘徊したり、排せつ物をその辺にまき散らしたり、もう気が狂いそうだった」

優実の目に涙が滲《にじ》んでいる気がした。

「夫に、助けて！　とお願いして、やっと施設に入れてもらった。ところが、預けっぱなしってわけじゃないの。定期的に様子を見に行かなきゃならないの。先月、お義母さんが亡くなってね。ひどい言い方だけど、正直、ちょっとほっとしたわ」

優実は言葉が過激になったことを悔やむように目を伏せ、ぼそりと「でもまだお義父さんの世話が残っている」と呟いた。さらに苦難が押し寄せる。優実の父が認知症となり、施設に入居したのだ。母が介護しているが、いわゆる老老介護でいつ、母も倒れるか心配でたまらない状態なのだ。

「私は義父と父の施設を行ったり、来たり。義父の施設は横浜、父の施設は神戸、行き来するだけでもひと苦労よ。母に全てを任せられないから神戸まで行くのよ。いつまでこんなことが続くのかなぁって無間地獄に落ちてしまった気がする。もっと楽しい老後が待っていると思ったのにね。夫は、それでも家庭のことは任せたと言ってね、何もしない。次官レースには敗れたけど、局長で退職して、今、ある財団の理事長をしている。なんだか知らないけど、まだ出世に欲があるみたいで、日銀総裁を狙っているみたいなの。笑っちゃうわ。自分は好きなことをして、親の介護は妻に任せっぱなし。それで夫が若い女性と第二の人生を謳歌したら、妻はどこに怒りをぶつけたらいいのよ」

優実の言葉が激しくなった。

「日銀総裁」という言葉に鋭く反応したのは赤坂だ。みずなみ銀行の常務をしているからだろう。優実のグラスに求められてもいないのにビールを注いだ。

「優実ちゃん、それで旦那に浮気されたのか」

俊哉は聞いた。目の前に小百合がいるような気がしておどおどしてしまった。自分の親の介護は任せていないが、家庭を顧みないで好き勝手している点では優実の夫と自分は五十歩百歩だ。

「それはない、と思う」

優実は悲しそうに冷笑した。「もしそれがあれば、もう旦那を刺し殺すね、私。いい加減にしろって」

「怖いなぁ」

豊川が言った。戸惑っている。自分が若い女性と第二の人生を楽しんでいるようなことを言ったのが優実の怒りに火を付けたからだ。

「そりゃそうね。女の方も第二の人生を謳歌できたらいいよ。若い男とね。しかし、それはないわね。大金持ちの女じゃないとね。まして私のように親の介護をしなくちゃいけないんじゃや、どうしようもないわ。早く夫が仕事に見切りをつけて、介護に参加してくれると嬉しいけどね」

ようやく優実は席についた。

俊哉は、女性の言い分が身に染みた。小百合がゆっくりと幸せな老後を楽しみたいと思っていたにもかかわらず、麗子の存在を知ったら、どんなことになるだろうか。考えただけで寒けがする。

それにしても老老介護の問題は考えさせられる。かつての世代は、今ほど、長生きをしなかったし、大家族で老人たちの面倒を見てきた。しかし今は、親たちは八十歳、九十歳と長生きをする。子供も六十歳、七十歳と高齢化していく。しかしその子供が結婚していなかったり、結婚していても子供がいなかったり、少なかったりして、自分たちの面倒は自分で見なくてはならない。そこに親の介護が重なってくる。

俊哉は、息子の寛哉や娘の春子のことを思い浮かべた。彼らが自分の面倒を見てくれるなどということはこれっぽちも期待できない。

テレビからは老老介護の悲劇のニュースが頻繁に流れてくる。いったいいつからこんなに老後が生きづらい国になってしまったのだろうかと考え込んでしまった。

「浮気されていないなら、いいじゃないか。それに男だけが第二の人生を謳歌するってことはないよ。男っていうのは、仕事を離れると、何もできなくて、たいていは奥さんの荷物になるからな。俺がそうだもの。俺は、今、一生懸命奥さんの機嫌を取っているんだ」

自虐的に神足が笑った。

「お前、ダッサン自動車の子会社の社長じゃなかったのか」

宮下が驚いて聞いた。

「とっくにクビになったよ。うちの会社、ドライなんだ。六月には株主総会があるけど、三月末でお払い箱になった」神足が笑った。「俺は豊川のように愛人も作ってないし、優実ちゃんのところみたいに両親の介護を妻に押しつけてもいない。だけど、会社を辞めるとさ、やることなくてさ。今、料理、習っているよ。それと豊川じゃないけど、墓探しかな。俺んちは親父とお袋が、とっくに離婚しててさ。それで俺はお袋に育てられたから、お袋の面倒を見ていたんだけど、去年、ぽっくり逝ってさ。子供孝行な母親だよ。風邪をひいたと思ったら、あっという間に亡くなったから。だけどお袋の実家は福岡でさ。まさかそこに入れさせてもらうわけにはいかないから、今、自宅に遺骨が置きっぱなしになっているんだ。早く納骨してやりたいんだけど、適当なものがなくてさ」

神足が皆の顔を見て、何かないかと聞きたげな表情を見せた。

「納骨堂ってのがあるらしい。俺も見に行こうかって思っているんだ。神足と同じでさ、お袋の遺骨が家にあるんだ」

俊哉は言った。

「ああ、知ってる。だけどさ、納骨堂ってお参りするのは便利だけど、いかにも効率化してますって感じしないか？　遺骨の駐車場みたいだろう」

神足が表情を歪めた。

「遺骨の駐車場ね。まあ、そうだな」

俊哉は納得した。まだ見学はしてはいないが、パンフレットを見た感じではそんな印象を受けないでもない。

「俺もそう思うんだ。なんだかデリカシーがなくってさ。息子や娘がお参りに来てくれることを前提に、お参りしやすい都心にお墓ビルを作るというのはいい発想だとは思うけど……」

豊川が、首を傾げた。

「しかしね、息子や娘がお参りに来てくれるかどうかって死んでしまった俺たちにはわからないだろう。それなら自分がどんな弔《とむら》い方をしてもらいたいかを優先して考えることが大事じゃないかな。都心の納骨ビルって、檀家が少なくなった都心の寺とビジネス感覚に優れた開発業者が結託したニュービジネスでさ。弔いの謙虚さに欠ける気がするんだ」

豊川が鋭く納骨ビルを批判した。元編集者らしい斜めに見た切り口だ。

「豊川が言うのはわかるけどさ、納骨ビルにニーズがあることは確かだよ。郊外の霊園より、今はそっちが流行《はやり》だね。やっぱり多くの人は息子や娘がお参りに来てくれることを期待して墓に入りたいんだ。実際、地方の墓は面倒を見る人がいなくなって、墓まで過疎になっているんだから」

赤坂が言った。赤坂の勤務するみずなみ銀行は納骨ビルに融資しているらしい。

「最近の新聞にも改葬、いわゆる墓じまいだが、その届け出が二十七年度、約九万一千件にもなったと書かれていたよ。前年度より約七千件も増えたってさ。金も墓も何もかも東京がまるでブラックホールのように吸い込んでいるんだ。檀家がなくなる地方の寺の中には改葬する人に離檀料という名目で数百万円も要求してトラブルになるケースもあるみたいだよ」

来栖が久しぶりに発言した。

「へえ、高齢社会って嫌だね。面倒くさいことばかり」

優実が、少しやけっぱち気味に言った。

皆、墓の問題については考えていないようで考えているのだと俊哉は改めて感心したが、久しぶりに会ったのに徐々に勢いのない話になっていく気がして、酒が不味くなった。自分たちが年を取ったんだから仕方ない、と俊哉は思った。

「まあ、墓の話はこれくらいにしないか。辛気くさくなるから。大谷、お前の近況はどうなんだ？」

宮下が話を俊哉に振ってきた。

俊哉は、ビールを一気に飲み干し、気持ちを奮い立たせるようにして皆を見渡した。

4

俊哉は、何か面白いことを話そうかと思ったが、特に何も思い浮かばなかった。まさか自慢げに麗子のことを話すわけにはいかない。どこから小百合の耳に入るかわからない。

「今は、四井安友銀行の常務取締役執行役員をやっています。もうそろそろ終わりかなと覚悟しつつあります。あと、変わったことと言えば、母が亡くなりました。それで遺骨は自宅にあります。墓が決まらないんです」

やっぱり墓の話になってしまった。宮下が、辛気くさくなるので墓の話は止めようと言っていたのに……。

「大谷は、上手くやっているみたいじゃないか」

赤坂の目が据わっている。

「えっ？」

俊哉は目を大きく見開き、赤坂を見た。

「噂だぜ、頭取候補だってね」

「まさか、もう六十三歳だぜ。こんなジジイはここ止まりだよ。最近の金融界はトップが若くなっているからな」

「しかしお前のところの木島頭取がなかなかしたたかな人だっていうじゃないか。合併銀行だけど、旧安友銀行の連中を骨抜きにして、権力基盤を固めた。長く権力を維持するために子飼いの大谷を頭取にして、自身は会長になるって噂を聞いたよ」

赤坂の声がなんだか陰《いん》に籠《こも》っている。

「すごい！　大谷君、頭取なの？」

優実が目を輝かせた。

全く聞いたことがない噂だ。だから噂なのか。噂というものは本人の知らないところで流布するのが普通だ。俊哉が知らないのも当然かもしれない。

「まさか、そんな話、聞いたことがない」

俊哉は否定してみせたが、なぜか表情が緩《ゆる》んだ。

「『金融新報』で読んだぞ。大谷は読んでいないのか。まもなく株主総会に向けて内定が出るんじゃないかってもっぱらの噂だという記事だ。羨《うらや》ましいな」

赤坂が眉根を寄せた。

『金融新報』は業界紙だが、俊哉は読んでいなかった。

「いつの新聞だ」

「昨日だよ、昨日。人事消息欄だ。読んでいないのか」

「ああ、読んでなかった。しかしあまり信じられない話だな。それ、ガセだ。なるとしてももっと若手だよ」

俊哉は少し気持ちを浮つかせながらも否定した。

「しかし、記事によるとだな。木島頭取は、一番、心が許せる大谷常務に頭取の座を譲り、自身は新たに会長職を置き、会長として院政を敷く考えだ。もし木島、大谷ラインとなれば四井安友銀行は、四井銀行系が人事を牛耳《ぎゅうじ》ることになり、安友銀行系の反発も予想される云々ということらしい」

赤坂が言った。

「大谷頭取の誕生に乾杯だな」

宮下が冷やかし気味に言う。

「あり得ないよ」

俊哉は強く否定した。

俊哉は、どうしても木島が、納骨ビルを見学してこいと言ったことが引っかかっていた。

あれは、お前はもう墓に入ることになるぞという木島一流の暗喩ではないのか。木島は、「金融新報」の記事を読んでいるはずだ。人事こそが全てという人間だから読んでいないはずがない。その記事が木島から出た情報なら問題はないのだが、誰か別の人間から出た情報だったら、木島は俊哉を許さないだろう。自分が知らないところで人事を動かそうとしている人間がいることを面白くないと思うだろうから。

「まずいなぁ」

俊哉は表情を歪めた。

「何がまずいんだよ」

赤坂が不満げに言った。

「人事の情報が出て、その通りになったためしがないからな」

俊哉は言った。

「まあ、そういうことはあるわな」

赤坂はどこか他人事だ。

「赤坂、お前だって頭取候補じゃないのか」

豊川が真面目な顔で聞いた。ジャーナリスト、編集者の血が騒いだのかもしれない。

赤坂は、怒ったような顔になり、豊川を見つめた。

「そうだよ。赤坂こそ、頭取候補だろう？」

俊哉も豊川に便乗するように言った。話題が自分から離れてくれるとありがたい。

「ううううっ」

赤坂が突然、唇を強く嚙みしめ、唸るような声ともつかぬ声を発した。目が赤くなり、なぜだか涙で光り始めた。

「どうした？　気分でも悪いのか」

俊哉は聞いた。

赤坂は、突然、紹興酒をグラスになみなみと注ぐと、それを一気に飲み干し、「お払い箱になったんだ」と怒った顔のままで大粒の涙をこぼし始めた。

「えっ」

俊哉も豊川も、他の皆も一斉に赤坂に視線を集め、言葉を飲み込んだ。

「お払い箱になったんだよ。昨日のことだ。頭取に呼ばれて、君は関係会社のビジネスサービスに行ってくれと言われた。それも専務でだぞ。社長じゃないんだ。社長は、先輩の平取だった人が頑張っているから、その下で支えてくれ。いずれ社長にするからと言うんだ。人事だから受けるよ」

赤坂が勤務するみずなみ銀行は、第一旭銀行と、富国太陽銀行、そして日本恒産銀行の三つの銀行が合併して発足した。赤坂は第一旭銀行出身だが、派閥争いに負けて、どんどん転出させられているらしい。

「俺は、絶対に出されるものかって日本恒産銀行出身の頭取に忠誠を誓ってきたんだ。そのせいで第一旭銀行の連中からは裏切り者、金魚のフンなどと蔑《さげす》まれた。それでも俺は頭取に仕えた。なぜだと思う。合併銀行で生き残るには強い者に付き従うしかないからだ。大谷ならわかってくれるだろう」

赤坂は、急に俊哉の手を掴んだ。両の眼が涙で滲んでいる。

「なあ、そうだろう。自分の能力とは関係のないところで人事が決まるのが、合併銀行だ。それに抵抗するには、強い派閥に食い込むしかないだろう」

赤坂の涙が止まらない。悔し涙に違いない。

「そうだ、お前の言う通りだ」

俊哉は、泣くほど悔しがる必要もないだろうと、少々、鬱陶《うっとう》しい気持ちになったが、赤坂を必死で宥めた。

「なあ、わかってくれるよな。俺は死にたいよ。常務になり、実際、頭取レースに乗っていたと思っていたんだ。それが突然、レールから外された。所詮、サラリーマンなんて自分の人事を自分で決められない哀れな存在だよ」

また赤坂は紹興酒を呷《あお》るように飲んだ。

「情けないわね。帰るわ、私」

優実が立ち上がった。

「待てよ。優実ちゃん」

赤坂が泣き顔で優実の腕を掴む。

「放してよ。男のぐずぐずしたのはみっともない。女は、社内の出世なんか最初からカウントされてないんだから。女という理由だけでね。女から見たら、人事で汲々《きゅうきゅう》としているあなたなんて、まったくお呼びじゃないって感じね。ましてや悔し涙を流すなんて最低。悔しかったら頭取を刺し殺すくらいのことをしたらどうなの」

優実が赤坂の手を振り払った。

「悪かった。俺が悪い。昨日の今日だったから取り乱してしまった。せっかく楽しみにしていた同窓会なのになぁ」

赤坂は優実に頭を下げた。

「私だって、泣けるものなら泣きたいわよ。毎日、介護ばかりで嫌になっているんだから。東大で勉強したことなんて、家庭じゃ何も役に立たないんだから」

優実が興奮して叫んだ。崩れるように椅子に座ると、テーブルに顔を伏せてしまった。肩を上下に揺らしているところを見ると、泣いているようだ。

「今日は、泣き上戸ばかりだな」

鬱から回復した来栖が一人、愉快そうに笑っている。

俊哉は、人生はままならないものだと優実を見つめながら思った。孔子は六十歳という年を「耳順」と言った。「じじゅん」または「耳したがう」と読む。人の意見を素直に聞けるようになるという意味だそうだ。

しかしここにいる連中は、六十歳を過ぎながら、誰一人として人の意見を素直に聞けるような心持ちに至っていない。

それをまだ若いと言うべきか、それとも修行が足りないと言うべきか、はたまた諦めが悪いと言うべきか……。

誰も彼もが六十歳を過ぎてから人生の重たさを実感しているようだ。昔なら寿命が尽きている年になって人生のツケを一気に払わされている。こんなはずじゃないと憤《いきどお》ってみても、ツケを払えと、取り立て屋が追いかけて来る。

昔なら今までの苦労を家族や周囲からねぎらわれて、ゆっくり休んでくださいと言われなければならない年だろうに、全く約束が違うではないか。

俊哉は、憂鬱な気持ちを抱いたまま、ぬるくなったビールを飲み干した。

5

「あなたここよ」

小百合が立ち止まった。

地下鉄赤坂見附駅から繁華街を抜けると突如、大きな門に突き当たった。その向こうに六階建てのビルが建っている。白い外観が陽の光を浴びてまぶしい。

「思っていた以上に立派ね。駅から近いのもいいわね」

小百合が無邪気に喜んでいる。

門には、浄土真宗専念寺赤坂霊陵苑と刻まれている。

日曜日を利用して納骨ビルの見学に行こうと、小百合が乗り気になったので俊哉は付き合ったのだが、気乗りがしない。

なぜ木島がこの納骨ビルを見学してこいと言ったのか。それは「金融新報」に俊哉が頭取候補であるという記事が掲載されたことと関係があるのか。それが気になって仕方がないからだ。

どうして「金融新報」を読んでいなかったのか。そんな重要な記事が掲載されたのなら、誰かが教えてくれてもいいはずだ。それを他行の役員である赤坂から聞くことになろうとは、面白くない。

頭取になりたいとは思っている。しかしそれを口に出したり、記事で読んだりするのは全く嬉しくない。

ある日突然、木島に呼ばれて、今度、君を頭取にするから、よろしくな、と言われ、緊張しつつ、はい、わかりました、全身全霊を尽くしますと頭を下げたい。

それなのに噂話のような記事を書かれ、木島をはじめ、周囲の役員や幹部たちが、ひそひそと俊哉の知らないところで、大谷さん、頭取だって、笑っちゃうよね、本人その気になっているらしいよ、そんな器じゃないよね、観測記事が出るとたいていその人事は潰れるっていうから、潰すために観測記事を書かせることもあるようだよ……と囁いている声が聞こえるようだ。

「あなた！」

小百合が、声を張り上げた。

「おっ、何？」

あまりのきつい声に驚いて小百合を見る。

「何をぼんやりしているの？　担当の方が来ていらっしゃるわよ」

「あっ、ごめん、ちょっとな」

目の前に小太りの男が笑みを浮かべて立っている。きちんとした黒のスーツにダークブルーの無地のネクタイといういたって地味な姿だ。スーツの前ボタンを留めているが、やや突き出た腹で窮屈そうだ。ボタンを外せばいいのにと余計なことを考えてしまう。

「ニチボ株式会社営業部長の大瀬《おおせ》一郎《いちろう》です。大谷寛哉様にはいつも大変お世話になっております」

大瀬は、腰を曲げ、名刺を差し出した。

ニチボ株式会社は、寛哉が親しくしている墓地などを販売する会社だ。日本墓地というのを略してニチボと称しているらしいが、確かなことは知らない。寛哉が勤務する四井安友商事とは関係が深いようだ。

木島が勧めた納骨ビルと、寛哉が俊哉に紹介しようとした納骨ビルが偶然にも一致した。この手の納骨ビルというのが少ないためなのか、それとも何か深い縁があるのかはわからないが、その偶然に一番感激したのは小百合だった。

「絶対に見学に行きましょうよ。お母さまが、ここがいいとおっしゃっているのよ」

と言い出した。

澄江の遺骨を預かることさえ嫌がっていたのに変われば変わるものだ。実際に母澄江が小百合の枕辺に立ったのかもしれない。それとも毎日、棚に置かれた遺骨を眺めているうちに、早く成仏してもらいたいという気持ちになったのだろうか。

「本日はわざわざご案内をご依頼しまして申し訳ありません」

俊哉も大瀬に名刺を渡す。

破顔一笑。大瀬はこれ以上ないという営業用の笑顔を見せた。

「お父様が、四井安友銀行の常務様だなんて、寛哉様はひと言もおっしゃらないんですよ。もっと早く教えてくだされればよかったのにと思います」

大瀬は、名刺を丁寧に名刺入れにしまった。

俊哉が四井安友銀行の常務であることを早めに知っていたら何か違いがあるのだろうか。普通は、親が何をやっているかなど取引先に話さないだろう。

「寛哉は、大瀬さんにご迷惑をおかけしてはおりませんか」

「なんのなんの」

大瀬は大げさに右手を振って否定した。

「お世話になりっぱなしですよ。このビルだって寛哉様のご尽力がなければ完成していませんから」

「ほほう」と俊哉は改めて納骨ビルを眺めた。商社というものはなんでもやるとは聞いていたが、納骨ビルの建設にも関係しているのか。

「では早速、ご案内させていただきたいと思いますが、よろしいでしょうか」

大瀬が、へりくだって言う。

「お願いします」

俊哉が答える。

「ではこちらへどうぞ」

大瀬は、腰を折り曲げたまま歩き出す。

俊哉と小百合はその後に続く。

「こちらがエントランスロビーです」

自動ドアが開き、中に足を踏み入れると、そこは高級ホテルと見紛《みまご》う素晴らしさだった。

「素敵ね」

小百合が天井を見上げてうっとりとした表情になった。

白く清潔な天井には、豪華なシャンデリア。その間接照明に照らされたエントランスロビーは温かな光に包まれている。ロビーは、シックなブラウン、ブラックを基調とした天然石が敷き詰められ、ソファも落ち着いたブラウン系の色で統一されている。ロビーの四隅など、視線が向かう先には色鮮やかな生花が飾られている。

ここは葬式をしたり、納骨をしたり、「死」にまつわる施設だとは感じさせない。派手さを抑え、落ち着いた雰囲気を第一に考えているのは、「やすらぎ」、「癒し」を重視しているのだろう。

俊哉もこのエントランスに立っているだけで、先ほどのもやもやした気分が消えていくような気がした。

「あっ」

俊哉は、小さく悲鳴を上げた。

「どうかなさいました」

大瀬がそれを聞いて心配そうな顔を向けた。

「いえ、何も」

俊哉は慌てて取り繕《つくろ》った。

エレベーターホールの方向に歩いて行く女性がいたが、一瞬、麗子に似ていると思って動揺したのだ。

「さあ、あなた、中を案内していただきましょう」

小百合が促す。

「ああ、わかった」

俊哉は、先ほどの女性の後ろ姿の残像が浮かび、足がすくみ、一歩を踏み出すことができなかった。

まさか、とは思うのだが……。

第七章　都心の納骨ビル

1

霊園販売業者のニチボという会社の大瀬二郎が案内してくれたのは赤坂にある納骨ビルだった。名前は浄土真宗専念寺赤坂霊陵苑。なかなか立派な納骨ビルで、俊哉と一緒に行った小百合は「ほう」「へえ」と感心しきりだった。

一階のエントランスロビーはホテルのように豪華で、かつ落ち着きがあり、結婚式に集まってもおかしくない雰囲気を醸《かも》し出している。会葬者も心地よくなるだろう。

二階、三階が礼拝堂《らいはいどう》。一見、エレベーターホールのようないくつかのブースが並んでいる。

「ここでお参りをしていただきます。最大八名様がゆったりとお参りできるスペースになっています。参拝ブースは八つ揃えておりますので混み合うことはございません」

フロアの周囲にずらりとブースが並んでいる。それぞれ仕切り壁があり、他の参拝者を気にしなくてもいいようになっている。

「広いわね」

小百合が実際に参拝ブースに入ってみて感想を言う。

「中京間《ちゅうきょうま》と言いまして江戸間と京間の中間サイズで住宅建築の標準となっています。一畳が一・六五六二平米でございます。ここは三畳広さがあり、約四・九六平米、約一・五坪ございます」

大瀬の説明は淀《よど》みない。

「これだけあれば寛哉たちがみんなでお参りに来てくれても大丈夫ね」

小百合の顔が緩む。

小百合は、母澄江の納骨のために、この納骨ビルを見学に来たのだが、すっかり自分のことになっている。長男夫婦が、自分の墓に参ってくれている姿を想像して喜んでいるのだ。

長男家族が、それほど頻繁に参拝に来てくれるとは思えない。自分が、そうであるように墓参りなどせいぜい年一回、いや数年に一回のことだろう。それが現実なのに小百合は、その時の様子を想像して喜んでいる。馬鹿と言うのは簡単だが、なぜかいじらしい気持ちにもなる。

大瀬がカードを仕切り壁のところにあるパネル式のカードリーダーにかざした。ホテルの部屋に入る時の要領だ。

「おお」

俊哉は驚きの声を上げた。

いきなり正面の半円形の扉が左右に開いたのだ。

「お墓よ」

小百合が感嘆の声を上げた。

黒々と光る堂々たる墓が現れた。

「黒御影石でできております。幅百二十五センチ、高さ百七十センチ。それぞれのお家のご希望に合わせて墓碑銘などは作成させていただきます」

大瀬が説明する。

「この花は?」

俊哉は墓の両脇に添えられた花を指さした。

「生花でございます。担当が毎日お花とお水を差し上げております」

俊哉は花を触ってみた。

たいしたものだ。造花かと思っていたら、生花だ。

小百合が満足げに笑みを浮かべている。心が動いているのが、傍目《はため》にもわかる。

しかし俊哉はどうも落ち着かない。先ほどエントランスロビーでちらりと見た女性が気になって仕方がない。

もし、あれが麗子だったらと思うと、どうも尻の辺りがむず痒《がゆ》く感じられる。大瀬の説明に、それなりには反応してみるものの気持ちが乗ってこない。小百合とのギャップがどんどん広がっていく。

「これならいいわね。カードを寛哉や春子に渡しておけば、いつでもお参りに来てくれるじゃないの」

小百合は、完全に、自分の墓を探している。澄江の墓探しだったのだが、目的は自分の墓に変わっているようだ。

「クレジット機能でも付いていれば、カードを大事に持ってくれるだろうけどな」

俊哉は皮肉に答える。

「全部でお墓は、二階、三階で五百基、ご用意させていただいております。全て、使用権、墓碑、永代供養を含みまして、ただ今ですと九十万円でございます。別途年間維持費といたしまして一万七千円を頂戴しております」

「ここは浄土真宗ですが、うちの菩提寺は真言宗なんです。大丈夫でしょうか？」

俊哉は聞いた。

真言宗と浄土真宗の違いなど全くと言っていいほど知らない。開祖が空海か親鸞か、程度の知識しかない。

「こちらは在来の仏教であれば、宗旨、宗派は全く問題にしておりません。ご希望とあれば、専念寺のご住職がご戒名をお授けくださいます。戒名料は無料で、サービスさせていただきます」

大瀬がにこやかに説明する。

「あなた」小百合が俊哉を見つめる。「宗派なんて構わないわよ。どの宗派でもお釈《しゃ》迦《か》様の教えなんだから。喧嘩にはならないって」

確かに小百合の言う通りだ。イスラム教でシーア派とスンニ派が血で血を洗う争いを繰り返しているが、真言宗と天台宗、浄土宗と浄土真宗とが争っている話は聞かない。昔は、ひょっとしてあったかもしれないが、この日本という融通無碍《ゆうずうむげ》な風土の中でいつの間にか争いはなくなってしまった。

ふと、世界の宗教が日本に集まったら、この風土の中で溶け合って、争いがなくなるのではないかととんでもないことを夢想してしまった。

「まあ、そうだな。俺だって気にならない」

俊哉は答えた。

ふと背後に人の気配を感じた。別の客が、担当者と談笑しながら歩いて行く。固い床にコツコツと靴音が響く。ヒールの音だ。それがやたらと大きい。無理に音を高くしているかのようだ。

俊哉の体が強張《こわば》る。頬が引きつり、額に脂汗が滲《にじ》んでくる。後ろを振り返りたい。靴音の正体を見極めたい。わかるだろうか。お化け屋敷に入り、怖いのはわかっているのだが、奥へ奥へと足を運んでしまう。お化け屋敷なら命をなくす危険はないが、人という動物は不思議なもので、危険とわかっていてもその場に行きたがる。台風で海が荒れているので、近づくなと注意されているのに、必ず近づく人がいる。

俊哉は思う。人類は、こうやって危険を察知しながら、そこに足を踏み入れることで、新しい土地を発見し、未来を切り開いてきたのだと。

ああ、馬鹿な想像だ。そんな壮大な想像をしなくてもいい。背後に感じた人の気配の実像を確認すればいいだけのことだ。しかし、俊哉は振り向くことができない。

「あなた、大丈夫？　ちょっと顔色が悪いわよ」

小百合が心配そうに聞く。

「いや、大丈夫だよ。なんでもない」

ただ後ろを振り向く勇気がないだけだ、などと言えない。

「いかがいたしましょうか？　ご案内を続けますか」

大瀬の表情も曇っている。

俊哉は、自分の顔がよほど、気分が悪そうに見えているのだろうと思った。何を恐れている。恐れることなどない。後ろにいるかもしれない人間が、もしも麗子であったとしても、取り繕うことはできるだろう。麗子さえ常軌を逸しなければ……。

靴音はもう聞こえない。去ってしまったのだろうか。

俊哉は思いきって、くるりと振り向いた。思いのほか、体は軽く回った。目を見開いた。

——誰もいない……。

全身から力が抜けていく。その場に崩れそうになるのを、ぐっと堪《こら》える。

「あなた……」

小百合が不安げな表情で俊哉を見つめている。

「もう、大丈夫だよ」

俊哉は、弱々しく答える。

しかし大丈夫ではないことを俊哉はわかっていた。姿は見えないが、自分の背後にいたのは麗子に間違いはない。

麗子もこの納骨ビルに見学に来ている。そして、今、すぐ近くのブースで、同じように墓を見ていたのだ。小百合が、黒御影石の墓が、自動的に登場したことに感嘆の声を洩らしていたが、麗子も同様だろう。そしてその墓に刻むのは大谷俊哉と水原麗子という名前だと笑みを浮かべたに違いない。

背後に気配は感じたが、麗子はこちらに気づいてはいないだろう。それだけを望みたい。

ではなぜ麗子だと俊哉は感じたのか。それは感覚が異常に鋭敏になったためだ。

俊哉は、ずっとエントランスロビーで見た女性のことが気になっていた。そのためおのずと警戒心が高まっていたのだろう。まるで背中に目があるような感覚になったのだ。

弱い草食動物が、平原で何キロも先の肉食動物の気配を感じるようなものかもしれない。

望むらくは、まだまだこれから続く納骨ビルの見学で、麗子と鉢合わせしないことだけだ。

「さあ、次に行こうか」

俊哉は、暗い声で言った。

2

大瀬の案内は、順調に進んだ。三階にも二階と同じ礼拝堂と称する参拝エリアがある。

四階は、客殿といい、法事や通夜などに使用できるスペース。

「百人様は大丈夫でございます。食事もお好みで懐石から寿司、オードブルまでご用意させていただきます」

大瀬は、自信たっぷりに説明する。

小百合が、いちいち「ふむふむ」と頷《うなず》き、納得している。

五階はゆったりとした休憩スペースだ。絨毯《じゅうたん》が敷き詰められた落ち着いた雰囲気の広い部屋に、テーブルと椅子が点在している。

参拝客が休憩したり、雑談などに興じる場所として使用する。

「ところでお葬式はどこでするのですか？」

小百合が聞いた。この納骨ビルは、葬式から納骨までのオールインワンを歌っているからだ。

オールインワンと聞いた時、俊哉は金融商品を思い浮かべた。預金、ローン、信託、クレジットカードなどオールインワン口座です、などと銀行の窓口の女性行員が客に口座開設を勧めている……。

大瀬は、待ってましたとばかりに「どうぞこちらへ」と俊哉と小百合をエレベーターに乗せ、一気に地下一階まで下りた。

エレベーターのドアが開くと、そこは斎場になっていた。ずらりと椅子が並べられ、中央の祭壇は白を主体にした菊や百合の花で豪華に飾られている。

「会葬者のご人数は三百名ほどは十分にご対応できるかと思います。もしそれ以上になりますと、他の階をご会葬者の方々にお待ちいただくスペースに変更します。いかようにも臨機応変にご対応させていただきます。どうですか」

大瀬は、祭壇を手で示しながら、少し胸を張った。

「豪華でしょう？　ここに飾っているのはあくまでイメージですが、海のお好きな故人様であれば、海に見立てて飾り、波の音や故人様が海で遊んでおられる映像を流すことも可能です。とにかくお客様の満足を第一に考えております」

「お客様の満足第一……」

俊哉は、花で白く波打つ祭壇を眺めながら不思議な気持ちになっていた。

祭壇の中央にある遺影の額に自分の姿を投影してみたのだ。

頭取の木島が、遺影を撮ることを強く勧めていたが、自分ならどんな遺影がいいだろうか。まともな写真はあっただろうか。

思い出の写真を映像にして流すためにはどんな写真があるだろうか。

ゴルフ場で仲間と撮った集合写真くらいか？

職場での写真などあろうはずがない。秘書たちと談笑する姿、執務室で深刻そうに書類を読む姿などはない。

よくテレビのドキュメンタリーなどで故人を採り上げる際、職場の風景の写真がある。

しかし銀行員である俊哉にどんな写真があるというのだろうか。

若い頃の社員旅行、運動会、野球大会など遊んでいる写真。支店長になってからは、業績が優秀で表彰されたパーティ、仲間や取引先とのゴルフ。役員になってからは取引先でのパーティ時の写真。どれもこれもオンというよりオフの写真ばかりだ。厳しく仕事に向き合っている姿はない。

オフの写真ばかりが流れ、遺影の中でポロシャツの襟を立て、にこやかに微笑んでいれば、いかにも楽しい人生を送った人になるのだろう。おじいさんってよく遊んでいたんだね、と孫の智哉が誤解するかもしれない。

「あなた、いいわねぇ」

小百合が感嘆気味に言った。

「ああ」

いいわねとは何を意味しているのだろうか。小百合は、小百合で自分が送られる場面を想像しているのだろうか。

「あなたは音楽とかの趣味がないから、会場で流す曲は私に任せてね」

小百合が言った。

「お前、俺の葬式を想像していたのか」

俊哉は、驚きでまじまじと小百合を見つめた。

「何事も事前準備が大切だから」

小百合は平気な顔で言う。

「まだ俺を殺すなよ」

「そんなつもりはないわよ。でも準備しておくのに早過ぎるってことはないと思う。今回、たまたまお母さまのお墓のことだけど、いい機会だから私やあなたのお墓も考えようって趣旨で見学に来たんでしょう？　だからお葬式のことも考えていてもいいんじゃないの。どうせいつか、それほど遠くない時期に、必ずやらなくちゃならないんだから」

「奥様のおっしゃる通りだと私も思います」

大瀬が口を挟んだ。

「皆さん、お墓だけのことではありません。葬儀のことなどもご心配されておりまず。私どもに葬儀から納骨、そしてご供養、永代供養まで全てお任せいただけます。何せオールインワンですから」

大瀬は満面の笑みを浮かべた。

「いいわね。面倒くさくなくて便利だわ」

小百合は、その気になっているようだ。

俊哉は、納骨ビルを見学して、多摩支店の筧一郎支店長や営業推進部の近田光男部長らが進めている南多摩霊園プロジェクトが色あせて見えた。詐欺騒ぎが起きているが、上手くいくのだろうか。客のニーズを捉えられているのだろうか。もちろん、自然が美しいのは評価できるが、納骨ビルのオールインワンの手軽さ、便利さ、効率のよさには勝てないのではないだろうか。不安になってきた。上手くいかないと木島頭取の意向に応えられない。そうなると自分の地位も危うくなる……。

「郊外の霊園はどうでしょうか？」

俊哉は思いきって訊ねてみた。

大瀬は、唇を固く締め、首を軽く傾けた。いかにも答えにくそうな表情だ。

「実は、我が社も霊園を開発しております。しかし今は納骨ビルに力を入れております。と申しますのは、土地とお寺があって霊園ができるかといいますと、まず石材店、我が社も実は石材店を経営しておりますが、地元の石材店を通してお墓を販売しなくてはなりません。石材店は墓を売り、自分の店で墓石を作ってもらって利益が出るわけです。ですのでお客様は自由に石材店を選ぶわけにはいかないのです。この辺りはお客様ファーストではないんです」

大瀬は最近の「〇〇ファースト」という流行り言葉を使った。

「自由に石材店を選べないということは、自由に墓石を作れない？」

「その通りでございます。それと私たちのビジネス的にも結構、利益を出すのは難しいんです。まず霊園を作ろうとすると、近隣住民の同意を取りつけねばなりません。これには時間も費用もかかります。百メートル以内に学校や病院があったら、もうダメなんですね」

「へえ……そうなんですか」

俊哉は恥ずかしいと思った。霊園プロジェクトを推進する立場にありながら、何も知らない。いつも現場に「よきに計らえ」式の仕事をしているからだ。

「我が社でもですね。去年、山梨県に一万平米の土地を得まして、霊園を開発しました。約三千坪ですよ」

大瀬は両手を大きく広げた。いかに広いかを態度で示している。

「ほほう、すごいですね」

「お墓が一平米ぐらいだと一万平米ですから一万できると思いませんか？　それを墓石とセットで百万円で販売すれば、百万円×一万で百億円ですからね」

大瀬は皮肉っぽく笑った。

「すごいビジネスなのね」

小百合が驚いている。

「ところが奥様、そんなに上手くいくものではないんです。たった千しかできないんです。一万の十分の一なのです」

「十分の一ですか」

俊哉は問い直した。

「緑地、参道、駐車場などを作ることが規制で決められておりましてね。墓地区画は約三千坪の土地が三百坪ほどになってしまいます。参道の幅などは一・四メートルですよ。駐車場も墓が二十区画に対して一台分。千区画でも五十台分です。一台について六坪ほど必要ですから、これだけで三百坪も取られるんです。三千坪の一割を駐車場にしなければならないんです。それに管理棟やお客様用の会館など、いろいろな設備を作ると、ますますお墓に割くことができる場所が少なくなってしまうわけです。こうなるとなかなかビジネスとしては難しいわけですね」

大瀬は渋い表情になった。

「それで納骨ビルなわけですね」

俊哉は聞いた。

「ええ、これなら非常に多くの納骨が可能ですからね」

大瀬は言った。

「でもどういうお墓にしろ高齢化でお墓の需要は多いんでしょうね？」

小百合は聞いた。

「はい、奥様。首都圏に人口が集中し、必然的に高齢者も多くなっております。また高齢者の方々は、便利な首都圏から離れられることは少ないので高齢化のスピードは上がる一方です。ですからどの経済研究所のレポートを見ましても墓地の需要は継続的に高まっていくと書かれております」

大瀬は答える。

「ますます安泰ですね。よろしいですね」

小百合はまるで銀行員が乗り移ったようだ。取引先のビジネスに追従《ついしょう》するかのような世辞を言う。

「ええ、まあ、そうですが。競争は激しくなっております……。これは二〇一三年のデータですが、東京都では約十一万人の方が亡くなっておられます。その方々が埋葬される都立霊園の平均公募数はたったの八百九区画。平均申し込み受付数は七千五百五十一件。平均倍率九・三倍になってます。なかなか公営のお墓に入るのは難しくなっております。そこで最近は樹木葬や合葬型墓地、また散骨などが増えてきているのです」

「家の墓がなくなっていく傾向にあるわけですね」

俊哉も質問した。

「そうですね。高齢の一人暮らしの方が増えた、お子様に墓の管理などの迷惑をかけたくない、子供も管理する気がない、そもそも子供がいない、実家は遠くの田舎にある、先祖の墓に入るより、自分なりに埋葬されたいなどなどの理由です。それに」大瀬が複雑な表情を浮かべた。「お二人は全く問題がないでしょうが、ご夫婦で同じお墓に入りたくないという方も増えているのです。これは二〇〇五年の調査で、十三年も前のことで古くて恐縮なのですが、夫婦は同じ墓に入るべきだという人が、男性で四二・二%、女性で二九・四%なのです。この数字をどう思われますか？」

「どうって、ねえ、あなた」

小百合が俊哉に問いかける。

俊哉は、突然、小百合から質問を振られて戸惑ってしまう。

「そうだな、どうなんでしょう」

俊哉はどうでもいい返事をする。

「はっきり言って少ないですよね。夫婦で同じお墓に入りたいという人。男性は、それでもまだ十人のうち四人はその気なのですが、女性はなんと十人で三人ですよ。女性は、男性以上に夫婦一緒の墓を否定しているんです。十三年前でこれですから、今はもっと悲惨な数字になっているんではないでしょうか。例えば十人のうち一人か二人しか、ご主人と一緒の墓に入りたいと思われていないんではないでしょうか。いろいろ事情はあるでしょうが、ますますお墓は個人のものとなっているのです。私どもがご提供する納骨ビルは、お参りするのが便利ですからたいていはご夫婦のお墓としてお求めになっておられます。私どもは夫婦円満、死後の世界においても円満なご夫婦のためにお役に立っていると思います」

小百合の表情が複雑に歪んでいるのは俊哉と一緒の墓に入りたくはないと言っていたからだろう。

それなのになぜ最近、熱心に墓を探す気になったのだろう。

母澄江の死をきっかけに自分の死のことを考えたのか。澄江の遺骨をないがしろにすれば自分の死に際して報いを受けるとでも思ったのか。古風な思いだが、あながち的を射ていないこともないだろう。

「お前も俺と一緒の墓には入りたくないと言っていたではないか」

俊哉は小百合に嫌みをぶつけたくなって思わず冷たい言葉が口をついて出てしまった。

途端に小百合の眉間に皺が刻まれた。

しまったと思ったが、一度口から放たれた言葉は消すことができない。

「失礼ですが、奥様のお気持ちはわかります。そういう方は多いですから。皆さん、ご主人のご実家のお墓に入るのを躊躇《ちゅうちょ》されるようなのです。遠い、面倒、窮屈のＴＭＫです。はい」

大瀬が薄く微笑みながら話に入ってきた。

「ＴＭＫ？　ほっほっほっ」

小百合は眉間の皺を伸ばして笑った。

「まさにその通りよ。私は何もあなたと一緒にお墓に入るのを嫌だと言ったわけじゃないのよ。あなたの実家のお墓に入るのが嫌なだけなの。まず遠いでしょう？　だから面倒じゃない？　お参りするのがね。それに顔を見たことがないご先祖様と一緒なんて窮屈だわよね。そういうことでしょう？」

小百合は大瀬に問いかけた。

大瀬は、今度は満面の笑みで「そういうお方にこそ、こういった都心の納骨ビルをお勧めしております。ここですと、全くＮｏｔＴＭＫでございますから」と答えた。

「大瀬さんは上手いことを言いますね」

俊哉がほめた。まずいことを口にしてしまったのを取りなしてくれたことに感謝したい気持ちになった。

「ありがとうございます」

大瀬は軽く頭を下げた。

「でもさ、田舎の墓を整理して、先祖のお骨などをここに持ってきてもKの窮屈は残るんじゃないの」

俊哉はまた余計なことを言ってしまった。

「それは違うわよ、あなた」小百合が真面目な顔になった。「お母さまの遺骨や、その他の方々の遺骨を一緒に東京に持ってくれば、ここは私のホームグラウンドだから、向こうがご遠慮なさるでしょう？　だから窮屈じゃないわ。それにここに大谷家先祖代々の墓と私たち二人の墓を別々に買ってもいいじゃないの？」

小百合はどうだと言わんばかりの得意げな表情で俊哉を横目で見つめた。

「東京はホームグラウンド……いい言葉ですね。それ使わせていただきます」

大瀬が小百合に媚《こ》びた。セールスマンとしてポイントをよくわきまえている。

「二つも買うつもりなのか？」

驚いて聞く。

「例えばの話。そんなことはしないわよ。もったいない」

小百合があっさりと否定した。

しかし、すっかり納骨ビルの一区画を購入する気になっているようだ。

「墓じまいまでやってくださるのでしょうか？」

俊哉は聞いた。

「はい。できるだけお寺さんなどとの交渉にご面倒をかけないようにやらせていただきます」

大瀬は言った。

「寛哉の紹介だし、ねえ、あなた、私、ここがいいわ。ここを買いましょうよ？」

小百合が言った。

「ありがとうございます。申し込みも増えておりますので、お早い方がよろしいかと……」

大瀬が遠慮気味にもみ手する。

「お前がそんなに気に入ったのなら、俺に異論はない」

俊哉は答えた。

これでいいのだろうか。この納骨ビルは息子寛哉の紹介だが、頭取の木島にも見てくるようにと謎のアドバイスをされた物件だ。

これを購入するということは多摩支店の霊園プロジェクトを否定することになるのだろうか。

それはそれ、これはこれと思うしかない。多摩支店の方は銀行業務、こちらはプライベートだ。割り切ろうではないか。

「これで私、お母さまの霊にも悩まされることがないし、寛哉たちも喜ぶでしょう」

小百合が嬉しそうに言った。俊哉はその表情を見て、あっと思った。小百合の顔が澄江と重なって見えたからだ。

俊哉は思わず目をこすった。まじまじと小百合を見つめた。

「あなた、どうしたの？」

小百合が怪訝《けげん》な顔をする。

「いや、なんでもない。お前が気に入ったのならここでいいよ。これでお袋も喜んでくれることだろう」

俊哉は言った。

「そうね。やっと落ち着き場所が決まったから」

小百合が俊哉に振り向いた。その顔はまさに澄江だった。

3

大瀬の提示する契約書にサインや捺印をし、無事に契約が終わった。あとは、彼の指示に従って墓じまいや納骨を執り行うだけだ。

ようやく一歩、前へ進んだ気がする。こっちで勝手に進めているが、妹の清子やその夫の笠原健太郎にひと言も言わないでいるのには、問題が生じないだろうか。ふと心配な気がしたが、母澄江の納骨場所を決めたというだけで安堵の気持ちになってしまった。

「あなた、よかったわね」

小百合が言った。表情が柔らかい。この表情を見ただけでも、ここに決めてよかったと思う。

「ああ、これで安心だよ。寛哉もいいところを紹介してくれた」

俊哉が答えた時、スマートフォンが軽快な音を立てた。何かメッセージが入ってきたのだ。

俊哉は、携帯電話として一応、スマートフォンを使ってはいるものの、どうも慣れない。LINEという便利なメッセージ手段を使ってはいるが、時々、芸能人などが情報漏れのトラブルに見舞われているのを知ると、怖い気がする。

「ん？」

スマートフォンの画面を覗き込み、息を詰まらせた。

《マンションに寄ってください》

麗子からだ。

慌ててスマートフォンをしまい込む。

「どうしたのあなた」

小百合が怪訝な顔で見る。

「うん、なんでもない。銀行からだ」

「銀行？　お休みなのにねぇ」

疑い深そうな表情をした。

「ちょっと顔を出さねばならなくなった。契約も済ませたから、お前、先に帰ってくれるか？」

俊哉の指示に、小百合は表情をわずかに曇らす。

「わかったわ。じゃあ、先に帰るわね。春子と連絡を取ることになっているから、銀座に出て、二人で何か買い物でもして帰っていい？」

小百合が俊哉の表情を窺う。

「ああ、いいよ。何か気に入ったものがあるなら買っていいよ」

俊哉は、早く小百合と離れたい一心で、言う。

というのは、麗子のことが心配になっているのだ。

麗子は霊園詐欺に引っかかり、百万円も詐取《さしゅ》されている。

それが俊哉が多摩支店に指示して進めさせている霊園プロジェクト絡みだからややこしい。

法務コンプライアンス担当部長の君塚喜三郎たちが上手くやってくれているはずだが、まだ全て解決したとは報告を受けていない。

「あなた気前いいわね」

小百合が疑い深い顔を見せる。

「いつも気前がいいじゃないか」

俊哉の表情が強張ってくる。

世に凄《すさ》まじきものを一つ挙げよと言われれば、女房の勘というものではないだろうか。

全ての物事を疑いを持ってみるから、その凄まじさは筆舌に尽くしがたいものがある。今も小百合の瞳には「？」マークがいくつも映し出されている。

「仕事ならしょうがないわね。じゃぁ私は春子と買い物をして帰るから。夕食はどこかで食べようかな？　あなたは？」

「状況次第だが、連絡する。もしできることなら夕飯《ゆうめし》には合流してもいい。連絡するから」

「お願いね。連絡、待っているわ」

ようやく小百合は穏やかな表情になる。疑いの気持ちを晴らしたのだろうか。

地下鉄赤坂駅で小百合と別れ、すぐにスマートフォンを取り出す。

麗子の声を聞いた方が安心だが、とりあえずＬＩＮＥを返す。

《今から行く》

俊哉は通りに出てタクシーを捕まえ、麗子のマンションに向かった。

いったい何が起きたのだろうか。不吉な予感に心がざわつく。詐欺トラブルのことだろうか？

ふいに納骨ビルで見た女性の後ろ姿が目の前に浮かんだ。

「まさか……」

背筋がぞくぞくとする。寒気が走り、体が震えてくる。

「あの女が麗子だったら？」

俊哉は首を思いきり左右に振り、不吉な妄想を振り払った。

「着きましたよ」

タクシーは、麗子が住む六本木のマンションの前に停車した。

4

マンションのドアが開いた。

これ以上ない笑顔だ。ホッとする。しかし安心はできない。女性の笑顔というのは突然に般若《はんにゃ》に変化することがある。笑顔の裏に怒り、悲しみ、憎しみなどあらゆる負の感情が隠されていることがあるのだ。

女性は、種の保存のために生き残らなければならない。そのために敵に対してストレートに怒りなど、激しい感情をぶつけてしまうと、命を落とす結果になってしまう。そこで本能的に激情を内包する術《すべ》を身につけたのではないだろうか。

なぜこんな時に生半可《なまはんか》な生物的な考えを思いつくのだろうか。きっと恐怖心がどこかにあるのだろう。

「いらっしゃい。案外、早かったわね」

麗子は言った。

「上がるよ」

俊哉は靴を脱ぎ、部屋に上がる。

「どこかに行っていたの」

麗子が言う。

俊哉は一瞬、迷う。しかし「ううん」と肯定とも否定ともつかない言葉を発した。

「わりにちゃんとした格好をしているしさ、来るの、早かったから奥さんとどこかへ行っていて、そこからここへ来たのかなって思ったの」

「ああ、そう?」

心臓が高鳴る。麗子の顔をまともに見ることができない。笑顔の背後から般若が顔を覗かせているような気がする。

「飲むでしょう? 簡単なもの、用意しておいたから」

「ああ、そう」

返事が他人行儀になる。

小百合には銀行に行くといってある。アルコールの匂いを漂わせたら、あらぬ疑いを招くかもしれない。しかし、飲まないというのはもっと危険な感じがする。

「ワイン、美味しいのがあったのよ」

リビングのテーブルには、肉や野菜を盛ったカナッペ風のオードブルが大皿に並べられていた。

その中には麗子が自分で作ったのだろう手まり寿司もある。色とりどりでいかにも可愛い。

すでにワイングラスが準備されていて、ワインクーラーには白ワインが冷やされている。

「いいねぇ、少し頂こうか」

俊哉が席につくと、麗子は向かいに座る。

麗子は、ワインの栓を抜き、俊哉のグラスに注ぐ。年代物なのか、白ワインだが、透明の中に深みがある。

麗子が、自分のグラスにワインを注ぐ。

「乾杯ね」

麗子がグラスを掲げる。

「乾杯……何に乾杯しようか」

俊哉が聞く。

「二人の未来に、決まっているでしょう。乾杯」

麗子の表情が瞬時に変わり、般若になった。しかし再び笑顔に変わった。気のせいか……。

カチリとグラスが鳴った。

ワインが喉を通る。よく冷えていて美味い。喉をすっと通りながらも馥郁《ふくいく》とした余韻を残していく。よいワインだ。

「どうしたの？　急に呼び出したりして」

俊哉が聞いた。平気な顔をしたが、かなり不安な気持ちが高じてくる。

「お祝い」

「なんの？　あの詐欺トラブル、解決したの？」

「違うわ。ああ、お墓の件？　あれね、銀行の人が来たわ。丁寧だったわよ」

「それはよかった」

俊哉は薄く微笑む。手まり寿司を一つ、摘まむ。赤いから鮪の赤身だろう。なかなかいける。ちゃんと漬《づ》けにしてある。

ワインで鮪の甘い脂を流す。

「四井安友不動産の方で賠償するって言ってくれた。あの宝井壮太さんって執行役員……」

「四井安友不動産の？」

「そう、お得意さんだったけど、あの人が幸せ霊園の金成金一という詐欺師男と組んでやったことなのね。被害はかなり出ているみたいよ」

「そうなのか……」

多摩支店長の筧一郎も法務コンプライアンス担当部長の君塚喜三郎も何も報告してこない。

「お得意さんだと信用したのが馬鹿だったわ。私、人を信用し過ぎるのが欠点みたい」

麗子がちらりと俊哉を見る。俊哉は目を伏せる。視線で攻撃してきたように思ったのだ。

「でもお金が返却されるのはよかった。俺も安心したよ」

俊哉は、カナッペを摘まむ。カリカリの小さなフランスパンにクリームチーズとオイルサーディンが載っている。

「でも私、許せないから。騙されたっていう屈辱感、悔しさで眠れないの」

「忘れろよ」

「そんな簡単じゃないわ。この年になって、銀座でバーもやっててよ、やすやすと騙されたなんて悔しくて、悔しくて」

麗子がワインを一気に飲み干し、自ら、グラスに注いだ。かなりなみなみと……。

「しかし、いつまでも悔やんでいても……」

「それでね、私、マスコミに話すことにしたの」

麗子は目線を合わさず、手まり寿司を摘まんでいる。

「えっ、本当か！」

俊哉は動揺を隠せなかった。マスコミに採り上げられたら、本来の霊園プロジェクトに支障が出る可能性がある。

「嘘、言ってどうなるのよ。本当よ」

「そんなことをしても麗子にメリットがあるとは思えない」

「メリットがないのはわかってる。でもね、多くの人が騙されたのに騙した奴らがのうのうとしているのは許せない。また同じことを繰り返すでしょう。奴らは他人が作っている霊園をさも自分のもののようにして売っているのよ。他人の土地を自分のもののように騙して売る地面師みたいなものじゃない？　警察にも被害届を出したわ」

麗子は俊哉を見つめた。

「出したのか？」

俊哉は麗子を見つめ返した。そこには固い意志を持った麗子の瞳があった。

「出したわ。警察は捜査するって。弁護士さんと一緒に行ったから、向こうも真剣にならざるを得ないわね」

「そうか……」

急にワインの味がわからなくなった。

「それでどうしてもマスコミに話すのか」

麗子はしばらく俊哉を見つめ、ワインを飲むと、「実は、もう話しちゃった」

照るような笑みを浮かべた。

「えっ！　もう話してしまったのか？　どこに？」

思わず身を乗り出す。グラスを脇に置く。

「『週刊暖春』……」

こともなげに言う。

「えええっ、『週刊暖春』だって！」

名前は暖かい春だが、ここにスキャンダルが掲載されると、関係者は寒く冷たい極寒の地に追いやられることになる。暖春砲が流行語にもなっているほどだ。

政治家は不倫スキャンダルで辞任に追い込まれ、人気キャスターは経歴詐称スキャンダルでテレビ界を追放になった。今も彼らは人生の躓《つまず》きに後悔しながら、寒風吹きすさむ世間という海を漂流している。

「お得意さんに『週刊暖春』の編集者さんがいるの。それで相談したらすぐに話を聞いてくれて、来週号にも掲載するって。嬉しいわ。どんな記事になるのかしら。宝井も金成も暖春砲でぶっ飛んじゃえばいい」

麗子はからからと乾いた笑いを発した。

「週刊暖春」は毎週木曜日発売だ。すると校了は火曜日の午後あたりか。

「編集者の名前は？　教えてくれないか」

麗子に迫る。

「止めるの？」

小首を傾げる。

「銀行の名誉を守るためだよ。銀行が悪いわけじゃないけど、名前が出るんだろう？」

「ええ、当然ね。でも悪いのは宝井らよ」

「わかっているさ。でもまずいよ」

顔をしかめる。

「教えてあげてもいいけど、あそこは絶対に記事は止まらないわ。いくらお金を積んでもね」

麗子がワインを飲み干す。

「銀行の連中には話したのか？」

「まだよ」

「じゃあ、今から連絡する」

俊哉はスマートフォンを取り出した。

「慌てないでよ」

麗子が、俊哉のスマートフォンを奪って、自分の手元に置く。

「何するんだ」

俊哉が怒った。

「慌てないでって言っているの」麗子の顔に般若が浮かんだ。それも冷たく笑う般若だ。

「急がないと間に合わないじゃないか」

俊哉はスマートフォンを奪い返そうとする。

「今日は、お祝いなのよ」

麗子はワインセラーから新しい赤ワインを取り出して、栓を開け、赤ワイン用のグラスを置いた。

そういえば「お祝い」と言っていたが、なんの祝いなのか聞いていなかった。

ここでジタバタした姿を見せては、俊哉自身の沽券《こけん》にかかわる。

「なんのお祝いなのか話してくれ。誕生日でもないし……」

俊哉は注がれた赤ワインを口にした。渋みの強い、重いワインだ。

「お墓を買ったの」

満足そうな笑み。

「えっ、もう懲《こ》りたんじゃないのか」

「何を言ってるの。あなたと一緒にお墓に入ろうって約束したでしょう。だから今度は慎重に選んだわ。そのお祝い……」

麗子の話に、俊哉の心が墨のような黒々とした陰りに覆われた。まさか……。納骨ビルで見た女が麗子ではないだろうな……。そんなことがあるはずがない。いや、なぜあるはずがないと思うのか。根拠のない不安が俊哉の頭の中に渦巻く。

「今度は、納骨ビルにしたの。赤坂にあるのよ。お参りに便利でしょう？」

麗子の満足そうな笑顔が、目の前にある。

俊哉は、今すぐにでもこの場から飛んで逃げたいような気持ちになった。

「赤坂……」

俊哉は呟いた。

「そう、赤坂。浄土真宗専念寺赤坂霊陵苑……」

卒倒しそうだ。自分ではわからないが、俊哉の顔は青ざめていることだろう。

「パンフレットは、これよ」

麗子は、椅子から離れると、リビングに放置してあった大きめのトートバッグの中からパンフレットを取り出した。

間違いない。今日、俊哉が契約した納骨ビルだ。

「よかったな」

絞り出すような声で言う。顔が引きつる。

「ねえ、あなた？　大丈夫？　顔色が悪いけど？」

麗子の笑顔が、反転し般若になった。

「お祝いしましょう。私たちのお墓に」

グラスを持ち上げる。赤ワインが揺れている。

俊哉は、言葉が出ない。唇が引きつる。

「そこで珍しい人に会ったのよ。ご夫婦だったわ」

麗子般若が、ますます目の前に迫ってくる。牙をむいた口が、どんどん大きくなり、耳元まで裂ける。角が槍のように鋭くなり、光り出す。怒っているような、泣いているような大きく見開いた目が、完全な憎悪の目になり、その瞳から赤い血が流れ出している。

「男性はね、今、あなたが着ている服とよく似た、いえ、そっくりの服を着ていたわ」

俊哉の体が恐怖で震え出す。やはりあの女性は麗子だったのだ。

「私、聞いたの。営業の人にね。そうしたら彼がにこやかに答えてくれたわ。嬉しかったんでしょうね。あのご夫婦も、この納骨ビルをご購入されましたって。だから残りもわずかになってきましたから、ぜひ、今、ご契約くださいってね」

麗子は、グラスを傾けると、赤ワインを飲んだ。

喉が鳴るほど勢いよく飲む。まるで俊哉の赤い血を飲んでいるかのようだ。麗子は手で唇の周りを拭う。それはまさに吸血鬼が血を吸った後に行う所作と同じだ。

「あなた、あの納骨ビルの一区画を買ったでしょう。私と一緒に墓に入ろうと言ったじゃないの。あれは嘘だったの！」

ついに麗子が声を荒らげた。般若の口が大きく開き、俊哉の頭を飲み込まんとするかのように襲ってきた。

「まっ、待ってくれ！」

俊哉は、たじろぎながらも必死で叫んだ。

テーブルに置いたワイングラスが倒れた。

真っ赤なワインが勢いよく流れ出し、テーブルを赤く染め、床にしたたり落ちていく。

第八章　墓じまい

1

俊哉は急いでいた。頭取の木島から呼び出しを受けたからだ。

昨夜は悲惨だった。

日曜日とは安息日ではなかったのか。小百合と赤坂の納骨ビルに向かったまではよかった。

しかし麗子の影を感じてからは様相が一変した。ひょっとしたら麗子も同じ納骨ビルを見学に来ているのではないかと恐怖を感じていた。

その恐怖が現実のものとなったのは、その日、麗子に呼び出された時だ。

なんと麗子も同じ赤坂の納骨ビルを契約したというのだ。そして同じ墓には入りたくはないなどと言っていた妻の小百合も同じ納骨ビルを契約したのである。ようやく母澄江の骨を安置する場所ができたと喜び、「ここなら私、あなたと一緒に入ってもいいわよ。お買い物にも便利だし」とにこやかに言った。

「お買い物！」

俊哉は驚きで目を丸くした。そして小百合の笑顔を見た時、ぞっとした。小百合の幽霊が赤坂に住み、そこから銀座に行き、食事や買い物を楽しもうとする姿を想像したからだ。

「そうよ、あなたの田舎の山の中のお墓じゃ、ちっとも楽しくないでしょ。お母さまだって東京の赤坂に来ることができると、お喜びになると思う」

小百合は自信たっぷりだ。

ふと、そうかもしれないと思った。母澄江は若い頃――終戦前になるが――東京に住んでいたと妹清子から聞いた。澄江の青春だ。華やかな東京に感激しただろう。恋もしたかもわからない。そうした青春を完全に封印して田舎暮らしに堪《た》えた。死んでからでも東京の空気を味わわせてやるのも親孝行だ……。

でもこの話は清子の作り話かもしれない。澄江が俊哉に全く話さなかったのは、どうも解せない。

「そうだな……」

俊哉は答えた。安心した。墓が決まれば、あとは田舎の墓を墓じまいすればいいだけだ。

いつまでも小百合が澄江の墓を決めなければ、四十九日が済んでも自宅にお骨を置きっぱなしということになってしまう懸念があった。それでは澄江は落ち着かないし、また枕辺に立たないとも限らない。

安堵したのもつかの間、突然、麗子に呼び出された。

まさか同じ納骨ビルを麗子も契約したとは！　麗子の怒りは怒髪天を衝き、嘆きは海に嵐を巻き起こしそうだった。般若のごとき顔になり、それはたちまち荒れ狂う鬼女になった。

「ううぅ、また、私は騙された！」

その恨みを含んだ声は、俊哉を心底から震え上がらせるに十分だった。

麗子の声が頭の中でリフレインする。

——私は霊園で騙され、こんどは納骨ビルで騙された。

——霊園は金で済んだ。しかしその金は戻って来る。

――今度の納骨ビルではあなたに騙された。私の魂が騙された。

――あなた、私と一緒にお墓に入ろうと約束したではないか。

――妻が一緒に入ってくれないと嘆いたではないか。

――母親のお骨《こつ》が路頭に迷うと言ったではないか。

――だから私は霊園を探し、その挙句に詐欺に引っかかった。それでもと思い直し、あなたの喜ぶ顔が見たいと、納骨ビルを契約した。

――あろうことか同じ納骨ビルをあなたも契約するとは、いったいどういう了見なのだ。

――あなたは私を愚弄するのか。何年も、十何年も、日陰の身に置いておきながら、感謝の気持ちがないのか。

――私は、あなたに魂を殺された！

「ああ、怖ぁ」

頭がガンガンする。麗子の怒声がいまだ響く。

木島頭取の部屋が近づいてきた。少し立ち止まって息を吐く。

ふいに妻小百合の顔が浮かんだ。麗子に散々とっちめられた後、自宅に逃げ帰った。

玄関のドアを開けると、小百合がいた。寝ずに待っていたようだ。表情が硬い。何かを薄々勘づいている様子だ。

「銀行の用事は済んだの？」

「ああ、たいしたことはなかった」

「でも疲れているようね。食事は？」

「いらない。食欲がないから」

食欲なんかあるはずがないじゃないか。麗子に食われそうになったのに、こっちはげんなりだ。

「あなたねぇ」

小百合が柔らかい笑みを浮かべている。

「どうした？」

「お母さまがね、ありがとうって」

「えっ、どういうことだ」

「夢が叶ったよ。東京に来たかったのよって」

小百合がおかしくなったのではないかと心配になった。

「ちょっと疲れてうとうととしたの。そうしたらお母さまが夢に出てこられてね。若い頃、東京に少しの間、住んだことがあって、またいつか東京に住みたいと思っていたの。それが叶ったわ。小百合さんのお陰よって言われたのよ。あなた、お母さまが若い頃、東京に住んでおられたのって清子さんから聞いたわよね」

小百合が首を傾げる。

清子が言っていたことだ。終戦前、澄江が東京の親戚に行儀見習いに来ていたという話だ。

小百合の夢に出てきたのか。あれは清子の作り話かもしれないと疑っていたが、夢に出てくるところをみると本当だったのか。

俊哉は、薄気味悪い気持ちになって周囲を見渡した。

ひょっとしたら澄江は霊になって俊哉の行動を何もかもお見通しではないのか。

「そんな話は聞いたような気もするが、よく覚えていない」

俊哉はとぼけた。

「そう……。お母さまのお墓が東京にあったらいいのにと思っているから夢を見たのかしらね。お母さまが喜んでおられると信じてるわ」

「お前、生前にもっと母さんと仲よくしてくれていればよかったな」

俊哉は腹立たしくなった。

澄江の生前には、散々、悪口を言い、近づきたくないと避けていたのに、死んだと思ったら掌《てのひら》を返したように懐かしんでいる。いったいどうしたというのだ。

「私、考えてみればそんなにお母さまが嫌いというわけではなかったの。少し考え方がずれていただけ。お骨をここに持ってきてから、夢に出てこられて、いろいろ話していると、打ち解けたのよ」

小百合が、ふふふと笑う。

怖い。澄江が小百合に取りついているに違いない。

「あなた、なかなかおねしょが治らなかったんですってね。小学六年生の修学旅行もおねしょが心配で行くのを迷ったんですって？　うふふふ」

事実だ。なぜ知っているんだ。こんなこと小百合に話したことはない。修学旅行中はなんとかおねしょしなかったから恥はかかなかったのだが……。

嘘だ！　嘘、嘘、嘘だ。おねしょなんかしない！

頭取室のドアの前に着いた。急に呼び出したのには何かあるのか。

ドキリとした。吉か凶か。六月末の株主総会に向けて人事が決められていく。その話だろうか。

君を後任にしたい。よろしく頼んだよ。よくよく考えたら君しかいない。君ほど、私に忠実な部下はいないからね。

木島は禅譲を申し渡すのだろうか。

能力が高い奴はいくらでもいる。うぬぼれている奴はもっといる。しかし忠実な奴は少ない。これが権力者の本音だ。

ようやく……この手にトップの座が転がり込んでくる。

俊哉は、逸《はや》る気持ちを抑えてドアを叩き、開けた。

「おお、待ってたよ」

木島はいつも以上に渋い顔を俊哉に向けた。俊哉の足元がぐらりと揺れた。

2

「寛哉、お前が手伝ってくれて嬉しいわ」

小百合が自宅を訪ねて来た息子に相好《そうごう》を崩している。

「俺が紹介した納骨ビルをすぐに購入してくれたんだから、少し手伝わないとね。長男だからさ」

寛哉は落ち着いた口調で言った。ソファに腰を下ろし、小百合が用意したケーキにフォークを入れる。ケーキは、生クリームがたっぷり盛られたショートケーキだ。寛哉は甘い物に目がない。そのせいか痩せている俊哉に比べるとでっぷりと腹が出て貫禄がある。

「奥様はご心配なさらなくても結構ですよ。こうした手続きは慣れておりますから、私どもにお任せください。寛哉さんとご一緒に手続きを進めさせていただきます」

納骨ビルを分譲したニチボの大瀬がぬかりない自信に満ちた表情をしている。目の前のショートケーキには手をつけない。営業マンとしての礼儀をわきまえている。

小百合は、その点でも大瀬に満足していた。すぐにショートケーキに手を出すような営業マンは、自分の欲望を抑えきれず実績重視で客のことを考えないタイプだと思っているからだ。

「嬉しいわ。こんなこと早く終わりたいものね」

小百合は笑みを浮かべて言った。

「お父さん、遅いわね。今日は、大瀬さんと寛哉が来るから早く帰って来てねって約束していたのに。たいした用もないから、五時には帰れると言っていたんだけど」

小百合は、居間のサイドボードに置かれた時計を見た。針は午後五時を指している。

「いかがいたしましょうか。墓じまい、正式にはご改葬と申しますが、簡単にお手続きの流れをご説明させていただいてもよろしいでしょうか」

大瀬は、ソツのない物言いで話し始める。

「では、ちょっと始めましょうか。夕飯の予定もありますしね。大瀬さん、ご一緒にいかがですか？」

小百合が聞いた。

「恐縮です。でもせっかくのご家族のご夕食ですから、私は邪魔をしないように適当なところで退出させていただきます」

大瀬は、へりくだった様子で言った。

「そう、残念ね。ではまたの機会にしましょう」

小百合は、さも残念そうに言いながら、内心はほっとしていた。

今日の夕食は、すき焼きにしようと思っていたからだ。ふるさと納税の仕組みを使って松阪牛の高級霜降り肉が手に入っている。たいした量があるわけではないので大瀬を入れた五人より四人で食べる方がいい。

この遠慮深い大瀬は信頼するに足る営業マンだと小百合は満足そうに笑みを浮かべた。

「それじゃ説明をしてもらいましょうか。ねえ、寛哉」

小百合は、俊哉抜きで説明を受け始めることに寛哉の同意を求める。

「いいんじゃない。そのうち帰って来るでしょう」

寛哉はケーキを食べるのに余念がない。

「それではご主人様をお待ちしながら説明を始めさせていただきます。まず新しい墓所を私どもの浄土真宗専念寺赤坂霊陵苑にお決めいただきましたので、受入証明書が必要になります」

大瀬は用紙を小百合の前に置いた。そこには宗教法人浄土真宗専念寺赤坂霊陵苑宛てに申請者、死亡者等を記入する欄があり、宗教法人浄土真宗専念寺が受け入れを承諾するという体裁になっている。霊園が宗教法人を経営することになっているのがよくわかる内容だ。

「ちょっと質問してもよろしいですか？」

小百合は大瀬を見た。

「どうぞ、どうぞ、なんでもお聞きください」

大瀬はにこやかに言う。

「義母はいいのですが」

小百合は、居間のサイドボードに置かれた澄江の骨壺に目を遣った。

「義父や他の方々の遺骨が出てきたら、どうするのですか？」

俊哉の実家の菩提寺である真言宗阿弥陀寺の墓地は以前は土葬だったと聞いたことがある。義父は火葬されたようだが、その前の義祖父母の骨が出てきたらどうするのか。

「本当に古い骨は土に還っているとは思いますが、昭和初期ていどなら、まま骨が出てくることがあります」

「いやぁね」

小百合が表情を歪める。

「基本は火葬することになります。地元の役所に相談し、火葬して、火葬証明をしていただいてから東京に骨を送ってもらうことになりますね。こうしたことも私どもが可能な限り、お手伝いさせていただきます」

「お願いするわね。何せ遠い田舎だから」

小百合は、電車を何回も乗り換えて辿り着いた俊哉の田舎の風景を思い浮かべた。

大瀬は自信たっぷりに答えた。本当に安心できる人のようだ。お墓選びは、場所も大事だが、どれだけ霊園開発販売会社が親身になってくれるかが最も重要なポイントのように思える。

「お任せください」

「死亡者の欄もわからないことが多いのだけれど……。ましてや古い骨が出てきても誰の骨だかわからないでしょう？」

まさかＤＮＡ鑑定などと言い出さないだろう。

「それなら不詳とお書きいただいてよろしいです。わかるところを書いていただくことで結構かと思います」

「それならいいわね。ねえ、寛哉」

小百合は寛哉を見た。

「このケーキ、かなり美味いね」

寛哉はケーキに専念していて、いかにも気楽そうだ。あまり頼りにならないかもしれない。

「ご実家の役所から改葬許可申請書を取り寄せます。墓をしまい、移転する許可を求める書類です。役所のホームページを調べましたら、ありましたのでプリントアウトして参りました。これでございます」

大瀬がまた別の書類を見せた。改葬許可申請書とある。申請者の氏名捺印欄、死亡者の氏名や死亡年月日、本籍などを記入するようになっている。

普段、小百合は書類など見る機会はない。専業主婦の場合は、夫が書類の手続きをすることが多いため、小百合のような女性が多いのではないだろうか。新しい書類を見せられるたびに憂鬱を通り過ぎて頭が痛くなる。

「先ほどの土葬の話でおわかりでしょうが、主人の実家のお墓は古いから誰が埋葬されているかはよくわかりませんけど……」

「古い方などはわからないことが多いですから、わかる範囲で……。こちらも不詳で大丈夫でしょう。義理のお父様だけでもいいと思いますよ」

大瀬が安心させるように丁寧に補足する。

「主人に書いてもらいますね。申請者は主人だし、やっぱりこういう時にはあの人が必要だわね」

小百合は恨めしそうに言う。

「やっぱり必要だなって、父さんの権威は落ちてるな」

寛哉が笑った。ケーキを食べ終えている。

寛哉は、この後、夕食もたっぷり食べれば、さらに太るのではないか。息子のことでもあり、心配になる。妻の沙江子に寛哉のダイエットを頼んでおこう。

「それではその次ですが、埋蔵証明書が必要になります。これはご実家の菩提寺で発行していただくことになりますが……」

大瀬は、また書類を小百合に見せた。

「実家と言ってもねぇ。主人の実家だから、あまりよく知らないのよね」

小百合は憂鬱な表情になった。

ふいに真言宗阿弥陀寺の満開の桜を思い出した。まだ咲いているだろうか。それとも花吹雪となって地面をピンクに染めているだろうか。

「この埋蔵証明書は、菩提寺のご住職様の署名捺印が必要になります」

大瀬は、証明者と表記された箇所を指さす。

「ですから一度菩提寺のご住職様に改葬のことをお話しされていた方が、問題がないかと思います」

「電話じゃダメなんでしょうか？」

「はあ」

大瀬は弱ったという表情になる。

「トラブルになりますと、面倒なものですから」

「トラブルになるんですか？」

小百合は聞いた。

「そりゃさぁ、母さん、何年になるか知らないけどさ、長い間、お寺は大谷家の墓を管理してきたんだよ。それを突然、止めたって言ったら、怒るというか、気分を害するでしょう。高額の離檀料を請求されたっていうトラブルが発生することもあるのさ」

寛哉がコーヒーを啜《すす》りながら説明する。

「離檀料ってなんなの？」

聞きなれない言葉だが、咄嗟《とっさ》に小百合はおかしいと直感的に思った。

「檀家を離れるっていう手数料さ」

寛哉がわかったふうに言う。

絶対におかしい。確かに長い間大谷家の墓を守ってくれていたことには感謝するが、それと檀家を離れる時に手数料が必要だというのを関係づけて考えることはできない。

「そんなもの払うのはおかしいと思うわ。感謝の気持ちを表すのは当然だけど、それが手数料になっているのは、なんだかねぇって感じね」

小百合は率直に言う。

「はい、法的には払う必要はありません。しかし、もめないためにはお布施の二倍から三倍くらいは払わないとお寺が納得しないいんです」

「二倍から三倍といいますと？」

「お布施を五万円とすると十万円から十五万円というところですが、三十万円から五十万円で決着することも少なくありません」

大瀬が声を落とす。

「五十万円！　それってぼったくりというんじゃないですか？」

小百合は金額の大きさに驚く。

「百五十万円も要求されたって裁判になったこともあるようだよ」

寛哉が言う。

「ひどい！」

小百合が怒りを込めて言う。

「そこまでひどい例は少ないですが、地方は少子化で檀家が少なくなっておりますのでお寺の経営も大変なんですね」

大瀬が言うと、寛哉が話し始めた。

「有名なシンクタンクがね、二〇四〇年には日本の自治体の四九・八％が人口減少によって消滅する可能性があると発表したんだ。人口が減り、自治体がなくなると、そこにある寺院もなくなる可能性が高くなる。今や、寺院消滅の時代なんだよ」

寛哉の説明によると、全国には約七万七千の寺院がある。そのうち、住職がいない無住寺院が約二万か所。宗教活動をしていない不活動寺院は二千か所以上あるらしい。この数はこれから増えることはあっても減ることはない。そこで高額の離檀料を請求することで檀家の減少に歯止めをかけたり、墓地管理料、葬儀、法事の減少を考えて、一時金を取っておこうというのだ。

「まあ、手切れ金ってことになる。言葉は悪いけどね」

寛哉がぞんざいに言う。

やたらと墓や寺院の事情に詳しい。四井安友商事で墓ビジネスでも担当しているのだろうか。

「わかったわ。お寺も大変ってことですね」

小百合は大瀬に言い、顔をしかめる。

「ご理解いただけますか？　ありがとうございます」

窮状を訴える寺院の代弁者のようだ。

「それでご実家にお帰りになり、一度、菩提寺の方にご改葬の話を直接お話しいただきたいと思います」

「わかりました。主人と相談しますわ」

「改葬許可申請書、埋蔵証明書、受入証明書をご実家の役所に提出します。そうしますと改葬許可証が発行され、これで墓じまいがスタートします。次にお墓を整地する石材業者を選びます。地元の業者さんになりますが、どこか懇意にされているところはありますか？　例えばご親戚とか？」

大瀬に聞かれて小百合は、「ありませんわ」と即座に否定した。

「そうなればきっとお寺が親しくされているところがあるでしょうね」

「ねえ、大瀬さんがご存じのところに頼んでくださらない？」

「そうしたいのは山々ですが、お寺とつながっていますから……」

大瀬は少し考えていたが、

「わかりました。私が調べましてなんとかしましょう。ただしいくつかの業者の見積もりを取りますね」

「お願いします」

小百合は、ますます面倒なことが多いと思った。

大瀬によると、いくつかの石材店の見積もりを取らないと、墓地を掘り起こしたり、更地にしたり、墓石を撤去したりともろもろの作業で数十万円も吹っかけられることがあるらしい。だいたい相場は十五万円から二十万円のようだ。それでも初めて墓じまいをする身には、相場の妥当性がさっぱりわからない。高い、安いの判断ができない。

その他、墓地を整理する前には閉眼供養、新しくお骨を納骨ビルに納める際に開眼供養をしなければならない。これにも費用がかかる。また夫婦ともども参加しなければならない。

郊外霊園の区画を購入し、古い墓石を移したり、加工修理したりすればそれだけでそれぞれ数十万円から百万円ほどかかるようだ。

さらに新しい墓石を作れば、それも百万円以上かかる場合がある。これは上を見たらきりがないのだろうけど。

こうやって考えると、墓じまいをするには、結構な費用がかかる。現在のように格差社会になり、貧しい人が増えると、墓じまいもできず、墓を守ることもできず、無縁仏になってしまうのもやむを得ないことなのではないかなどと深刻な思いに沈んでしまう。

「父さん、もうそろそろ帰って来るのかな。腹が減ってきたよ」

寛哉の愚痴っぽい嘆きに小百合は居間の置時計を見る。

午後六時近くになっている。どうしたのだろうか。電話くらい寄こせばいいのにと恨み言の一つも言いたくなる。

書類に記入してもらいたいし、大瀬の言う通り実家の菩提寺に挨拶に帰る日程などを相談したいのに……。

「母さん、スマホが鳴っているよ」

寛哉に言われて、テーブルに置いたスマートフォンが着信の音楽を鳴らしているのに気づいた。

「お父さんからかしら？」

スマートフォンの画面に電話番号が表示されている。俊哉ではない。

「はい」

小百合は警戒気味に答える。

〈大谷俊哉さんの奥さん、いる？〉

女の声だ。記憶にない声……。

「あなた、誰ですか？」

小百合の声が緊張する。

〈ふふふ、奥さんなの？　お墓、買ったの？〉

「なんのことでしょうか？」

〈お墓、買ったんでしょう。バァカ。赤坂の納骨ビルに俊君《としくん》と一緒に入るの？　バァカ〉

「と、俊君？　はぁ？　あなた何をおっしゃっているのですか」

気味が悪くなる。しかしここで引いてはいけない気がした。頭に血が上る。こめかみがぴくぴくする。

〈俊君、浮気してるのよ。何年もね。バァカ〉

「おかしなことを言うと、警察に連絡しますよ」

小百合が思わず甲高い声を出す。

〈俊君とセックスした？　何年もしていないでしょう？　俊君のアソコ、まだまだ元気なのにね。残念ね。かわいそうに。ババァにはなりたくないわね。イヒヒ……。メール見てね。写真をサービスしたからね〉

小百合は言われた通り、写真を見た。

「あ、あ、あ……」

小百合はスマートフォンを落とし、その場に崩れた。目の前が暗くなる。

「……母さん」

寛哉の声が遠くに聞こえる。

3

俊哉は、一人で銀座のバーで飲んでいた。

ふらりと入った八丁目のワインバーだ。初めて来た店だ。

真っすぐ家に帰る気がしない。ぐでんぐでんに酔いたい気分なのだが、そうしたくない気分もある。中途半端な気分のままワインバーに入った。

先ほどから赤ワインをたいしたつまみもなしに飲んでいる。

小百合からは納骨ビルの一区画を購入した時のニチボの営業マンである大瀬が寛哉と一緒に来るから、五時までに帰宅せよと厳命されている。

しかしもう六時を過ぎた。連絡を入れていない。だが、帰る気がしない。

ワインをグラスに注ぐ。ひと息に飲む。ワインという酒は、後で酔いが回るが、飲んでいる時は、酔っている気がしない。だから冷静に頭が回転する気になってくる。

＊

俊哉は、午後二時過ぎに突然、頭取の木島に呼ばれた。

株主総会に向けての新人事のことだと期待した。

俊哉は木島との会話を想像しながら、頭取室へと急いだ。

――頭取からお勧めいただいた赤坂の納骨ビルと契約いたしました。非常に気に入りました。ありがとうございます。

――そうかね。契約したかね。君は私に忠実だね。それが君を評価している点だよ。

――私は頭取を裏切るようなことは絶対にありません。どんな指示でも忠実に果たします。

――嬉しいね。そこでだ。君を専務に、否、副頭取に。否、一足飛びに頭取を任せるから、いいかね。

木島の声が聞こえる。心が浮き立つ。どうしようもないくらい足取りが軽い。

俊哉は頭取室の前に着き、ネクタイの緩みを直す。ふうと息を吐き、気持ちを落ち着けた。そしてドアを開ける。

「あっ」

思わず事態が自分に有利に働いていないことを直感した。

そこで目に入ったのは、頭取の木島のくすんだような渋い顔とその傍にいる法務コンプライアンス担当部長の君塚喜三郎だ。射るような視線で俊哉を見つめている。

「大谷君、呼び出して悪かったね。まあ、そこに座ってくれたまえ」

俊哉は、無言で木島が指示するソファに腰を下ろした。表情が硬くなる。

「ここでよろしいでしょうか」

わざわざ座る場所を断るとは、いつもと違う雰囲気に戸惑っている。君塚の鋭い視線が非常に気になる。

「なぜここに呼ばれたかわかるかな」

木島が聞く。

「はあ」

首を傾げる。

「君塚君」

木島が険しい表情を向ける。

君塚は木島に輪をかけたように厳しい表情でテーブルの上にレコーダーを置いた。

そして木島に同意を求めるように視線を向けた。木島が頷く。

いったい何が始まるのだ。

君塚がレコーダーの再生スイッチを入れた。

俊哉の表情がみるみる強張《こわば》っていく。そしてその固まった表情に動揺が広がる。

そのレコーダーから流れてきたのは、まぎれもなく麗子の声だ。

「あなたの銀行の大谷俊哉常務は私を弄《もてあそ》んでいる。それも十数年の長きにわたって。私に生活の面倒を見させ、一緒に墓に入ろうなどと老後の幸せを約束しながら、それを果たさず、誠に不誠実極まりない男です。私は、大谷常務のためにお墓も買ったのですよ！　それを裏切るなんて許せない！　こんな男が取締役である銀行が客に誠実であるはずがありません。もし大谷常務がきたる株主総会で再任されるようなことがあれば、この不誠実の極みである男を株主の目の前で、徹底的に追及するつもりでおります。私はかつて四井銀行に勤務したことがあります。今、四井安友銀行になっても取引をし、行員時代に所有した株式を今もって売却せずに大事に持っている者です。木島頭取にお伝えください。私は、若い頃ですが木島頭取にもお会いしたことがあります。私は、本気です。ぜひとも不誠実な大谷常務を、あなたの銀行から追放してくださいと……。よろしくお願いします……」

俊哉の顔が青ざめ、表情がなくなっていく。頭の中から、言葉というものが全て消えてなくなり、真っ白になるというのはこういう感覚をいうのだろうと思った。

体に浮遊感がある。自分が何をしているのか、なぜここにいるのかはっきりしない。ただ目の前にどうしようもない絶望の闇が迫っているだけだ。それに取り込まれないうちに何か対処しないといけないのだろうが、何もできない。やがて目の前が暗くなり、絶望の闇が俊哉を包む……。

「聞いたかね」

冷たく木島が言う。

「あ、はい」

返事はこれでいいのだろうか。実際、自分はレコーダーから流れてくる声を聞いたのだろうか。

「これは本日、午前九時二分にコンプライアンス窓口にかかってきた電話を録音したものです。コンプライアンス窓口は、お客様にも開放しておりまして、広くお客様の我が行に対する不満やコンプライアンス違反と思われる行為を告発していただき、いち早く対処できるように設けてあります」

君塚は、まるで素人に説明するかのように説明する。要するに昔から設置してある苦情受付窓口をコンプライアンス窓口という当世風に変えただけのことだ。

「心当たりはあるかね」

木島の表情が微妙に歪む。

「はあ……」

考えがまとまらない。

「君塚君、君の考えを言いなさい」

木島が指示する。

君塚がちらりと俊哉を見る。許可を求めているかのようだ。俊哉は意味もなく頷く。

「この女性は先般、南多摩霊園プロジェクトに絡んで詐欺にあったと苦情を言ってきた女性だと推測します。私もこの女性に会いましたのでその時の会話を録音したものと声の照合をしまして、まず間違いないと思われます」

「名前などを教えてください」

木島が言う。

「はい。名前は水原麗子。現在四十歳です。北海道出身で、かつて我が行に勤務し、大谷常務が企画部長でおられた頃、部下として勤務しておりました」

君塚の説明に木島が、顔を天井に向けた。その表情から、麗子を思い出そうとしているのだろう。

「彼女は、私にも会ったことがあると言っていたね。うーん、少し思い出してきたよ。童顔で、えくぼがここに」

木島は右頬を指さした。

「日本的な顔立ちの女性だったような記憶がある。それにちょっとグラマーだったね。企画担当役員だった私に時々、書類を届けてくれていたと記憶している。あの女性か……」

「はあ、その女性に間違いないと思われます。私もお会いした時、頭取と同じ印象を持ちましたので」

「大谷君、君、部下に手をつけていたのかね」

木島の表情が不愉快そうに歪んだ。

「はあ」

力ない返事。いったいどういうことだ。どういうつもりなのだ。昨日、散々話し合い、謝罪したではないか。確かに麗子は怒り、悲しみの極北まで到達するような般若の表情を元の柔らかな表情に戻すことはなかったが……。

「はあ、じゃわからん。はっきりしなさい。私はね、昨今の不倫ブームをそれほど問題とは思っていない。まあ、かの日本文学最高の古典といわれる源氏物語の主人公、光源氏は、義理の母親に子供を産ませるほど、不倫、浮気のオンパレードだからね。そもそも不倫、浮気は日本のおおらかな性の文化の象徴のようなものだろう……」

「頭取……話の方向が……」

君塚が木島の雄弁を正す。

「おお、悪い、悪い。ついうっかり日頃の教養が出てしまったわい。まあ、というわけで君の不倫には興味も関心もない。家庭さえ壊さなければ大いにやりなさいとは推奨しないが、責めることもない」

「はぁ」

ますます力がなくなっていく。

木島が寛容さを見せつける時が問題なのだ。寛容な時ほど怒りの炎を燃やしている。むしろ表で怒っている時は、内心では相手を許している。複雑な男なのだ。長年、仕えているとわかってくる。今は、激しく怒っている。

「ユー・アー・ファイヤード！」

突然、木島が英語を発した。

俊哉は、驚いて顔を上げた。そして「ん？」と意味不明であると首を傾げた。

「君は退任してもらうという意味だよ。ユー・アー・ファイヤード」

木島は俊哉を指さした。まるでどこかの国の大統領が出演していたバラエティショーを見ているようだ。

「あああ」

言葉が出ない。汗がたらりと流れる。

「この女性との関係は事実でしょうか」

君塚が冷静に聞く。

「はい」

諦めた。俊哉はうなだれる。

「この女性は、『週刊暖春』に南多摩霊園プロジェクトで詐欺にあったことも話しています。広報のほうに確認が来ております。記事掲載は止められないと申しています」

君塚が眉根を寄せる。

「ユー・アー・ファイヤード・ジャスト・ナウ！」

木島がジャスト・ナウ、たった今、を付け加えた。顔はそれほど怒っているようには見えないのが不思議だ。

「意味わかるかな？」

「ええ、まあ、なんとなく……」

俊哉は、周りの景色を非常に冷静に見つめている自分に驚いた。魂が遊離し、上空から眺めている感覚だ。

「君を今度の株主総会で再任しないってことだよ。わかって欲しい。苦渋の選択だ。もしもだね、株主総会でこの女性株主に、『異議あり。大谷取締役は私の不倫相手です』なんて言われたら、目も当てられないだろう」

「はあ」

力が入らない。木島が笑っているように顔が歪んで見える。実際、笑っているのかもしれない。人をいたぶるのが好きなサド傾向がある。

「それに『週刊暖春』に書かれたのは非常にまずいね。あの雑誌は影響力があるから。たとえ詐欺に我が行が関係していなくても四井安友不動産の役員が関与していたとなると、我が行の責任も問われる可能性がある。被害者は彼女以外にも数十人いたそうだ。今、四井安友不動産の方で被害調査し、判明次第、被害額とお詫び料を支払ってトラブルを抑えている。それに新しい事実が判明した。君塚君、説明してください」

「はい」

君塚は俊哉を見つめた。

「筧多摩支店長と近田営業推進第四部長からの報告によりますと、今回の詐欺事件に南多摩霊園プロジェクトの役員が関係していたのです。詐欺を働いた会社の幸せ霊園の社長である金成金一がその役員と縁戚関係にあったのです。これは重大なコンプライアンス違反になりますので取引全般を見直しと言いますか、霊園プロジェクトから融資の引き上げを実行したいと思います」

君塚は平然と言う。

「ちょっと待ってくれ。そんな話、聞いてないぞ。多摩支店の筧支店長は私にひと言も言っていないぞ」

木島頭取の面前だが、思わず言葉が乱暴になる。

「そうでしたか。それはどうも」

全く悪びれていない。

「南多摩霊園プロジェクトの社長が詐欺に関与していたわけではないだろう。それなのに融資引き上げなんて乱暴だ。倒産するじゃないか。何を考えているんだ。めちゃくちゃだ」

さらに言葉が荒くなる。

このプロジェクトは、木島も完成を楽しみにしていたし、リテール部門、すなわち国内個人や中小企業との営業を推進する担当役員である俊哉にとっても重要な案件だ。それを簡単に反故《ほご》にされてたまるかという思いだ。

「大谷君、君はもう再任されないんだ。ユー・アー・ファイヤードというのはそういう意味だ。関係会社のコンピューター・システムズの副社長になってもらうから、この南多摩の案件には関係しなくていい」

木島が冷たく言う。

「頭取、そんなことをおっしゃいましても……、これは重要な案件です。頭取も楽しみにされていたではありませんか」

すがる。すがる。必死だ。コンピューター・システムズなんて会社に行けるか。コンピューターなんて全く知らない。システム製作の下請けなんかやりたくない。それに社長ならいざ知らず副社長とは、どういうことだ。

「君、私が見てこいと言った赤坂の納骨ビルを契約したそうじゃないか」

「えっ。どうしてそれを」

まだ報告していない。なぜ木島が知っているのだ。

「聞いたよ」

木島はレコーダーを指さした。

「この女性が教えてくれた」

「麗子が！」

思わず名前が出る。

「麗子……名前で呼び合う仲なんだね」

木島は陽気な笑みを浮かべた。「グラマーな子だったね。羨《うらや》ましい。麗子さんが君塚君に話したそうだよ。君は霊園を買わずに納骨ビルの墓を買ったとね」

「そんなことまで……」

俊哉は顔を上げ、「でも納骨ビルは頭取がお勧めになったので」

またすがる。ユー・アー・ノット・ファイヤードと否定して欲しい。まだ一縷《いちる》の望みがあるのではないか。

「私は参考にして欲しかっただけだよ。もはや広大な霊園はなかなかビジネスとしては難しいという話もあるからね。君は、納骨ビルの方が時代のニーズに合っていることを自ら証明してしまった。自分が進めている霊園プロジェクトに愛着がないのだろう。それに詐欺だの、君の愛人騒ぎだの、ケチがつき過ぎた。本当のところはあの霊園プロジェクトには隠れた不良資産がかなりあることが判明したのだ。霊園を作るために価値のない土地を別会社でかなり買い込んでいたらしい。それもこのプロジェクトから手を引く理由である。仕方がないね」

木島は特別な悲痛感もなく言った。

――隠れた不良資産……。

嘘だ。嘘に決まっている。霊園プロジェクトを進める際に十分に調べたはずだ。俊哉は、改めて銀行というものの恐ろしさを感じた。融資を引き上げると決めると、コンプライアンス違反から不良資産まで、とにかくありとあらゆる理由をでっち上げと言わないまでも、作り上げるのだ。

実際、俊哉自身がそうしたありもしない罪を作り上げて、融資を引き上げた経験がある。社長がどんなにすがりつき、泣き叫んでも冷たく、仕方がないねと、木島と同じ言葉を発したのだ。

因果は巡る糸車、明日はわからぬ風車……。

「どうしても霊園プロジェクトからは融資を引き上げるとおっしゃるのですね」

俊哉は木島を睨んだ。初めてのことだ。木島を怒りを持って見つめることなどなかった。それまではへらへらと媚びた目でしか見たことはなかった。それが処世術だったからだ。しかし、死を宣告された以上、媚びることはない。

「私はケチがついたものをこのまま進めるのは嫌なんだよ。多摩支店の筧支店長も了承している。仕方がないですねとね。君は、どうしてもぐずぐず言うのかね。そんなに聞き分けの悪い人間だとは思わなかった。意外だな。そこまでしつこく私の判断にケチをつけるなら、コンピューター・システムズの副社長のポストを誰か別の人間に渡してもいいんだぞ。やりたいって言う奴は山ほどいるんだからな」

木島は急にドスの利いた声で言った。いよいよ内包していた怒りが吹き上がる寸前だ。爆発したら何もかも終わりだ。その破壊力は半端ではない。

引き下がったほうがいい。そうしないと関係会社のポストも失って路頭に迷ってしまう……。俊哉は急に冷静さを取り戻した。

「わかりました。全て受け入れます」

ぽつりと両の目から涙がこぼれた。これまでこの木島という男にどれだけ尽くしたというのだ。あんたに愛人がいるのも知っているぞ。それの尻ぬぐい、金の世話もしてきたのに……。どんなことを言われても逆らわず唯々諾々《いいだくだく》と従ってきたのに……。のに、のに、のに……。ありとあらゆる「のに」が頭を巡り、整理がつかない。もう少し銀行に残してくれると思っていたのに……。頭取にしてくれとまでは言わない。しかし副頭取にしてくれてもいいではないか。これまでどれだけあなたのために汗をかき、泥の中に這いつくばってきたというのだ。それを知らないわけでもないだろう。悔しさ、虚しさ、悲しさ、恨めしさ……。ありとあらゆる負の感情に包まれて、再び涙が落ちる。

「長い間、お疲れ様だったね。コンピューター・システムズという新たな天地で頑張って欲しい。ただし愛人の整理をつけておくようにね。こんな話はすぐに広まる。噂っていうのは怖いものだ。組織人は噂に殺されるのだ。君が副社長として腕を振るうためには愛人問題で足をすくわれないようにすることだ。頼みましたよ。そうしないと向こうに行ってからも愛人問題で失脚しかねない。それは見るに見かねるからね」

木島は、優しい口調で、厳しいことを告げた。

要するに麗子との問題をきちんと解決しないと、副社長のポストを棒に振ることになると暗にほのめかしているのだ。

「ありがとうございました」

俊哉は、深々と木島に頭を下げた。

長いようだが、終わってみると短かった銀行員人生だった。まさかこんな形で終わりを迎えるとは思わなかった。

「大谷君、君にお墓を紹介したのは、別に他意があったわけじゃないが、結果として君のお墓を用意してしまったな。あはは」

木島が臆面もなく笑う。

墓を勧めてきた時から、木島は俊哉の墓を掘っていたのだ。この狸め。

「失礼ですが、最後にひとつ、教えてください」

俊哉は木島に言った。

「何かね」

木島は微笑した。

「頭取はご自身の後任をお決めになっているのでしょうか？」

「ははは、そんなことかね。そんなものは決めやしないさ。決めたら自分が終わりになるからね。それが権力を握るということだよ。でも……そうね後任か……」

木島は少し考える顔をし、「能瀬君かもしれないし、ここにいる君塚君かもしれないね。ねえ、君塚君」

木島が、俯き気味の姿勢を保っている君塚に話しかける。

「め、滅相もありません。私なんぞ……」

君塚は戸惑っているのか、喜んでいるのかわからない複雑な表情で否定する。しかし内心は嬉しくてたまらないのだろう。こうして君塚は木島に取り込まれ、忠実な腹心になっていく。そしていつか俊哉のように切って捨てられるのだ。その時になってほぞを嚙むな。

「お世話になりました。お元気でご活躍ください」

俊哉は、再度、深く頭を下げた。また涙が滲んだ。

＊

「帰るか……」

俊哉は、ワインの代金を払うと店を出た。

風が冷たい。

俊哉は、タクシーを止めた。どこまで行きますか？　運転手が聞く。その声を遠くに聞きながら、自宅の住所を告げる。

「五月も近いのに、今日は冬に戻ったように寒いですね」

運転手が話しかけてくる。

「ああ、寒いね。早く暖かくなって欲しいね」

俊哉は、これから始まる麗子とのバトルに思いを馳《は》せる。思わずぶるっと体の芯から冷たさが全身に伝わってくる。

「墓に入りたいな」

思わずひとりごちる。

「えっ、お客様、お墓に行くのですか？　こんな夜に」

運転手が聞き返す。

俊哉は何も答えず、目を閉じた。

第九章　離檀料交渉

1

玄関灯が玄関先を照らしている。マイ・スイート・ホームと言いたいところだが、寒々しく感じるのは、俊哉にやましさがあるからだろう。

五時に帰ると約束しながら、今はもう八時だ。ニチボの大瀬も寛哉もいないだろう。

妻の小百合だけが、一人、やきもきして俊哉の帰りを待っているのではないだろうか。

それもいいかもしれない。

今日は最悪だ。麗子の告発電話を聞かされた挙句《あげく》、木島から「ユー・アー・ファイヤード」と首を言い渡された。

すぐに荷物をまとめて関係会社のコンピューター・システムズに行かねばならない。

小百合になんて言おうか。

麗子のことは黙っていよう。黙っていればわからないはずだ。

――関係会社に行けって言われたよ。

――えっ、どこなの？

――コンピューター・システムズの副社長だってさ。馬鹿にしているよ。

――いいえ、そんなことはないわ。このご時世、仕事があるだけいいじゃないの。あなた銀行を離れたら少しは時間にゆとりができるんでしょう？　一緒に旅行でもしない？　私、一度もヨーロッパに行ったことがないから、パリやウイーンに行きたいわ。

――そうかい。じゃあ、一緒に……。

俊哉は玄関先で独り芝居をする。なんだか楽しくなってきた。体も温かくなってきたような気がする。小百合は、墓に一緒に入ると言ってくれた。ようやく二人だけのゆったりと時間の流れる老後が始まるんだ。

麗子？　麗子はどうするんだ。あんな電話をかけてきたり、「週刊暖春」に南多摩霊園プロジェクトの詐欺話を持ち込んだり……。怒りは並みではない。あの鬼女のような顔が、夢に出てきそうだ。

しかし麗子の電話のせいで銀行をクビになった。十分に恨みを晴らした気持ちになってくれるのではないだろうか。

自分の告発電話がもたらした結果に、反省してくれればいいのだが……。

——麗子、悪かった。でも今や俺は関係会社の副社長とはいえ、銀行を追い出され、ただの人になったのだ。君が告発なんぞするからだよ。

——あら、俊哉さん、ごめんなさい。こんな結果を想定していなかった。どうしましょう……。

——長く付き合ったが、私も銀行の役員でなくなった以上、今までのように金銭的なゆとりもなくなる。この辺りが別れの潮時ではないか。

——えっ、別れるって言うの？　別れる切れるは芸者の時に言う言葉。いっそ死ねと言ってくださいな。

——馬鹿なことを言うなよ。そんなこと言えるものか。これからはお互い穏やかな老後に向けて暮らしていこうじゃないか。

また一人芝居にふける。

麗子は、哀れな俺の姿を見れば、きっと同情して許してくれるだろう。長い付き合いだから怒りは一時期のことに収まるに違いない。きっとそうだ……。

できるだけ甘い予想を浮かべながら、玄関チャイムを押す。

「父さん！　何やってたの！」

ドアがすぐに開き、寛哉が姿を現す。

いないと思っていた寛哉のあまりの素早い登場に俊哉は驚く以上にたじろいだ。

「まだ、いたのか？」

おろおろとした反応を示した。

「まだいたのかじゃないよ」

寛哉の表情が険しい。

「大瀬さんは？」

「もう帰ったよ。とっくにね。そんなことより母さんが大変なんだ。早く来てよ」

「えっ、なんだって？　母さんが」

俊哉は、靴を乱雑に脱ぎ捨てると、寛哉に続いてリビングへ行く。

心配な想像が止まらない。小百合が倒れたのか？　入院、介護、葬式……。

余計な想像の連鎖が止まらない。

「おい、どうした？　大丈夫か」

と、声をかけた瞬間に、背筋にゾクゾクと寒気が走った。その場に凍りついたように立ちすくんだ。

小百合はリビングのテーブルに両肘をつき、頭を支えている。まるでギリシャ神話で、ペルセウスの剣で切り落とされた怪物メドゥーサの頭のようだ。

見る者を石に変える冷たい目で俊哉を見つめ、髪の毛は乱れ、逆立ち、蠢《うごめ》く毒蛇を彷彿《ほうふつ》とさせる……。

俊哉は、一瞬、それが小百合であることが理解できず、そのままじっと動くことができなかった。動くと、その瞬間に怪物に飛びかかられ、頭から飲み込まれてしまう恐怖があった。

「あなた……」

地の底から響き渡るような暗く沈んだ声。

俊哉は、なぜ小百合が鬼女に姿を変えたのか、その声を聞いた時にすとんと鳩尾《みぞおち》に落ちるようにすべてを理解した。

麗子の毒手が回っているのだ。

俊哉は、古事記に登場する黄泉比良坂《よもつひらさか》のイザナギとなった。咄嗟《とっさ》に振り向き、一目散に地上へ駆け上がらねばならない。このまま黄泉《よみ》の国に閉じ込められてしまう。

イザナミである小百合は黄泉醜女《よもつしこめ》となって追いかけて来る。「あなた……」と毒を含んだ息を吹きかけて来る。

逃げる、逃げる。桃の木がある。たわわに実っている。イザナギ俊哉は、その実をもぎ取り、黄泉醜女小百合に投げつける。

伝説では、イザナミは桃の実を食べ、いくらか時間が稼げるはずだ。

ところが黄泉醜女小百合は「こんなものでごまかされないわよ」と見向きもしない。

「この麗子という女はいったい何者……。あなたは私に内緒で何年も浮気をしていたのね」

イザナギ俊哉は、この世にある全ての言い訳の言葉を探している。しかしそれは能力の限界を超えている。

伝説では千人力でしか動かせない千引《ちびき》の岩があり、イザナギ俊哉はその岩を動かし、黄泉比良坂を封じることができるはずだ。

巨石は、千引の岩は、ないのか。

——麗子、知らないな、そんな女性。

——浮気？　ははは、何を言っているんだ。妄想だよ。

ああ、千引の岩に相当する言い訳の言葉が見つからない。

追いかけて来るイザナミ小百合を黄泉の国に封じ込めることは無理なのか……。

「このスマホにあなたの裸の写真が写っているのよ。麗子という女と一緒にね」

ついに黄泉醜女小百合の言葉がイザナギ俊哉を捕まえた。

逃げるのを諦めた。背後から黄泉醜女小百合の手がイザナギ俊哉の襟首を摑んだ。

後ろに倒された。イザナギ俊哉は黄泉比良坂をどこまでも転がり落ちていく。冷たく、暗く、腐臭に満ちた黄泉の国へとまっしぐら……。

「正直に言いなさい。そうすれば許してあげるから」

小百合は、鬼女から一転して天女のような優しい笑みを取り戻し、その声は神楽鈴《かぐらすず》のように軽やかに変わった。

この瞬間に賭けるしか、俊哉の生き残る道はない。

「すまない」

俊哉はフローリングの床に跪《ひざまず》き、ゴンと音がするほど床に頭を打ちつけた。

「認めるわけね」

頭上で冷たい声がする。

「馬鹿だなぁ」

寛哉の呆れる声。親に向かって馬鹿とはなんだ！　だが、そんなことを言える立場にない。

「これを見なさい」

顔を上げることができない俊哉の前にスマホの画面が差し出された。

「あっ！　あああ」

のけぞりそうになる。その画面いっぱいに俊哉と麗子の笑顔。お互いの頬を擦りつけ合い、ピースサインをしている。

上半身は二人とも裸だ。俊哉の貧相な胸に、麗子の豊かな乳房が触れている。

下半身はベッドカバーに隠されているが、その盛り上がり方を見ると、二人が足を絡ませているのは容易に想像できる。

いったいどこで撮影したのだろうか。

都内の一流ホテルだ。そのホテルのレストランで食事をし、酔った勢いで、そのままベッド・インした。宿泊はしなかったもののその時に写したものだ。

「記念に撮ろうか」

「撮りましょうよ」

「ジョンレノンとオノヨーコみたいだな」

「オオタニトシヤとミズハラレーコよ」

楽しかった会話の記憶が蘇る。

「どのくらい付き合ったの？　本気？　浮気？」

小百合の声は比較的落ち着いている。

「父さん、もう土下座は止めて、正直に話しなよ」

寛哉が俊哉の両脇を抱えて、起こそうとする。

「わかった。大丈夫だ。自分で起きる」

俊哉は、両手を床につき、反動をつけ、体を起こす。

まだ顔は上げられない。まともに小百合の顔を見ることができない。

「あなた、そこに座って。話を聞きましょう。事と次第によっては離婚します。寛哉が証人になりますからね」

小百合の突き放したような冷たい言葉がテーブルの向かいから聞こえてくる。

俊哉は力なく小百合の対面に座る。

寛哉が小百合の隣に座る。証人ということだが、位置づけは明らかに俊哉の罪を追及する検察側だ。

「この女について説明してちょうだい」

「わかった」

俊哉は覚悟を決めた。妙な小細工をしても無駄だ。

「彼女は水原麗子という。昔、私の部下だった女性だ。企画部の時だ」

「まあ、呆れた。いったい何年前よ！」

「付き合い出して……十三年になるかな」

話し始めると思ったよりも冷静になってくる。覚悟を決めたからかもしれない。

「ああ、もう私、卒倒しそう」

小百合が頭を抱えるのが、ちらりと見える。

「よくもそんなに長い間、騙してきたわね」

「悪かった」

ようやく少し顔を上げる。

それにしても今日は最悪の日だ。まだ関係会社へ出向させられる話は切り出していない。それを口にすれば、小百合は卒倒では収まらないかもしれない。

「謝って物事が収まるなら、警察はいらないわよ」

　これは小百合の定番だ。

「とにかく洗いざらい告白したほうがいいよ。ここで下手に隠し立てをしてもつまらないしさ。あとは二人で話し合うしかないさ。別れるのも、このまま一緒にいるのも勝手だけどさ。俺としたら、離婚なんて面倒なことは止めて欲しいな。おばあちゃんの墓のことがようやく決まったんだからね。今さら、俺も大瀬さんに契約破棄を言いたくないからね」

　寛哉は、この期に及んで自分が関係するニチボの霊園ビルの営業成績が気になるようだ。

「正直に話す」

　俊哉は、やっと小百合を正面から見つめた。

　やつれている。目の辺りが黒くクマができている気がする。鬼女に見えた顔が、今は疲れた六十四歳の女だ。やつれさせたのは自分だ。三十八年も一緒に暮らしておきながら、この仕打ちはないだろうという諦め、絶望が表情から滲み出している。申し訳ないと思う。

　俊哉は、麗子との出会いから現在までの付き合いを話した。麗子が営んでいる銀座のカウンターバーのことなども包み隠さず話した。

「ひどい女よ。あの女は」

小百合は怒りを込めて言った。「墓を買ったことまで知っていたわよ」

さすがに俊哉とのセックスレスについて笑われたことまでは言わない。俊哉のアソコがまだ元気なのかどうかを確認しても仕方がない。セックスが夫婦をつなぎ止めていると考えている夫婦が日本にはどれだけいるだろうか。きれい過ぎるかもしれないが、お互いの信頼、いたわりなどの精神的なつながりこそが日本の夫婦には重要なのだ……。少なくとも小百合はそう思っている。

「それは……お前が……」

俊哉は警戒しながら言葉を選ぶ。

「私が何かあるの？」

小百合の目じりがぴくりと反応する。あまりにも深く、長い俊哉と麗子との関係に怒りが込み上げてきたからだろう。

「お前が、一緒の墓に入るのは嫌だと言っただろう？」

俊哉の言葉に、小百合の表情に動揺が走る。

「言ったわよ。でも……」

言葉にならない。

「その時、麗子……」親しげに名前を呼ぶのは危険だ。

「……彼女が一緒に墓に入ろうと言ってくれたのだよ。正直言って嬉しかった。だったら彼女と同じ墓に入ってもいいかなと思ったんだ。母の葬儀後で動揺していたからかもしれない。それで彼女は、霊園を購入した。しかし、それは詐欺だった」

「詐欺？　ははは……いい気味だわ」

小百合が笑ったのを見て、俊哉が腹を立てた。

「それは俺が開発を支援している霊園プロジェクトに絡む詐欺だったんだ。笑っている場合じゃなかった。銀行で大問題になっている。その後、彼女は俺と一緒に墓に入るために奔走し、まったく偶然に同じニチボの浄土真宗専念寺赤坂霊陵苑の納骨ビルに墓を買ったんだ。お前が俺と二人の墓を探していることを、彼女に伝えなかったことが問題を複雑にしたんだ。本当に悪かったと思っている」

「私にも……責任の一端があるのね。そりゃ最初はお母さまやあなたと一緒のお墓に入るのは嫌だったわ。だけどいろいろと考えているうちに心が変わってきたのよ」

小百合の声の調子が穏やかになってきた。

俊哉は、少し緊張を緩めた。

墓の話になって、小百合が自分にも落ち度があると認めたからだ。

「本当に悪かった。この通りだ。許してくれ」

この機を逃してなるものかと俊哉はテーブルに額をつけた。

「母さん……どうする？」

渋面の寛哉が聞く。

「本当にあの女と別れられるの？」

小百合が聞いた。

「別れる。絶対に別れる」

俊哉は言い切った。自信はない。しかしこの場で逡巡したようなことは言えない。

「本当ね」

強い口調だ。

「本当だ。天地神明に誓う」

ここまで言い切ってしまっていいのか。麗子がそんなに簡単に別れてくれるとは思えないが、なんとかこの場を凌《しの》がねばならない。その後は、またどうにかなるだろう。ああ、こんないい加減な態度だから、問題を複雑にしてしまうのだ。

「小百合」

俊哉は小百合を見つめた。

「私と一緒に墓に入ってくれ。母もそれを望んでいる。彼女とのことを水に流してくれとは言わない。しかしきっぱりと別れるから」

「約束できる？」

「できる」

俊哉は小百合を瞬きもせずに見つめる。

「これでも大丈夫？」

小百合はスマホの画面を見せた。

「この人、なぜ私のスマホの番号を知っているのかしらね」

小百合の質問に俊哉は口をつぐむ。麗子は、俊哉のスマホから小百合の番号を盗み取ったに違いないからだ。

「『俊君には服や靴、下着、靴下、時計などいっぱい買ってあげました。あなたが買ってあげないからです。もしくは買ってもセンスがまるきりないからです。俊君は、重要なパーティや会議や接待には、私が買ってあげた下着をはいて〈勝負下着〉と言って出かけます。知らないでしょう』何よ！　これ、知るわけないだろ！　この糞女！」

小百合は麗子からのメールを読み上げているうちに興奮してきた。

「母さん！　しっかりして！」

寛哉が声をかける。

「わ、わかったわ。何が俊君よ。馬鹿にしているわ。あなた、読んで！　読みなさいよ！」

「『お金だって貸したことがあります。返してはもらっていません。飲み代がどうしても足らないからと三十万円ほどです。それに私の店で飲んだお金は一銭も取っていません。きっと数百万円になります』。おいおい、嘘だよ。払っているぜ」

俊哉は麗子のメールのあまりの内容に驚く。確かにそんなことはあったが、借りた金はきっちりと返している。こっちは銀行員だ。その辺りはしっかりしている。飲み代も請求されれば払っている。もちろん、銀行の経費からの支払いだが……。

「続けて」

「『あなたとなんか俊君はお墓に入りたくないと言っています。私と一緒に墓に入って、骨になるまで愛し合うんだそうです。あなたじゃ無理でしょう。ババァだから。俊君が別れたいなら、別れたっていいですよ。でもそれなら私が騙されたお墓の代金と傷ついた魂の癒し代金として一千万円はもらわないと割に合わないわ』。えええっ、一千万円！　なんてことを言うんだ」

　思わず小百合の顔を見る。

　小百合は無表情に「まだ、あるでしょう」と言う。

「『俊君、セックスだって年のわりに情熱的なのよ。どうなの？　あなたとは……』。読めないよ。これは……」

　小百合に懇願する。拷問だ。これは……。

「読みなさい。命令です。あなたが付き合っているのは、そんなゲスな女なのです。売春婦です」

　小百合の口から「糞女」とか「売春婦」とか、麗子を罵る言葉が溢れ出てくる。俊哉は、麗子の名誉のためにもそれを否定したいが、下手に動くと、火に油を注ぐことになる。

「『私の全身をくまなく舐めてくれるのよ。特にアソコは念入りにね。お陰で私のアソコは今も艶々《つやつや》しているのよ。とにかく俊君は、私を愛してくれているの。私と俊君は、一緒にお墓に入って、骨になるまで愛し合うことを誓っているの。わかっているわね！　このババァ！　訴えてやる！』」

　俊哉はなんとか読み終えた。息が止まりそうだった。なんども読むのを止めようと思った。しかし小百合の強い視線がそれを許さない。

愕然《がくぜん》とした。あの麗子が書いたとも思えない。ひどい内容だ。ここまで小百合を侮辱するとは……。許せない。

「あなたは、その女の前で私のことをババァって呼んでるのね」

小百合が睨む。

「ない、ない。絶対にそんなことはない」

俊哉が否定する。

「それに……こんなひどいことを書く女じゃない……」

「あなた、何？　弁護するの？」

「いや、そういうわけじゃない。すまない。もう何を言っても無理だな。お前が許してくれないなら、俺はこの家を出ていく」

「その女のところに行くの？」

「絶対に行かない。別の住まいを探す。ああ、そうだ。言いそびれたけど、彼女のせいで銀行の役員をクビになった。彼女は銀行に君に送ったのと同じような内容の電話をしたんだ。俺は、六月の株主総会を待たずにコンピューター・システムズという関係会社の副社長になる。本当に申し訳ない。こんな女だとは思わなかった……」

俊哉は、麗子のことをやや悪しざまに言いながら、「こんな女」にしたのは自分の優柔不断が原因だと認識していた。

妻と愛人の間を上手く泳げると思っていた。その上、出世も手に入れば、万々歳だと思い込み、結論を先延ばししてしまった。

実家のことも結論を出さなかった。墓の始末もしない。母澄江は心配したまま亡くなってしまった。何もかも自分が蒔《ま》いた種だ。

「あなた……辞めるの……銀行を」

小百合が悲しく言った。

「ああ、そうだ」

俊哉が悲しげに見つめる。

「こんな女のせいで銀行の役員の地位を失ったわけね。馬鹿ね」

「ああ、馬鹿だった」

「私、ババァだけど、この女、許せない。戦ってやるわ」

小百合がスマホを持ち、麗子からのメールや写真を消去する。

「母さん、アドレス変えたら？」

寛哉が言う。

「何言うの。何を送ってこようと無視するわ。どうしようもなくなれば警察か弁護士に相談する。戦う。ババァは戦う。あなたのためじゃない。私の意地だわ。裁判だろうが、なんだろうが、徹底的にやる。私、意地でもあなたと一緒に墓に入ってやる！　だけどそれはあなたの戦い方次第よ。優柔不断な戦い方なら、あなたは野ざらしの骨よ」

小百合は、高らかに宣言した。

「小百合……」

俊哉は啞然とした。これだけの侮辱を受けても戦いを宣言する小百合の姿勢に、女の強さを見た思いだ。

ついて行かなくては野ざらしの骨となるのか。

「あなた、わかった？　この盗人《ぬすっと》の雌豚《めすぶた》をやっつけるからね」

小百合がさらに強く言う。

麗子はついに盗人の雌豚になってしまった。

「は、はい」

弱々しい返事になった。

「あなた！」

「はい！」

思わず立ち上がり、直立不動の姿勢で気をつけをする。

「清子さんに連絡して、墓じまいするからと伝えてちょうだい！」

そして小百合は、寛哉を見た。

「寛哉、大瀬さんに連絡して、すぐにでも墓じまいを始めると言ってちょうだい」

「了解しました！」

寛哉も目を丸くして、敬礼をする。

小百合は、サイドボード上に置かれた母澄江の遺骨の前に立った。

「お母さま、安心できるお墓で休んでいただきますからね。私をお守りください」

小百合は、手を合わせたままじっと動かない。俊哉も、小百合の背後から頭を下げた。

いったいこれからどうなるのだろうか。麗子は素直に引き下がるだろうか。

不安が募って仕方がない。自分が蒔いた種とはいいながら、こんなに歪んだ芽が出てくるとは思わなかった。

2

「お寺さん、ものすごく怒ってる」

清子が電話で連絡してきた。

「やはりなぁ」

俊哉は心細く答える。

「先祖代々の墓をしまうのに、事前の相談もないし、既に墓を買ってしまったなんて。そら、怒るのは当然ね」

小百合に強烈に背中を押され、清子に墓じまいのことを連絡した。清子は、それを阿弥陀寺の住職である祐源《ゆうげん》和尚に伝えた。

「四十九日の法要の連絡を待っているのに墓じまいするとは！　罰当たりめ！　母親を成仏させないつもりかって私が怒られたわ。えらい迷惑よ」

清子の渋い表情が電話口の向こうでもわかる。

「悪かったな。だけどもう決めた。お前も墓の面倒を見られないんだろう？　それならいっそのことこっちに移そうというのが、結論だ」

「ひと言、相談してくれたらよかったのに」

　責めるような口調だ。

　何を言っているんだ。今さら、よく言うよ。お袋の葬儀の時に相談したら、墓の面倒は見ることはできないと言い切ったのは、清子、お前ではないか。

なんだか無性に腹が立ってきた。何もかもが上手くいかなくなっている。

「お前が、嫁ぎ先の墓があるから実家の墓は俺になんとかしろと言ったんじゃないか」

「兄ちゃん、それと、ひと言、相談してくれたらというのとは別でしょう。勝手にしたらいいわ。自分で阿弥陀寺に行って了解取ってきてね。兄ちゃん、何でもかんでも私のせいにしないで。じゃあね」

「おい、おい、清子」

　俊哉が呼び止めるのも聞かず、電話を切った。

「あいつ……。何が、『じゃあね』だ」

　俊哉は受話器を置いた。

「清子さん、どうでしたか」

　小百合の口調は事務的で冷たい。

「すぐに阿弥陀寺の和尚に連絡してくれたんだが、激怒されたそうだ。母が成仏できんぞ、罰当たりめとか……」

苦渋に表情を歪める。

「大瀬さんの言った通りよ。そんなの想定内。お寺は檀家が少なくなるのが一番嫌なのよ。ましてやあなたの実家は寛政年間からの檀家だっていうんでしょう。二百年以上も付き合いがある檀家が抜けるんだから怒るのも無理はないわ。すぐに阿弥陀寺に行って交渉してきなさい。一人で行ける？」

小百合が聞く。

「お前も一緒に行かないのか？」

「行かないわよ。私は盗人雌豚に会ってくるから」

「えっ、麗子に会うのか」

不敵に笑う。

「会うわ。あれだけ侮辱されたんですからね。銀座の店と、自宅のマンションの住所を教えてちょうだい。電話番号、メールアドレスもね」

小百合が有無を言わせぬ勢いで迫って来る。

「教えるけど、まず、俺がちゃんと別れると言ってからの方がいいんじゃないか」

俊哉は小百合の顔色を窺う。

「順序はそうだけど、あの雌豚が先制攻撃を仕掛けてきたのだから、こっちも奇襲攻撃よ」

小百合は、完全に攻撃モードだ。麗子も気が強い。このままいくといったいどうなるのだろうか。我が身が招いたことではあるが、今や、まるで他人事のような気がする。

戦争とはこのようなものかもしれない。戦争のきっかけを起こした当事者はどこかに外されてしまい、大国同士の争い、この場合は麗子と小百合の争いになってしまうのだ。こんなことでいいのだろうかと俊哉は思うのだが、もうどうしようもない。一旦、燃え上がった小百合の怒りの火は容易に消せそうにない。

「もう、どうにでもなれ、だな」

俊哉は小さく呟いた。

「あなた銀行の役員をクビになったんだから、明日にでも実家に行きなさいよ。先祖に報告がてら阿弥陀寺に行って交渉してきなさい。段取りよく進めるためにニチボの大瀬さんに同行を頼んであげるから」

小百合は、スマホを手に取って大瀬に電話をかけようとする。

「おいおい、待てよ。俺が連絡するから。大丈夫だ」

慌てて止める。

いくらなんでも性急過ぎる。小百合が、こんなに激しい女性だとは今日まで知らなかった。麗子の件が、人間性まで変えてしまったのだろうか。

明日、銀行のスケジュールを確認して、休みを取得したうえで一人で阿弥陀寺に行ってこよう。ニチボの大瀬は、その後だ。まずは、阿弥陀寺との交渉が先だろう。誠意を尽くせば、わかってもらえるに違いない。

3

俊哉は、麗子のマンションの入り口にいた。

やはり小百合が奇襲攻撃を加える前に、事前通告をしておくべきだと思ったのだ。

事前通告すれば、奇襲攻撃にはならないが、このまま自分がフェイドアウト、消えていくのはやはり卑怯者の誹《そし》りを受けることになるだろう。

麗子との長い付き合いを考えれば、まさかこんな終わりが待っているとは想像もしなかったが、やはり自分の口から別れを切り出そう。

「週刊暖春」に告発したり、銀行や家庭に、あのような不穏な電話をかけてきて、信用を失墜させ、立場を失わしめたことを俊哉は恨んではいない。

それだけ自分のことを愛していたのだと、かえって哀れに思うだけだ。

確かに最近、麗子との関係がこのままでいいのかと思い始めていたことは事実だ。その空気を察して麗子は、「一緒に墓に入りたい」という希望を抱き、それが俊哉との関係を繫ぎ止める絆のように思っていたのだろう。

ところが俊哉は、小百合とともに納骨ビルの一区画を購入したことを麗子は知った。これで俊哉との絆が幻と消えてしまったと思ったのだろう。

裏切られたと思い、愛するがゆえに無謀な行動に出たのだ。俊哉をめちゃくちゃにすれば、自分のところに戻って来るかもしれない。そう思ったのだろう。私が悪い。だが、やり過ぎだ。ここまでやることはないだろう……。

マンションのセキュリティコードはわかっている。キーを押すと、ガラスドアが開く。

中に入り、ロビーで麗子の部屋番号を押す。セキュリティは厳重だ。部屋を呼び出さなければロビーまでしか入れない。

住民は、指紋認証で中扉を開けることができる。

俊哉も麗子が帰宅していない時は、このロビーで雑誌を読みながら待っていることもあった。

それらのことが、何やら懐かしく思えてくるのが悲しく、情けない。

今は、午後一時だ。まだ部屋にいるはずだ。出勤までは、まだ数時間ある。

前回、ここを訪ねて来た時は、麗子は鬼女になった。耳元まで口が裂け、怒髪天を突き、目は血走っていた。あれほど恐ろしい顔を今まで見たことはなかった。心底、震えた。

今度は別れ話を出すつもりだが、あれ以上の鬼女になるだろうか。

俊哉は、ならないと思っている。もともと、あれだけ銀行や妻や週刊誌に自分の憤《ふん》懣《まん》をぶちまければ、怒りはガス欠になっているだろう。それを期待しているのだ。

呼び出している。

「俊哉さん？　入っていいわよ」

麗子の声だ。生気が感じられない。

「今、行くから」

中扉が開く。エレベーターに乗り、五階の麗子の部屋の前で、ドアフォンを押す。

「カチリ」

中からドアが開いた。

「入るよ」

俊哉は、部屋に入る。

目の前に麗子がいる。髪の毛が乱れている。眠そうに眼が半開きだ。化粧っけもない。こんなくたびれた麗子は珍しい。

俊哉は無理に笑う。

「どうした？　寝起きか？」

「そう、あまり眠れなくてね。何しに来たの？」

大儀そうに言う。

「お言葉だねぇ。何しに来たって。麗子の顔を見に来たんじゃないか」

靴を脱ごうとする。

「上がらないで。部屋が汚いから」

麗子が止める。

「ほんの少しだけだよ。お茶くらい出ないのか」

靴を脱ぐのを止めて、玄関で立ったまま、話す。

「怒っているでしょう？」

眉根を寄せる。

「ああ、殺したいくらいだ」

少し笑う。引きつった感じがする。

「やっぱりね」

麗子は肩を落とす。

「殺してもいいわよ。私、やけになったんだから」

「それはわかるけど、銀行にも女房にも、あれほどひどく、何もかもバラすことはないだろう。お陰で銀行はクビになったよ。株主総会が近いからスキャンダルになっては大変だってね」

口角を歪める。麗子が目を丸くする。

「ほんとぉ……クビって？　どうなったの？」

自分がクビにしろと電話しておいて、驚くこともないだろうに。

「関係会社のコンピューター・システムズという会社の副社長だ。格下げだな」

俊哉は、ふうと深くため息を吐いた。

「ごめんなさいね。ごめんなさいね」

泣きそうな顔をする。今さら遅い。泣いても人事は変わらない。

「仕方がないさ。俺の責任だよ」

口をへの字に結ぶ。

「本当に殺してもいいわよ。私、死にたいくらいだから。こんところ店にも出ずに、引きこもっていたの。そうしたらどんどん怒りが込み上げてきてさ。もうどうにもコントロールできなくなってしまった。気づいたら銀行や奥さんに電話していた……。ちょっとどうかしていたのね。ああっ」

悲しそうに顔を曇らす。両手で頭の毛をかきむしる。

「ここで用件だけ言う。妻が激怒した。わかるよな。君の電話と写真のせいだ。それで君と戦うと言っている。ここの住所などを教えたから、いずれ来るだろう。私から言うのもおかしいが、穏便に頼む」

俊哉は頭を下げる。

「それで、こうなった以上、もう終わりにしたい。電話で一千万円要求すると言っていたけど、今の俺にはない。もしどうしても手切れ金を寄こせと言うなら、退職金が出るから、それでなんとかするが、それも妻と相談だ。なんだか事務的で申し訳ないが、これでもうここには来ない。今から、実家に帰って、墓じまいの相談をしてくる。麗子と墓に入るのも楽しいかと思っていたが、やっぱり無理だなぁ。妻には勝てない。麗子には長い間、迷惑をかけたが、元気で暮らしてくれ」

可能な限り感情を表情に出さずに言った。

まるで区役所の戸籍係が書類を交付する時のように無表情だ。

「それだけ？」

麗子が呟く。

「ああ、それだけだ。あれだけのことをしたんだ。終わりは想定内のことだろう？」

俊哉は薄く笑った。

「笑ったわね。俊哉さん……」

一瞬、声の調子が変わった。目が吊り上がった。

前回のように鬼女に変身するのか。部屋に上がらなくてよかったと思った。上がっていたら、逃げられない。

「笑ってはいないさ。男の理屈と言われようが、いずれ終わりがくる関係だったのだと思う。本当に申し訳ない。しかし君の告発のお陰で、銀行の役員もクビになった。妻にもとことん叱られ、今、風前の灯《ともしび》だ。ここで喧嘩をすれば間違いなく離婚だろう。それに『週刊暖春』にも南多摩霊園プロジェクトの詐欺の件を話したそうじゃないか。あれでプロジェクトもなくなった。ここまで俺を追い詰めたら、今まで通りというわけにはいかないよな」

冷静に、冷静にと言い聞かせた。怒らせてはいけない。

別れる時は風林火山の「疾《はや》きこと風の如く、徐《しず》かなること林の如く」でなければいけない。

さっと姿を消すことだ。

「帰ってよ。何が終わりよ。散々、この年まで弄んでおいてさ。私、どうするのさぁあああ」

麗子が腹の底から悲鳴のような声を上げた。

「これから一人よ。一人で生きていけっていうのぉおお」

悲鳴が続く。

俊哉の胸が痛む。心臓にきりきりと鋭い錐《きり》を差し込まれるようだ。

「すまない。帰る。もし償《つぐな》いをしろと言うなら、できる限りのことはする。しかし、妻が来たら、申し訳ないが冷静に話し合ってくれ。あいつもかなり頭にきているんだ」

俊哉は頭を下げ、後ろ手でドアを開けた。

「帰ってぇ！　もう来ないでぇえええ」

麗子は、裸足で玄関の敲《たた》きに下りると脱ぎ捨ててあった自分の靴を俊哉に投げつけた。靴は、俊哉の胸に当たって、落ちた。

「あああ……」

麗子がその場に崩れ落ちた。

鬼女にはならなかったが、俊哉の肺腑をえぐるには十分な嘆きの女になった。

「すまない」

俊哉は、逃げるように部屋を飛び出した。

4

俊哉は、新幹線に飛び乗り、電車を乗り継いで、故郷丹波の駅に着いた。

夜になっていた。新緑の季節なのにまだまだ肌寒い。コートの襟を立て、駅舎を出る。

タクシーが一台だけ停まっている。それに乗り、暗い道を実家へと向かう。

外は、何も見えない闇。前回、母の葬儀で来た時は桜満開の華やかな季節だった。今では満開だった桜はすっかり葉桜になっていることだろう。闇の中で何もわからない。

銀行を辞めることになり、麗子とも別れ、妻には離婚寸前と脅されている。俊哉は、この闇の道が自分には相応しいなどと感慨にふける。

タクシーが実家前に着いた。葬儀以来、誰も入っていないはずだ。玄関の鍵を開けて中に入る。鍵は、俊哉と清子が持っている。

カビた臭いが鼻にくる。やはり人が出入りして、空気を入れ換えねばならない。

暗くて何も見えない。電気はまだ通じているはずだから、玄関の壁に設置してあったスイッチを探す。手が触れた。パシッという音。室内が明るくなる。

「ああ、懐かしのマイ・スイート・ホーム……」

なぜだか胸が締め付けられる感じがする。「ストレスかなぁ」と勝手に解釈する。

——お帰り。

母澄江が玄関に顔を出す。

——ただ今。どう元気してたか？

俊哉が靴を脱ぎながら聞く。

——ああ、元気やったよ。おかしいやないか。今朝、会ったばかりやないか。学校で何かあったんか？

──えっ、学校？

俊哉は、澄江がボケているのではないかと思った。

「あっ」と俊哉が驚く。いつの間にか小学生になっていてランドセルを下ろそうとしているのだ。

──さあ、ご飯やで。温かい味噌汁もある。外は寒かったやろ。きっと今夜は雪や。味噌汁は三里先まで体を温める言うてな。いいもんや。

俊哉は、ふっと我に返る。部屋の中を見渡す。まだあちこちに母澄江の存在が感じられる。

仏壇に向かう。先祖の位牌が並ぶ。本来なら四十九日までの間、ここの灯を絶やしてはならない。遺影の周りを葬儀を飾った花や供え物で取り囲む。そして親族や村の人たちが、集まり、死者を浄土に無事に送るための御詠歌を唱和するのだ。

だが、高齢化や、何よりも喪主である俊哉がこの村にいないことで、この行事は行われない。澄江の霊は、まだこの家のどこかで浄土への道を見つけられずに迷っているかもしれない。

「悪いなぁ、母ちゃん」

俊哉は仏壇に向かって手を合わせ、頭を下げる。

——ようやく墓を買うてくれたんやね。嬉しいよ。これでゆっくりと休めるわな。

——母ちゃん、買うたけど、東京やで。マンションみたいな墓や。それでな、阿弥陀寺の墓はしまわなあかんねん。ごめんな。

——かまへん、かまへん。東京に行きたかったさかい、ちょうどええわ。マンションはええやないか。マンションやったら鍵を一つかけただけで出かけられるやろ？　この家やったら今どきはあっちこっちに鍵をかけなならん。面倒でかなわんわな。

——えっ、母ちゃん、死んで霊になったんやから鍵なんかかけんでもどこへでも行けるんやないのか。

——あははは、せやったな。まだ、慣れんのや。こっちの世界にな。ははは……。

バカバカしい妄想にふける。

何はともあれようやく澄江の落ち着き場所を見つけられたことに安堵する。

この期に及んでは小百合の怒りがこれ以上膨らみ、爆発しないことだけを期待したい。

小百合が麗子のところに押しかけると言っていたが、まさか血を流すような争いにならないだろうかと危惧するのだが……。

「今日は、ここで寝よかな」

押し入れから布団を引っ張り出して仏壇の前に敷く。スーツを脱ぎ、下着のまま布団に横になる。ひやりとする。

「母ちゃん、お休み」

俊哉は仏壇に向かって言い、布団を頭から被った。

カタッと仏壇の方から音が聞こえた。ネズミでもいるのか？　それとも澄江の霊？

俊哉は、「母ちゃん……」と呟き、瞼を固く閉じた。涙が滲んできた。

5

阿弥陀寺の山桜は完全に葉桜となっていた。緑の葉がみずみずしい。

季節は確実に移り変わっている。

阿弥陀寺の住職祐源は紺の作務衣《さむえ》を着て現れた。

庭の雑草取りをしていたのだという。これも修行ですからとにこやかに笑う。

俊哉が会うのは葬儀以来だ。祐源は五十歳を過ぎたくらいだろう。真言宗の本山である高野山から派遣されてもう二十年ほどになる。先代の住職には子供がいなかったために、彼が跡を継いだ。彼は結婚し、男の子がいるので、その子がこの寺を継いでいくことになるのだろうか。

「遠いところをわざわざ来ていただき、申し訳ございません」

本堂の広間で俊哉は祐源と向かい合って茶を頂いている。祐源の背後の須弥壇《しゅみだん》にはご本尊が安置されている。

祐源はやや小太りで穏やかな印象だ。俊哉とは、全くといっていいほど付き合いはないが、清子が話していたような激怒するタイプには見えない。

これなら落ち着いて話ができそうだと俊哉は思った。

「こちらこそ、事前のご連絡もせずに突然、訪ねまして申し訳ございません。これはつまらないものですが、仏様にお供えください」

俊哉は、東京駅の地下街で購入した菓子を差し出す。

「これはこれはご丁寧にありがとうございます。仏様は甘い物に目がありませんのでお喜びになると思います」

祐源が相好を崩す。甘党なのかと俊哉は思う。

「突然、お訪ねしましたのは、改葬、墓じまいのことで相談に参りました」

俊哉は頭を下げる。

「お聞きしております。妹さんから連絡がありました。非常に驚いております」

祐源が、茶碗を両手で受け、一口、啜る。

「申し訳ございません」

俊哉は一段と深く頭を下げる。

「どうしてもご改葬なさるのですね」

声が沈んでいる。

「はい。こちらの方には戻って来ることができませんし、妹も他家に嫁いでいるものですから」

神妙に言葉を選ぶ。

「まだ四十九日も済んでおりませんし、私も、その心づもりをしておりましたのに。ご母堂様も戸惑っておられることでしょう」

祐源が茶碗を置き、何かを拝むように手を合わせた。

「本当に申し訳ございません。いろいろ考えたのですが、私どもがおります東京に母や父を連れて行きたいと思いまして……。そうすれば私どもも頻繁にお参りできるものですから」

「すでにお墓も用意されたとか」

眠っていたような祐源の目が大きく見開かれた。

「はい、赤坂に。納骨ビルではありますが……」

「赤坂？　そんな賑やかなところに、ですか？　納骨ビルというのは、お墓の団地みたいなものでしょう？」

マンションと言わずに団地と言うところに、やや悪意を感じる。祐源の穏やかだった表情が、徐々に厳しくなる。

「はあ、都心なので参拝が容易なものですから」

申し訳ない気持ちになる。

「宗派はなんでしょうか？」

祐源は手を合わせたままだ。

「はあ」俊哉は上目づかいで考える様子で「確か……浄土真宗のお寺です」と答える。

「罰当たりですぞ！」

祐源が急に右手で俊哉を差し、声を荒らげた。

俊哉は、思わずのけぞった。

「でも、墓は宗派を問わずなのです」

必死の思いで説明する。

祐源が立膝になり、俊哉に迫る。いつの間にか、手には数珠が握られている。それを俊哉の顔の前に突き出す。

「あなたのご先祖である大谷家は二百数十年も、この真言宗の阿弥陀寺の檀家として重きをなしてこられました。それなのに浄土真宗の寺が、近くて、お参りが容易だからという理由だけで、墓を閉じてしまおうとされておられる。それがどれだけご先祖のお気持ちに反することか、お考えにはならなかったのですか。ご先祖のお嘆きが聞こえませぬか」

祐源は、振り返り、数珠を持った手で本尊を指した。

須弥壇を飾る天蓋《てんがい》が揺れた気がした。

「宗派を問わずなんです。妻が、妻が赤坂がいいと言うんです」

俊哉も必死だ。

清子が話していた通り祐源は相当、本気で怒っている。

「奥さんなんかどうでもいい。あなたが墓を守る責任者です。その自覚はないのですか」

祐源の顔が目の前に迫る。息がかかる。

「責任者だから、墓を東京に移すのです。この田舎には大谷の者が誰もいない、いなくなるのです」

背後にのけぞりながら反論する。どうしてこの年になって麗子、小百合という二人の鬼女、そしてこの祐源という鬼の形相の男にのけぞらされなければならないのか。そういえば一番、のけぞらせたのは頭取の木島だ。「ユー・アー・ファイヤード！」と木島は叫び、俊哉はのけぞったまま、遠く壁際まで弾き飛ばされてしまった。そのことを思えば、祐源などなんでもない。

「私が、お守りします。墓をしまうのはご先祖への冒瀆《ぼうとく》ですぞ」

「そんな……そんなことはありません。昨夜、母と会話しました。母は喜んでおりました。東京へ行きたいと言っておりました。東京に、墓を移せば、私も、私の妻も、母も、皆が仲よく同じ墓に入ることができるのです」

俊哉は、態勢を整え、「一緒に墓に入るのです」と強く言い切った。

祐源は、がくりと肩を落とし、立膝を直し、再び正座に戻った。

「そうですか……。わかりました。では離檀料を頂くことになりますが、よろしいですか」

祐源が俊哉を見つめる。

ようやく本題に入った。いったいいくらを要求してくるのだろうか？

俊哉には相場がわからない。ニチボの大瀬に聞いておけばよかったと後悔する。

「離檀料は二百万円をお願いいたします」

祐源は淡々と言い、手を合わせた。

「二百万円！」

俊哉は声を引きつらせた。

「それが相場ですか」

祐源がかっと目を見開き「あなたの大谷家は我が阿弥陀寺が二百数十年もお世話を申し上げております。ですから二百万円です。これでも数十年分はお勉強させてもらっております」と強い口調で言った。

おいおい、一年が一万円の計算かよ！　俊哉はため口を利きたくなった。

離檀料を吊り上げて、改葬を妨害する目的だ。

ああ、大瀬がいたら、これが妥当な金額かどうかアドバイスしてくれるだろうに。

俊哉は苦渋に満ちた表情で、祐源を見つめ返した。

第十章　居場所

1

阿弥陀寺の祐源はじっと俊哉を睨みつけたまま動かない。さすがは高野山で修行した僧侶だ。一方、俊哉の方は身も心もぐらぐらと大揺れに揺れている。修行が足りない。

妻小百合に麗子との浮気がばれ、かつ四井安友銀行の常務の座から関係会社に放逐されてしまった。頭の中には悩みが充満し、その重さで揺れている。そこに加えて離檀料を二百万円も請求されてしまった。この衝撃は大きい。麗子が一千万円の手切れ金を口にしている。実際、どうなるかはわからないが、タダで別れるというわけにはいかないだろう。

それにもまして問題は小百合だ。麗子と戦うと言っていたが、トラブルの行《ゆ》く末《すえ》は見えない。俊哉を守って戦うわけでは決してないだろう。戦況次第では、離婚すると言い出して銀行から支給される退職金をガバッと持っていく可能性も十分にある。

俊哉の人生の残りを考えた。今、六十三歳だ。日本人の平均寿命は男性八十一歳だ。あと十八年もある。関係会社にいることができるのは役職者とはいえ六十八歳くらいまでではないだろうか。その間は給料が支給されるからなんとかなるだろうが、八十一歳まで生きるとして残り十三年をどうやって暮らせばいいのか。先立つものはカネだ。これを小百合や麗子に、全額を持っていかれれば老後破産の憂き目に遭い、貧困老人として暮らさねばならなくなる。

あれこれマイナスばかり考えていると、離檀料の二百万円はいかにも高い。値切らねばならない。

腹に力を込める。

「なんとかまけられませんか」

睨む。

「ダメです」

きっぱり否定された。

「おかしいでしょう。こんなのが相場ですか」

「相場はありません。あなたの非礼に対する、我が寺への慰謝料です」

「はぁ？」

「離檀料は、慰謝料です」

なんとも自己都合な理屈だ。しかし慰謝料と言えないこともない。今まで世話になった寺を捨てるのだから。慰謝料という言葉を聞いた時、祐源の顔と麗子が重なった。「それでも相場はあるでしょう。それに離檀料は法的には支払いの必要がないと聞きましたが……」

探るような目つきになる。

祐源の表情が固まる。

「あなたは法律が全てなのですか。さすがに無慈悲、無情な銀行の方ですな」

「銀行とは関係ないでしょう。ご住職様が、あまりに高額な離檀料を請求されるからです。私は払わないとは申し上げていません」

腹をくくった。

「失礼します」

背後から声がした。聞いたことがある声だ。振り向く。やはり……。

「君……どうしてここに」

ニチボの大瀬だった。

「寛哉さんや奥様から言われましてね。やって参りました」

大瀬は俊哉の隣に正座する。

「あなたは？」

祐源が、突然の闖入者《ちんにゅうしゃ》に戸惑う。

「ニチボという霊園販売業者の者です。大谷さんの依頼を受けて参りました」

「ははぁ」

祐源は何かを悟ったような表情になり「大谷さんに団地みたいなお墓を売った会社の方ですね」と言った。

「そうです」

大瀬は冷静だ。

「あなたね、金儲けをするのは勝手だが、団地に仏様を住まわせて本当にご供養できると思っているの？」

冷笑する。

「思っております。私たちは仏様を心からお祀りいたします」

「どうせ十年も経てば、会社が潰れて廃墟になるだけだ。その時、仏様が迷われなければいいけどね。その点、我が寺は四百年以上も、ここで頑張っているんだ」

祐源はドヤ顔になった。

ふいに心配になる。確かに阿弥陀寺は慶長年間に創建されたらしいから四百年以上もこの地にある。村の人たちに支えられて、どんなに時代が変化してもここを動かず仏様を守ってきた。

しかしニチボは資本主義社会の会社だ。業績が悪化したり、資本が尽きたりすれば会社がなくなる。百年企業はそれほど多くない。

またビルもせいぜい五十年ほどしかもたない。それ以上経過すれば、建て替えなどをしなければならない。数百年ももつコンクリート建築物はこの世に存在しない。

「百年先も大丈夫なのかな」

弱気で大瀬に囁く。

「お任せください。どんなことをしても守り抜きます」

胸を叩く。カラ元気でも安心感がある。

また、百年先まで心配していたら夜も寝られない。その責任もない。俊哉は、自分を納得させた。

「大瀬さん、参りましたよ。離檀料を二百万円も請求されているんです」

俊哉は情けない表情を大瀬に向けた。

「それはひどい。そんな金額は聞いたことがありません」

大瀬は、厳しい表情で祐源を睨んだ。

「他は知りませんが、我が寺ではこれが相場です」

祐源が自信たっぷりに言う。

「わかりました」

大瀬が身を乗り出すようにして祐源を睨む。

「訴訟になりますが、いいですね」

祐源は、訴訟という言葉を聞いて大きく動揺した。

その瞬間を逃さず大瀬が畳みかける。

「訴訟ではこれほど高額の離檀料で決着することはありません。にもかかわらず弁護士を雇い、時間と費用をかける意味があるでしょうか。祐源様、ぜひとも本音の離檀料をお聞かせください」

祐源は、大瀬の言葉に「うーん」と唸り、天井を見つめて腕を組んだ。そしてしかめっ面のまま右手を前に突き出し、片手の指を大きく広げた。

「五十万円ってことかな?」

大瀬に囁く。

「これでもかなり高いです」

大瀬の表情が渋い。

「仕方がないさ。もうそれくらいなら決着させたい」

俊哉は頷く。

「わかりました」

大瀬が答える。

「離檀料は五十万円ということでしょうか?」

大瀬が確認する。

「そうだ」

祐源が重々しく答える。

「ではその金額で合意といたしましょう」

大瀬が言い、俊哉も「結構です」と答えた。

「仕方がない」

祐源は渋い表情を崩さなかった。

俊哉は、祐源を少し軽蔑した目で見た。離檀料を提示するのにまるで何かの売り買いのように手の指を広げたからだ。


とにかくこんな交渉は早く終わりにしてこの場を立ち去りたかった。

俊哉の気持ちを察したのか、大瀬は事務的に必要なことを祐源と詰め始めた。

離檀料は後日、支払うことにして大瀬は祐源に埋蔵証明書に署名させた。これがないと墓じまいができない。

祐源は、「埋蔵証明書手数料を頂きます」と言い、千五百円をその場できっちりと受け取った。なんとがめついというか欲深い和尚なのだろうか。こうでなければ数百年も寺を維持できないのかもしれないと思うと、先ほどの軽蔑が少しずつ尊敬に変わっていくのが不思議だった。

墓じまいの作業を依頼する石材店は阿弥陀寺に出入りする業者に決まった。

ある墓じまいの解説本によると墓石を処分し、墓地を更地にするのにも一平米あたり八万円から十五万円もかかる。それに遺骨の取り出し費用が一体あたり一万円から五万円。

もし墓石を新しい墓でも使う場合にはその運搬費が一墓石当たり二十万円から八十万円もかかるらしい。さらにさらに新しい墓に納める納骨費用が一体当たり一万円から三万円。

幸いにも俊哉の場合は、墓石の運搬や納骨費用追加は不要なため安くあげることができる。

それでも墓地がそれなりの広さのため五十万円程度は覚悟しなければならないだろう。

「閉眼供養のお布施はどのくらいでしょうか」

墓をしまう際に、墓に宿った魂を抜くために供養をしなければならない。その際には祐源にお経を読んでもらうのだが、その際の費用を、大瀬はぶしつけに聞いた。

「お心のままに」

祐源が厳《おごそ》かに言う。

「わかりました」

大瀬が頭を下げる。

「おい、また高額をふっかけられないよな」

俊哉が心配して囁く。

「大丈夫ですよ。五万円もお支払いすればいいでしょう」

大瀬が小声で言う。

祐源の耳に入ったのか、右の眉がぴくりと動いた。

全ての交渉が終わり、阿弥陀寺を後にした。

祐源もすっきりしたのか、「もし我が寺を思い出すことがありましたら、桜の季節にでもいらしてください」と気持ちよく見送ってくれた。

大瀬は、これで地元の役所に改葬許可申請書を提出することができますから、万事順調ですと言った。

受け入れ先の赤坂霊陵苑の方は何も心配しなくていいのかと俊哉が聞くと、大瀬は、あそこは我が社がすべて仕切っていますから、開眼供養などもリーズナブルな費用でやらせていただきますと笑顔で答えた。

納骨時の開眼供養などの費用をリーズナブルと答える言い方が、なんだかビジネスライクで俊哉の心をわずかにいらつかせた。仏様をお祀りするのに相応しいと思えなかった。

俊哉は、阿弥陀寺の長い石段を下りて振り返った。緑の葉が風に舞い、俊哉の足元に落ちてきた。

大谷家のご先祖様はこの地で連綿と命をつなぎ、歴史を積み重ねてきた。その証が、阿弥陀寺の墓地だ。

それなのにその墓を自分の代で途切れさせ、墓じまいをし、東京の納骨ビルに、それも宗派は問わずと言いながら真言宗から浄土真宗に宗旨替えをする……、本当にこれでよかったのだろうか。胸の痛みを覚えた。

しかし決めてしまったことは仕方がない。もはや後悔しても始まらない。

俊哉は、深々と阿弥陀寺に向かって頭を下げた。

2

大瀬はなかなかの仕事人だった。

「あとは、お任せください」

帰りの新幹線に同乗し、胸を叩いた。

石材店との打ち合わせや閉眼供養、納骨などのスケジュールなども、俊哉を煩わせることなく進めてくれるという。

「新しくお墓を作られた時に開眼供養を行います」

大瀬は言う。

「墓をしまう時に閉眼供養したり、新しく作ったら開眼供養か……。坊さんが儲かるシステムをよく考えたものだな」

俊哉は祐源の顔を思い出して皮肉っぽく言った。

実際のことはよく知らないが、ある経済人は仏教の面倒くささを嫌って、遺族や子供たちに面倒をかけたくないと亡くなる直前にキリスト教に改宗したと聞いたことがある。

実際、仏教は人が亡くなってからもやたらと行事が多い。

四十九日の法要や一周忌、三回忌などと何回も法要をしなければならない。五十回忌、百回忌なんてのもある。

それに加えて墓をしまったり、新しくするだけで閉眼供養や開眼供養と盛りだくさんの行事がある。

墓には仏様の魂がいらっしゃいますのでそれを抜いたり、また新しく魂込めをしなくてはならないのですと僧侶は説明するが、死ねば、土に還るだけではないのか。墓に魂が残っているのなら仏様は十万億土の極楽浄土に行かず、冷たい石の墓に閉じ込められているというのだろうか。

よくわからない。

何年にもわたって年忌法要をしないと成仏できないのか。子孫に何か問題が起きるというのだろうか。仏様が祟《たた》るわけではないだろう。

年忌法要は仏様を偲《しの》ぶというが、百年も子孫が偲んでくれるはずがない。もしあるとすればよほど特別な人だ。

「坊さんが儲かるようになっているのかね」

大瀬に言う。

「さあ、私からそれに関してはノーコメントです」

大瀬が薄く笑う。

しっかりしたビジネスマインドを持っている。余計なことは言わないし、余計な考えには与《くみ》しない。

「妻と一緒に墓に入ろうなどと言ったのだが、意味があるのかな」

愛人の麗子にも同じことを言ったことは伏せて置いた。

「仲がよい夫婦の証明ですよ。美しいです。ご子息様方も赤坂ですとお参りが容易ですからね」

「でもね、お参りしてくれているかどうかってわからないでしょう。死んじゃっているんですから」

「そうですね。でもそれは残されたご遺族のお気持ちですから」

「と、言いますと？」

「感謝ということではないでしょうか。ご夫婦で一緒のお墓にお入りになっていれば、ご子息様は『こんなに仲のよい父と母の間に自分が生まれたのだな、自分たちもしっかり生活しよう』というそんな気になるのではないでしょうか。そのためのお墓なのではと思いますが」

「感謝ねぇ」、と俊哉はひとりごちた。

さすがに優秀な営業マンの答えだ。ソツがない。

しかし、長男寛哉も長女春子も自分にどの程度感謝してくれているだろうか。普段の素振りからは感謝の「か」の字も見えない。

仲がいい夫婦というが、麗子との関係は長くひた隠しにしていた。俊哉は、妻小百合をないがしろにしたわけではない。自分なりには仲がいい夫婦だと思っているが、愛人麗子の存在が明らかになった以上、小百合は、「仲がいい」などとは微塵も思わないだろう。「仮面夫婦」だったと嘆くに違いない。

「君は『感謝』と言うけれど、墓を作る意味が本当にあるのだろうかね。子供たちが面倒くさがるだけではないだろうか。心で『感謝』してくれればいいんじゃない」

俊哉は、隣に座る大瀬に聞いた。

大瀬は、表情を変えない。

「僭越《せんえつ》ですが、人には居場所が必要ではないだろうかと思います。それは生きている時も、死んだ時も、です。居場所がないのは寂しいですよね」

「まあ、そうですかね。居場所ね。死んだ後も居場所があると思うと安心して死ねるかもしれませんね」

先ほどの「感謝」より「居場所」の方がしっくりと納得できた気がする。

新幹線が終着の東京駅のホームに入っていく。

――居場所、あるかなぁ……。

俊哉は自分の居場所が火宅になっていることを思い、気持ちが重く沈んでいくのを感じていた。

3

「まさか……」

俊哉は絶句した。

自宅のドアを開けたら、迎えに出てきたのは麗子だった。

それも楽しげに笑顔だ。

「ど、どうして？　麗子」

俊哉は、その場に立ち尽くした。自宅だと思っていたのだが、間違って麗子のマンションに来てしまったのか？

そんな馬鹿なことはない。

ではなぜここに麗子がいるのだ。

そうか……。麗子が化けて出てきたのだ。墓じまいのことを終えての帰宅なので、余計にそう思った。

麗子は、俺と別れる辛さから自殺し、ここに亡霊となって現れているのだ。

いや……ここにいるのは本物の麗子だ。

そうか。わかったぞ。

小百合は麗子と直談判すると言っていたが、逆に麗子が小百合と直談判するためにここにやって来たのだ。小百合は大丈夫か？　危害でも加えられていないか。

「何をお化けでも見たような顔をしているの」

麗子が笑っている。

「なぜ、ここにいるんだ？　小百合は？」

俊哉が妻の名前を呼ぶ。

「私は、ここよ」

小百合が現れた。やはり笑顔だ。

夢を見ているに違いない。それもかなりの悪夢だ。小百合と麗子が目の前に並んで立っている。それも笑顔で……。

「あなた、そんなところでぼっとしていないで上がってよ。墓じまいの段取りは順調に進んだようね。さっき大瀬さんから連絡があったわ」

小百合が言った。

大瀬は、小百合に祐源との交渉のことなど逐一報告したようだ。

「ああ、だけど……」

小百合に言われても俊哉は玄関から動けない。

二人が笑顔でここにいる事態が理解できないからだ。二人は、俊哉のことで憎み合い、いがみ合っているはずではないのか。

「ああ、そうか。あなた、どうしてここに麗子さんがいるのか、理解できないのね」

小百合が麗子に視線を移す。

「説明してあげるから、さっさと靴を脱ぎなさいよ」

麗子が命令する。

「わ、わかった」

俊哉は、どことなくびくつきながら、靴を脱ぎ、リビングに向かった。

テーブルの上には赤ワインのボトル、飲みかけの赤ワインが入ったグラスが二つ。そしてハムやチーズなどのオードブルが皿に盛られている。二人でワインを飲んでいたようだ。

俊哉の頭の中が混乱し、乱れた電波でザーザーと波の音が聞こえてくるような錯覚に陥《おちい》る。二人がワインボトルで殴り合ってくれていた方が、ずっと事態を理解しやすい。

「あなたも飲む?」

小百合が聞く。

「ああ、頂くよ。いったいどういうことなんだ」

俊哉が椅子に座る。

麗子がワイングラスを目の前に置く。それに小百合が赤ワインを注いだ。

「麗子さん」

小百合がグラスを手に持つ。

「何？　小百合さん」

麗子が親しげに答える。

「乾杯する？」

「そうね。私たち、三人の新たなスタートに幸《さち》あれ、かな？」

「そうね。それがいいわね」小百合は麗子の提案に賛成し、俊哉に向かって「あなた、乾杯するわよ」と言った。

俊哉は、ますます理解不能の表情のままグラスを手に取る。

小百合と麗子の二人は、俊哉の戸惑いを楽しんでいるかのように笑い合っている。

「では、三人の新たなスタートに幸あれ。乾杯」

小百合がグラスを持ち上げる。

麗子がそれに続き、カチリと小百合とグラスを合わせる。俊哉のグラスとも合わせようとする。俊哉は慌てて「乾杯」と言い、麗子、小百合のグラスと合わせる。カチ、カチと硬く澄んだ音がリビングに響いた。

俊哉は赤ワインを口に含んだ。なぜだか味も香りも感じることができない。目の前に小百合と麗子がにこやかに赤ワインを飲んでいる事態が理解できず、不安という以上に不気味さで心が満たされているからだ。

「あなた、どうして私と麗子さんがここで楽しく飲んでいるかわけがわからないんでしょう?」

小百合が楽しそうに聞く。少しドヤ顔をしている。

「ああ、全くわからない。君が怒って麗子のところに怒鳴り込んで行ったとばかり思っていたから。いや、まあ、なんと言っていいか、俺が全て悪いのは確かなんだがね」

できるだけ冷静になろうとする。

「小百合さんは、ものすごい剣幕で私の家に来られたわよ。そりゃそうよね。夫を長い間、盗んでおきながら、あんなメールや写真を送りつけたんだものね」

麗子が笑いながら言う。

「怒鳴り込んだわよ。本気でね。あなたのためというより私が馬鹿にされたと思ったから」

小百合が赤ワインをぐいっと飲む。

「それでどうなったのだ」

俊哉が恐る恐る聞く。

小百合が麗子と目配せをする。

「それは怒鳴り合ったわよ。この泥棒猫ってね」

「小百合さん、なかなか見事な啖呵《たんか》を切ったわよ。『あんな亭主だけど、長くお世話していただきありがとうございます。どこがいいのか私にはさっぱりわかりませんが、それでも私の亭主です。あなたにおめおめと持っていかれるわけにはいきません。墓場まで連れ添いますから』ってね。かっこよかったわよ」

麗子が言う。

かっこよかったというのは相応しい表現かどうかはわからない。

「それでどうなったの？」

俊哉が聞く。

小百合が楽しそうに言う。

「お互い、このバカ女、このブスなんて罵詈雑言《ばりぞうごん》を投げつけ合ったのよね」

俊哉はその姿を想像する。部屋の中で二人の女が、お互いの服を引きちぎらんばかりに摑み、怒鳴り合う。ああ、なんとおぞましい姿だろうか。

「お互い悪口を言い合って、疲れて、それである種の空白の時間ができたの。戦闘に疲れて、打ち方止めっていうような。その時、空を見上げたら青空にぽっかり白い雲が流れていて、鳥が一羽飛んで行くみたいな感じ……わかる？」

麗子が俊哉を見る。

「わかる？　って言われてもな」

困惑する。

戦いに疲れて、ふいに空白の時が訪れたのか。

「その時ね、お互いの顔を見たら、二人とも同じことを考えていたみたいなのよ。なぜこんな喧嘩をしているのかってね」

小百合が言った。

戦争で弾の限りを撃ち合い、味方が全員死亡して、敵も一人、自分も一人という状態になる。そこまで激しい戦いだったのだ。二人は、ジャングルの中を這いまわる。そしてばったりと顔を合わせる。お互い銃剣を突き合わせる。しかし、その時、戦いの無意味さ、虚しさが急に押し寄せてくる。もはや二人しかいないのだ。ここで死力を尽くして戦い、どちらかが死ぬ。あるいはどちらも死ぬ。その死にどんな意味があるのだろうかという究極の疑問が湧いてくる。相手を殺す意味があるのだろうか。相手に殺される意味があるのだろうか。そもそも相手と殺し合う戦いに意味などあるのだろうか。残されるのは、累々《るいるい》と横たわる死体だけだ。その死体に勝った、負けたは関係がないではないか。

「止めましょうかって言ったの」

麗子が神妙な顔になる。

「私も止めましょうかって答えたの。お互い、同じことを考えていたのね。なぜあなたが原因で二人が争わねばならないのかって。意味がないではないかって」

小百合が言った。

「申し訳ない」

俊哉が頭を下げた。

「それでね、急に二人で泣き出したのよ。女って悲しいね。あなたみたいな男の取り合いで喧嘩するなんてね」

小百合が言った。

あなたみたいという言い草はないだろう。俊哉は少し憤慨する。

「泣きやんだ時、二人とも同じ結論に達したの」

麗子が楽しそうに言う。

「どんな結論なの？」

俊哉が聞く。

「それはね、あなたさえ排除してしまえば、二人は仲よくなれるんじゃないかって。

あなたは二人にとって共通の問題。その問題を排除すれば、二人に争い、いがみ合う理由はない。それが結論なの」

小百合がしたり顔で言う。

「えっ、私を排除する?」

いったいどういうことだ。

4

——小百合と麗子の話によると……。

小百合が麗子のマンションに押しかけると、麗子との間で筆舌に尽くしがたい罵り合いが始まった。

罵り合いに疲れた頃、二人はともに銀行員であったことを知る。小百合が、今は四井安友銀行というメガバンクになっている旧四井銀行に勤務していたことを話した。

麗子が四井安友銀行の行員であったことを知った上での発言だ。

「今は、頭取になっているけど木島豊さんをご存じ?」

小百合は言った。

「ええ、企画部時代に知っているわよ。ちょっとスケベだった」

麗子が答えた。

「そうそう、あの人、スケベだったわね。ははは」

小百合は愉快に笑った。

「俊哉とはね、横浜支店で出会ったのだけど、その前の鎌倉支店で私、木島さんの教育係をしていたのよ。あの人、覚え悪くてね。算盤や札勘定を教えても、全くダメ。でもスケベなところがあったから私のことを好きになってね」

「まさか、エッチしたんですか」

麗子が興味津々の様子を表情に出す。

「迫られたのだけど、それはなかったわ。今から考えると残念ね。ふふふ。でもあの頃は、若くて真面目だったから。その後、横浜支店に転勤になってね。俊哉が入行してきたの。かっこばかりつけたがる人でね」

「ああ、そういうところありますね」

麗子が同意する。

「その頃は、私もそろそろ結婚を意識する年齢になっていたから、俊哉が私に気があるのに気づいて、ちょっと欲張ったのね。年下だったからわりと簡単だった。結構、女に飢えてたんじゃないの。ほほほ。それでお互いその気になって……」

「エッチしちゃったんですね。奥様、今でもお綺麗だから。若い俊哉さんなんてくらくらだったでしょう」

麗子が小百合をのせる。

「いやあね、綺麗だなんて。もうすっかりおばあちゃんですから」

小百合が照れた。

「私はですね。別に俊哉さんのこと好きでもなかったんですよ」

麗子が言う。

「あら、ではどうしてこんなことになったの」

小百合が聞き返す。

「あの頃、合併協議で忙しくてですね。それで残業、残業だったんです。その仕事が一段落ついた時、食事に誘われて……。それで」

麗子が少し涙ぐむ。

「まさか、酔った勢いで？」

小百合が憤慨する。

「ええ、俊哉さん、私をいたわってくださったから……、それで。私、晩熟《おくて》で、初めてだったんです。二十七歳にもなっていたのに」

「あら、そうなの」

小百合が表情を曇らす。

「結婚したいなと思ったこともあったのですが、俊哉さんには奥様がいらっしゃるし、それで辛くなって銀行を退職したんです。普通のOLは嫌だなと思ったら、できる仕事ってホステスしかなくて……」

麗子がぐずる。

「いいママさんに出会えたので銀座で勤めるようになったんです」

「そこへまた俊哉が客で来たというわけね。腐れ縁ねぇ。もう、しょうがないわね」

小百合が言う。

「そうなんです。これも何かの縁だと思ったのが、ははは、間違いでしたね、ははは」

麗子が泣きながら笑う。

「間違いじゃないわよ。俊哉って、わりと、ズルだからあなたの勤めている店を知っていたのよ。きっとそう。悪かったわね。かわいそうに。俊哉のお陰で、人生を狂わされて」

小百合も少し涙ぐむ。

「人生を狂わされたなんてことはありません。これが人生です」

麗子が言う。

「偉いわ、麗子さん」

小百合が麗子を見直す。

「ねえ、俊哉さえいなければ私たちもっと違う人生を歩めたわけじゃない？　今からでも遅くないわね」

「えっ、どういうことですか。奥様」

「俊哉を排除して、私たちが一緒になるのよ」

＊

——小百合と麗子はお互い意気投合し、俊哉を排除するという結論に達したという。

「排除するってどういうことだ。離婚するのか」

俊哉は焦った。

銀行はクビになり、関係会社に飛ばされ、このうえ、熟年離婚させられたらどうしようもない。

「離婚はしないわ。財産とか、いろいろもめるのは嫌だから。でも別居しましょう。あなたは私を長く裏切っていたのだから仕方がないわね。六月中に新しい住まいを探してここから出ていってちょうだい。ああ、春子もようやく出ていくみたい。いい人とりあえず同棲するって言ってたわ。それまで私は麗子さんのマンションにお世話になります」

「なんだって。ここから出ていけって……俺が買った家なのに。それに春子も春子だ。とりあえず同棲とは何という言い草だ。嫁入り前の娘だぞ」

突然の小百合の申し出に混乱する。

「何を古臭いことを言っているの。春子は春子。もう立派な大人よ。それに夫婦の財産は夫婦のものよ。あなただけのものじゃないわ。六月末までの期限をあげるから。その時は株主総会だから、あなたも銀行を辞めて新しい人生に踏み出すのに、ちょうどいいでしょう？」

小百合が真面目な顔で言う。

「それまでは奥様をうちでお預かりしますから」

麗子が笑みを浮かべる。

「墓は、墓はどうするんだ。墓じまいの段取りも皆、つけてきたんだぞ」

俊哉がやや興奮して言う。祐源の顔が浮かぶ。罰当たりめと言っている顔だ。

「それはちゃんとやるわよ」

小百合は、祀っている母澄江の骨壺を抱いてテーブルに置いた。「お母さまにもこの計画を聞いてもらったら、それがいいって賛成をしてくださったわ」

「馬鹿な……」

俊哉は絶句する。

「赤坂の納骨ビルに大谷家の墓としてちゃんとお母さまをお祀りする。でも私はそのお墓には入らない」

「えっ、墓も別居か？」

「そう、ちょっと違うけどね」

「何が違う」

俊哉は次々と繰り出す小百合の攻撃にアップアップし始めている。情けない。

「奥様は、死後離婚を選択されるのよ」

麗子が言った。もうすっかり小百合陣営の参謀になっている。

「死後離婚？　それはなんだ？」

俊哉が聞き返す。

「死後離婚とは、夫が亡くなった後、妻が夫の親族と関係を持ちたくない場合に離婚できる制度。これは夫の同意や親族の同意は不要で、妻が一方的にできる離婚ですね。まあ、言ってみれば死後の三下り半ということね」麗子が薄く笑う。「夫の死後だから、財産分与や年金などの問題はない。デメリットと言えば、奥様が他人になるわけだからあなたの年忌法要などができないくらいね。それが少し寂しいかな」

「あなたの年忌法要なんてするのは面倒だからちょうどいい。だいたい何回忌、何回忌って面倒だものね。私、あなたの死後まで清子さんたちとお付き合いするのは嫌だから」

小百合が眉を顰《ひそ》めたが、この意見には同意する。

「しかし俺が先に死ぬとは限らんだろう。お前が先に死ぬことだって考えられる」

ようやく俊哉が反論する。人の死は誰も決めることができない。

小百合は意味ありげに薄ら笑みを浮かべる。

「その通りよ。どちらが先に死ぬかはわからないわね。でもあなたと同じ墓には入らない」

「ではどうするんだ」

俊哉は動揺する。小百合の態度は、俊哉の発言を予想していたかのようだ。

「私の墓に入るのよ。奥様と一緒にお墓に入ることにしたの。たまたま同じ赤坂の納骨ビルを買ったわけでしょう。これが偶然とは言えないわねって話になったのよ」

麗子が喜ぶ。

「そうなのよね。麗子さんも私たちも同じ浄土真宗専念寺赤坂霊陵苑を購入したわけね。私は、麗子さんのお墓に入れてもらうの。そうすれば寛哉も春子も、大谷家のお墓にお参りするついでに私たちのお墓にもお参りできるでしょう？　これはいい考えだってお母さまにもご相談したのよ。そうしたらね」

小百合が嬉しそうに骨壺を見つめると、「カタリッ」と骨壺の中から音が聞こえた。俊哉は、ぞくっと背筋が寒くなった。母澄江がそこに見えた。今、俊哉は三人の女に囲まれ、責められているのだ。

「実はね、仲が良いと思われていたけど私もお父さんでは苦労したのよ。だから本当はあなたと一緒のお墓に入りたいわ。でもそれは今となっては無理だから、ご近所だと嬉しいわねってお母さまが……」

「妄想にふけるのもいい加減にしろ。そんなことお袋が言うわけないだろう」

また「カタリッ」という音が聞こえた。ぞくっとした。母澄江は本当に小百合に話しかけたのかもしれない。

「というわけなのね。私はね、俊君と……」

麗子が「俊君」となれなれしく言う。

「お墓に入ろうと思ったのね。奥様がご実家のお墓を拒否しているなら、生きているうちは無理でも死んだ後で正式な妻になろうって、ちょっとしたヒロイン気取りだったの。でもね、考えたらお墓ってもはや〝家〟単位のものではなくてもっと〝個〟の要素が強くていいんじゃないかって思ったのよ。死後の居場所っていうのかな。生きている時に、自分が死んだら、そこに祀られる安心感っていうのかな、生きている人のためにお墓ってあるんじゃないのって思うのよ。そりゃ昔は、〝家〟中心だからお墓が先祖とのつながりを示す場所で、私たち日本人の祖先崇拝のもとになっていたと思うのよ。先祖への感謝かな。それは今も変わらない。でもね、今、全国で無縁仏が増えているのは、何も少子化ばかりが原因じゃないとも思う。先祖への感謝よりも、死後の安心感、生きている自分の安心感のためにお墓ってあるんじゃない？　それなら私と奥様が一緒に入るのは何も問題がない。そういう結論に達したのよ」

麗子は滔々と墓についての自分の考え方を披露した。祖先崇拝にまで話が及ぶと、俊哉はもはや混乱の極みとなった。

「だから私は遺書を作成することにしたの。もし私が死んだら、麗子さんの墓に入りますってね。これならいいでしょう？　あなた残されたら、頼むわね」

小百合がウインクのつもりか、片目を閉じる。

頼むわねと言われても、俊哉は押し黙った。

「それからね、もう一つ話があるのよ」

麗子が言う。

「もう勘弁してくれよ」

俊哉は音を上げる。

「奥様ね、私の店で働くことになったのよ」

「えっ、小百合が銀座で！」

絶句だ。

「そう、楽しいかなって。それにね、あなたがこの家を出ていったら、売ってしまおうかなって思っている。売却代金を取ろうとしたらあなたが浮気したんだから慰謝料代わりだって、裁判するからね。あまり強欲なことは言わないでね。何もかもあなたが蒔いた種なんだから」

俊哉は、キリスト教徒でもないのに聖書の種を蒔く人の話を思い出した。よい土地に蒔いた種は、三十倍、六十倍、百倍にもなったが、悪い土地に蒔いた種は、鳥に食べられたり、芽を出してもすぐに枯れたりしたという話だ。

悪い土地に種を蒔いたのだろうか。いや、そうではあるまい。土地が悪いのではない。俊哉という種自身が悪いのだ。優柔不断で、身勝手で、無責任で結論を先延ばしにしながら、上手く世渡りしてきた人生だ。それが還暦を過ぎて、もうすぐ年金をもらう年齢になって破綻《はたん》をきたしたのだ。今までのツケが回ってきたのだ。妻や家族や、麗子や故郷の両親のことや、故郷そのもののことも、そして仕事のことも、面倒なこと、嫌なことからは目を背け、目先の楽しみだけを追い、それで人生が上手くいくと思っていた。このまま最後まで滑り込めると思っていた。しかしそうは問屋が卸さなかったのだ。最後が近くなって、ちゃぶ台返しに遭ってしまった。

「……あああ、ははは」

俊哉は力なく笑った。

「ワインを注いでくれ」とグラスを差し出した。

小百合がグラスに赤ワインをなみなみと注ぐ。

キリストは、最後の晩餐において使徒たちとの別れに際し、血のワインを分かち合った。

しかしこのワインの色は、俊哉の悲しみ、後悔、懺悔《ざんげ》の澱《おり》が溜まりに溜まって赤いのだろう。

一気に飲む。

――ああ、なんと渋い味なのだろう。

「わかった。私は、ここを出ていく。でも別居したらせめてよき友人としてたまには食事でも付き合ってくれ」

空になったグラスを置く。

「そりゃ、もちろんよ。銀座の店に来てね。二人で接待するから。料金は割り引くわよ」

小百合は、麗子と顔を見合わせ、からからと楽しげに笑った。

「お墓を手当てしておいてよかったわ」

麗子も笑顔で言った。

「居場所を見つけなければならないな」

俊哉が呟いた。

「不動産なら、大瀬さんに相談したら」

小百合が言う。

「彼は墓が専門だろう」

俊哉はむかっとして言った。

「あら、ごめんなさい。そうだったわね」

小百合は、再び麗子と顔を見合わせて笑った。

5

「長い間、ご苦労様でした。私はもう少しここで苦労させてもらうよ。コンピューター・システムズは重要な会社だからよろしく頼むよ」

頭取の木島に呼ばれて、ついに引導を渡された。

株主総会は六月の最終金曜日だ。今は五月末。新しい取締役候補が発表になった。

俊哉のように退任する者、新しく経営に参画する者、悲喜こもごもの時期だ。

木島は、引き続き頭取として君臨する。これから何年その椅子に座るのか、誰もわからない。自分で辞めると言うまで下りられない、下りないのがトップの椅子だ。

「お世話になりました。今度は関係会社から頭取をお支えいたします」

俊哉は神妙な顔で低頭した。

「よろしく頼むよ。ところで墓の件はケリがついたかね」

木島が聞いた。

「はあ？」

俊哉が首を傾げた。

木島が聞いているのは、赤坂の納骨ビルのことだろうか。

「君のご母堂が亡くなられて、それから君は墓を探していたじゃないか。墓じまいは無事に済んだのかと思ってね。私も徳島の実家の墓をどうにかしないといけないから、参考に聞かせて欲しいと思ってね」

木島も、遠く四国徳島に先祖の墓を置いたままなのだ。

「はい。おかげさまで、田舎の墓を墓じまいしまして、父の遺骨と母の遺骨、それからその他の先祖の遺骨を浄土真宗専念寺赤坂霊陵苑に納骨し、開眼供養も無事に終わりました。田舎の寺とは離檀料で少しもめたこともありましたが、なんとか適当な相場で折り合っていただきました」

「それはよかったね。色々調べるとなかなか面倒な様だから何かアドバイスがあれば教えてくれないか。参考にしたいからね」

木島は、穏やかな口調で言った。

俊哉は墓じまいの一連のことを思い浮かべた。

＊

墓じまいする時の閉眼供養は小百合と二人きりで行った。妹の清子に声をかけたが、忙しければ来なくていいと話したら、本当に来なかった。うちは笠原家だから、兄ちゃん、勝手にやっていいよ、日程も相談してくれなかったのだからと文句を言った。確かに閉眼供養の日を、いちいち相談はしなかった。しかし、墓の面倒は見ないと言ったのは、清子ではないか。だから相談する気にもならなかったのだ。

小百合は、神妙にしていた。自分が大谷家の墓に入らないと決めたからだろうか。

浄土真宗専念寺赤坂霊陵苑に母澄江の遺骨とともに父俊直の遺骨も納めた。

俊直の遺骨は火葬され名前の入った骨壺に入っていたからよかったが、墓からは土葬された誰ともわからない先祖の遺骨が出てきた。

これらも火葬してまとめて骨壺に入れ、父母の遺骨と一緒に納めた。

開眼供養も小百合と一緒に行った。この時は、寛哉、寛哉の妻の沙江子、孫の智哉、そして娘の春子も参加した。

供養の後、皆でレストランに行き、小百合と別居することを話した。

寛哉は驚いたが、春子はそれほど驚かなかった。女同士で、俊哉の不倫の話をしていたのだろう。寛哉の妻の沙江子は、「あの家をお売りになるのですか？」と目を丸くして聞いた。いくらか分け前が欲しそうな顔つきに、俊哉には見えた。

まだ、計画中よと小百合は笑って否定した。

俊哉の不倫、死後離婚のことも話した。小百合は死んだら俊哉の不倫相手の墓に納めて欲しいと遺言すると言ったら、この時はさすがに全員が「エーッ」と叫んだ。

「全ては、俺の蒔いた種だよ」

俊哉は、悲しそうに笑った。

「二人がそれでよければいいんじゃない」

寛哉と春子が同時に言った。

あっさりとしたものだ。俊哉は、家族の絆とは、なんだろうと考えたが、複雑に絡み合ってどうしようもなくなるよりいいだろう。

「じゃあ、ここに来たらおじいちゃんのお母さんのお墓と、おばあちゃんのお墓の二か所にお参りするんだね」

六歳の孫、智哉が言った。

「よろしくね。智哉君」

小百合が笑みを浮かべた。

「じゃあ、おじいちゃんのお墓はどこにあるの？」

智哉が無邪気に俊哉に聞いた。

「おじいちゃんのお墓ねぇ」

俊哉は苦笑して小百合を見つめた。小百合の墓からは排除されているし、さりとて大谷家の墓に入れば、母澄江がうるさそうだし……。

墓は〝個〟のもの、生きている人が安心するものという麗子の言葉が蘇る。

――あいつ、なかなかいいことを言う。

俊哉は、自分が本当に安らぐ居場所はどこだろうかと考えた。どこにもないのだろうか。

智哉が質問の答えを待って俊哉を見つめている。

ふと、智哉が椅子に掛けているバッグが目に入った。それに子供の防犯用ブザーがぶら下げられている。ブザーのストラップにピカチュウ人形が付けられていた。ピカチュウが黄色い耳を立ててつぶらな瞳で俊哉を見ている。

「智哉……」

俊哉は孫の智哉に話しかけた。

「なあに、おじいちゃん」

智哉が俊哉を見つめる。

「おじいちゃんが死んだら、骨をそのピカチュウの中に納めてくれるかな」

俊哉はにっこりとした。

一瞬、智哉は、驚いた。バッグで揺れているピカチュウ人形を手に取って見つめた。

そして俊哉に笑顔を向けた。

「いいよ」

智哉ははっきりとした口調で言った。

「ありがとう。智哉……」

俊哉は、胸の中が熱いもので満たされるような思いがして、涙がポロリとこぼれた……。

＊

「頭取……」

俊哉は背筋を伸ばし気味にして木島に言った。

「なんだね。何か、いいアドバイスがあるかね」

木島は微笑した。

「特にございません」

俊哉は神妙に答えて頭を下げた。

「そうかね。では下がってよろしい。元気で活躍してください」

木島は憮然《ぶぜん》として言った。

「ありがとうございます。頭取もお元気でお過ごしください」

俊哉は踵《きびす》を返した。

頭取室のドアを閉める。背後でパタリという音がする。自分を拒否する冷酷な音のように聞こえる。廊下を歩く。コツコツと床を靴が叩く。この音を今まで何度聞いたことだろう。急ぎ足で、忍び足で、いろいろな足取りで頭取室と自分の執務室とを往復した。それも今日限りだ。しかし、悔いても仕方がない。全ては因果応報。自分が蒔いた種だ。そこから出た芽は自分で刈り取らねばならない。何事も自己責任。

さあ今日から、新たな出発だ。人生はまだまだ終わりじゃない。俊哉は自らを鼓舞し、無理矢理、大股で足を踏み出した。

解説

井上理津子（ノンフィクションライター）

金融やビジネスの世界を描いてきた江上剛氏が、「お墓」をテーマにした。見事な、現代お墓小説である。

題材が題材だけに、面白いと言っては不謹慎かもしれないが、お墓を軸に「で、次どうなるの？」と、はらはらさせられ、実に面白い。読みながらメインの三人全員に、ほぼ等しく感情移入してしまった。この人の気持ちも分かるし、あの人とこの人の気持ちも、そりゃあその立ち位置なら分かる。ふむふむ。でこぼこのトライアングル。だから、人の世は面白いんだよなぁ。そして最後の最後に、男の身勝手への小気味いいどんでん返しだ。

のっけから昂《たか》ぶった書きようになってしまったことをご寛容いただきたい。

本書の主人公・大谷俊哉は大手銀行で順風に出世してきた六十三歳の常務取締役執行役員である。家庭もそれなりに円満だったが、兵庫県丹波にある実家の母が亡くなったのを機に、雲行きが怪しくなる。母が亡くなる直前、若い頃の確執からそれまであまり交流がなかった妻の小百合に「お墓を頼みますね」と遺言したため、大谷家にお墓問題が勃発したからだ。

家族葬を営んだ。納骨までの期間、遺骨を誰が預かるのか。地元で暮らす妹に「墓を守るのは長男の役目」と突っぱねられ、俊哉が東京へ骨壺《こつつぼ》を風呂敷《ふろしき》に包んで持ち帰ることになった。

丹波に、いわゆる「家墓」がある。そこに「俺たちも入る」という認識だった俊哉に、横浜育ちの小百合は「嫌よ。なんの縁もない、こんな田舎……」。挙句に「（あなたと）同じ墓には入りたくないわ。勝手にお父さまやお母さまと同じ墓に入ればいい。私は、どこか違うところを探す」と、断固拒否する。

このいざこざを自分には関係がないと思う人たちは甘い、と私は思う。「長男がお墓を継ぐ」のが当然だった時代は、ほぼ終焉《しゅうえん》を迎えていると言っていいのではないか。実は私は『いまどきの納骨堂　変わりゆく供養とお墓のカタチ』（小学館）というノンフィクション本を書いたが、その際にお墓への思いを約二百人に取材した。家にお墓があってもなくても、「そのうち、なんとかしないといけないと思っている」という人の多さに目を見張った。ある女性誌が二十〜七十代の読者五百七十人(女性五百八人、男性六十二人)に実施したアンケートでは、実に五十六パーセントの人がお墓についての悩みを持っていた。曰《いわ》く「故郷の墓が遠いので移転させたいが」「大きなお墓をコンパクトにしたいが」「子どもが女の子ばかりなので、墓じまいしてしまいたい」。はたまた小百合と同様に「家のお墓に入りたくない」……。

そもそもお墓についての知識や情報が十分でなく、「墓じまい」や「改葬(遺骨の移転)」、新しいお墓の購入などに、心を乱している人が存外大勢いるのが、明々白々なのである。それでも、夫婦で意見が一致すればなんとか先に進めるだろうが、食い違えば競り合いが起きるのは必至だ。

ましてや俊哉には十三年来の愛人、麗子がいた。母の葬式帰りの新幹線での小百合とのやりとりに疲弊した夕刻、東京駅から母の骨壺を持って、麗子のマンションに直行する。温かく迎えてくれた上に、母の骨壺も丁重に扱ってくれ、ほろっとする。勢いで、俊哉は麗子に「一緒に墓に入ってくれ。お袋も一緒だ」「お前しかいない」と口走ってしまうのだ。そのシーンで「適当なことを言って、麗子が本気になっても知らないからね」と俊哉に苦言したくなるのは私だけではないだろう。実際、この言葉が、俊哉の命取りになる。

一方、小百合の気持ちは変わる。麗子との情事をすませて帰宅した俊哉を待っていたのは「あなたと一緒にお墓に入るのが嫌なのではなく、田舎のお墓に入るのが嫌ってこと」という小百合の言葉。終活中の友人の影響を受け、東京にお墓を買って母も入れようという考えになっていたのだ。

そうそうそう。近ごろそんなふうな方法をとることが突飛でなくなっている。田舎のお墓に親を入れると、自分たちはお参りにいくだろうか。たぶん、あまり行かない。いずれ自分たちがそこに入ると、子どもたちはお参りに来てくれるだろうか。まず来ない。ならば「東京にお墓を」である。俊哉はひたすらに感激する。

　もっとも俊哉は、麗子に「一緒にお墓に入ろう」と誘った舌の根も乾かぬうちに、小百合に「お前と一緒に入る墓を探すってことだ。一緒に入る墓は、夫婦の絆を確認する存在だ」と調子のいいことを言って感涙にむせぶわけで、笑っちゃいますが。さらに、後日「一緒に入るお墓、探すから」と麗子に言われて、その場しのぎで「ああ」と答えるのも、なんとも。ともあれ、東京で大谷家のお墓を探し、田舎から改葬してくることになったのだ。

そのあたりから、出てくる出てくる、今どきのお墓事情が業界背景の説明付きで。

経済小説家・江上氏の本領発揮である。

まず、郊外の民間霊園。セールストークは、「見晴らしがいい」「吹き抜ける風が心地よい」などだ。「○・六平米・百三十万円」などと具体的な値段まで出てくる。麗子が買ってしまうのだが、その霊園は詐欺物件で、一連の企画に俊哉の銀行が絡んでいたから、当然すったもんだが起きる。

お墓には民営墓地、公営墓地、寺院墓地とあり、それぞれに特色がある。民営墓地は、宗派を問わないなど使い勝手はいいようだが経営主体が玉石混交。公営墓地は費用が安いが競争率が激しい。寺院墓地はその寺院の檀家《だんか》になるのが原則などともあり、「学習」できるのもありがたい。

樹木葬、合祀《ごうし》、永代供養墓の形式もいいなあとイメージできた後、この物語の核になる場として登場するのが、俊哉が息子に紹介された都心の「納骨ビル」だ。夫婦で見学に行く。私は、さて、どう描かれるのだろうと身を乗り出した。

自動ドア。白い天井。シャンデリア。ホテルのように豪華。

「『死』にまつわる施設だとは感じさせない」

江上氏は、俊哉にこう呟《つぶや》かせている。

ホテルの部屋に入る時のようにカードをカードリーダーにかざし、参拝ブースに入る。正面の扉が開いてお墓が現れる。両脇に美しい供花。「これならいいわね。カードを（子どもたちに）渡しておけば、いつでもお参りに来てくれるじゃないの」と小百合も満悦する。「母たちの遺骨を一緒に入れても、ここは私のホームグラウンドだから、向こうがご遠慮なさるでしょう？」には返事できなかったが、俊哉は「お前がいいなら」と即決し、タイムリーな割引価格九十万円で契約する。

田舎の菩提寺もなんとか離檀し、墓じまいも完了できた。やれやれ。しかしながら、これにて大谷家のお墓問題解決――といかないのがこの物語の醍醐味《だいごみ》だ。このあとの手に汗にぎる展開は本編をじっくり読んでほしいから、さくっと書くが、麗子の反乱、小百合の激怒、左遷、ついには小百合と麗子の結託――。

俊哉が、小百合と麗子双方から三行半《みくだりはん》を突きつけられ、家からもお墓からも追い出される顚末《てんまつ》は、最初に一読した時、コミカルすぎてあり得ないとただただ笑ったが、再び三度読むうち、あり得なくないと思えてきた。

それは、近年のお墓の変化を考え合わせたからだ。

お墓は「今」の時代を映す鑑《かがみ》だ。

半世紀ほど前まで、人が亡くなると、地方によっては、男衆がお墓を掘りに行き、新しい人を入れるスペースを作った。故人に、親族みんなで死化粧を施し、座棺に入れ、僧侶を先頭に行列を組んで、その墓地まで歩いたという。一族のお墓に入るのが当たり前だったわけだが、担い手がいなくなった上、そうした価値が認められなくなった。特に女性には、「家」と結びついたお墓は非合理的で、煩《わずら》わしいと思う人が増えた。

「東京で出世する、それはイコール、故郷を捨てることだ」

俊哉の吐露だ。

とりわけ都市部に流入した人たちに、「家」と「お墓」につきまとう因襲が足かせになった。八〇年代頃から、主に核家族が購入する霊園が郊外に盛んに造られたのは承知のとおりだろう。そして九〇年代後半に、本書に言う「納骨ビル」が誕生した。倉庫と立体駐車場を組み合わせたような形式だ。

「都心にお墓を持とう」

「交通至便」

「天候に左右されず、手ぶらでお参りができる」

などと宣伝され、近年急増した。首都圏にはすでに約三十箇所に及び、十二万人〜

十五万人が使用していると聞く。明治時代からの歴史を刻む都立霊園八箇所の合計使用者数が約二十八万人だから、今や納骨ビルの使用者がその半数に届こうとしているのである。

お墓のありようのこれほどの激変は、水面下で人の心も変える。良く言えば楽にする。悪く言えば「なんでもあり」にするのではないだろうか。

田舎のお墓を拒否する小百合も、お墓について深く考えずに周囲に流される俊哉も、（愛人であることを差し引いて）おひとりさま故にお墓を求めようとする麗子も、私たちの周りに「ふつう」にいる人たちだと思えるのだ。とすると、この物語の顚末のようなことが、そろそろ世に起こり始めていてもおかしくない。

蛇足ながら、小百合と麗子に「女性専用墓」が新しくつくられ始めていることを知らせたいな、と思った。家族がいてもいなくても、「女性だけのほうが居心地がいいから」と選ぶ人がぽつりぽつりと増えている。

◎参考文献

『聖の社会学』勝桂子（イースト新書）
『呪いの鎮め方』川井春水（三五館）
『墓じまい・墓じたくの作法』一条真也（青春新書インテリジェンス）
『ゼロからわかる墓じまい』吉川美津子（双葉社）
『無葬社会』鵜飼秀徳（日経ＢＰ社）
『寺院消滅』鵜飼秀徳（日経ＢＰ社）
『墓じまいのススメ』八城勝彦（廣済堂出版）
『お墓の未来――もう「墓守り」で困らない』島田裕巳（マイナビ新書）
『人生とはドラマなり』寺村久義（株式会社ニチリョク）
＊「週刊東洋経済」（２０１５年８月８日・15日合併号）、「ＡＥＲＡ」（２０１６年８月15日号）他、新聞雑誌の記事等。

謝辞

墓地、霊園開発販売会社、株式会社ニチリョクの寺村久義相談役には業界の事情を長時間にわたってご教授いただき、非常に参考になりました。ありがとうございました。末尾で失礼ですが御礼申し上げます。

著者

本書は二〇一八年十月に扶桑社から単行本として刊行されました。

|著者| 江上 剛　1954年、兵庫県生まれ。早稲田大学政治経済学部政治学科卒業後、第一勧業銀行（現・みずほ銀行）に入行。人事部、広報部や各支店長を歴任。銀行業務の傍ら、2002年には『非情銀行』で作家デビュー。その後、2003年に銀行を辞め、執筆に専念。他の著書に、『絆』『再起』『企業戦士』『リベンジ・ホテル』『起死回生』『東京タワーが見えますか。』『家電の神様』『ラストチャンス　再生請負人』『ラストチャンス　参謀のホテル』（すべて講談社文庫）などがある。銀行出身の経験を活かしたリアルな企業小説が人気。

一緒《いつしよ》にお墓《はか》に入《はい》ろう

江上《えがみ》 剛《ごう》

講談社文庫

定価はカバーに
表示してあります

2021年３月12日第１刷発行

発行者――渡瀬昌彦
発行所――株式会社　講談社
東京都文京区音羽2-12-21　〒112-8001
電話　出版（03）5395-3510
　　　販売（03）5395-5817
　　　業務（03）5395-3615

デザイン―菊地信義
本文データ制作―講談社デジタル製作
印刷―――豊国印刷株式会社
製本―――株式会社国宝社

Printed in Japan

ISBN978-4-06-522821-0

講談社文庫刊行の辞

二十一世紀の到来を目睫に望みながら、われわれはいま、人類史上かつて例を見ない巨大な転換期をむかえようとしている。

世界も、日本も、激動の予兆に対する期待とおののきを内に蔵して、未知の時代に歩み入ろうとしている。このときにあたり、創業の人野間清治の「ナショナル・エデュケイター」への志を現代に甦らせようと意図して、われわれはここに古今の文芸作品はいうまでもなく、ひろく人文・社会・自然の諸科学から東西の名著を網羅する、新しい綜合文庫の発刊を決意した。

激動の転換期はまた断絶の時代である。われわれは戦後二十五年間の出版文化のありかたへの深い反省をこめて、この断絶の時代にあえて人間的な持続を求めようとする。いたずらに浮薄な商業主義のあだ花を追い求めることなく、長期にわたって良書に生命をあたえようとつとめるところにしか、今後の出版文化の真の繁栄はあり得ないと信じるからである。

同時にわれわれはこの綜合文庫の刊行を通じて、人文・社会・自然の諸科学が、結局人間の学にほかならないことを立証しようと願っている。かつて知識とは、「汝自身を知る」ことにつきていた。現代社会の瑣末な情報の氾濫のなかから、力強い知識の源泉を掘り起し、技術文明のただなかに、生きた人間の姿を復活させること。それこそわれわれの切なる希求である。

われわれは権威に盲従せず、俗流に媚びることなく、渾然一体となって日本の「草の根」をかたちづくる若く新しい世代の人々に、心をこめてこの新しい綜合文庫をおくり届けたい。それは知識の泉であるとともに感受性のふるさとであり、もっとも有機的に組織され、社会に開かれた万人のための大学をめざしている。大方の支援と協力を衷心より切望してやまない。

一九七一年七月

野間省一